REZEPTFREI

W0365435

Für meinen verstorbenen Mann Rolf
und meinen Sohn Alexander

Karin Wahl

REZEPTFREI

Apothekengeschichten mit Risiken und Nebenwirkungen

Mit Andreas Straub

Mit Zeichnungen von Jana Moskito

SCHWARZKOPF & SCHWARZKOPF

Vorwort

Drei Jahrzehnte hat Karin Wahl als Apothekerin gearbeitet. Nun erzählt sie ihre einprägsamsten, spannendsten und skurrilsten Erlebnisse.

Die Apothekerin, Jahrgang 1950, studierte Pharmazie in Karlsruhe und Heidelberg. Mit nur 26 Jahren übernahm sie ihre erste eigene Apotheke. Heute wahrscheinlich undenkbar, aber ohne Bilanz, ohne Geld und ohne Erfahrung vertraute ihr die Bank das Startkapital dafür an. Innerhalb weniger Jahre brummte der Laden. Sie verdreifachte den Umsatz und übernahm einen größeren Standort. Auch dort stiegen die Umsätze schon bald und Wahls Stuttgarter Apotheke gehörte zu den 40 umsatzstärksten in ganz Baden-Württemberg. Sie beschäftigte 15 Mitarbeiter und Mitarbeiterinnen, darunter, neben Apothekern und Assistenten, einen Betriebswirt und einen Fahrer. Neben dem Betrieb ihrer eigenen Apotheke engagierte sich Wahl als Standesvertreterin sowohl landes- als auch bundespolitisch für ihre Kollegen. Sie war 1998 als erste Frau Präsidentin der Landesapothekerkammer Baden-Württemberg und von 2000 bis 2004 Mitglied der Bundesapothekerkammer, bevor sie aus privaten Gründen aus der Politik ausschied.

Der Apotheker, wie ist der? Vielen Außenstehenden dürfte zunächst das Bild vom pedantischen, dauernörgelnden und Geldscheine zählenden Pillendreher erscheinen. Und tatsächlich ist da Heinz Bär, ein grummeliger, etwas lustloser schwäbischer Apotheker. Er ist meine Lieblingsfigur in diesem Buch. Es gibt mehrere Kollegen von Karin Wahl, die ihm ähneln. Wir haben sie aus Gründen der Anonymisierung zu Heinz Bär verschmelzen lassen. Er taucht gleich in mehreren Geschichten auf: mit Lachgarantie, aber ohne Risiken und Nebenwirkungen.

Der Alltag könnte trist sein, wären da nicht Kunden wie Frau Mulde, die ihren Apotheker als eine Art wandelndes Lexikon wahrnehmen, das sie alles fragen und dem sie all ihre Probleme und Problemchen anvertrauen können. Sie existiert, so unglaublich es klingen mag, wirklich. Es gibt nervige und dumme Kunden, es gibt nervtötende und strohdumme Kunden, und es gibt den Superlativ all dessen, Frau Mulde eben. Sie ruft ständig in der Apotheke wegen irgendeiner Kleinigkeit an, die sie aber ganz genau und unbedingt sofort wissen möchte. Wir haben sie mehrmals anrufen und ihre Fragen loswerden lassen. Die Antworten hat sie im echten Leben sogar erhalten, nur in diesem Buch wollen wir sie, bis auf eine Ausnahme, schuldig bleiben.

Sie ist wie alle anderen Personen, die in den *Rezeptfrei*-Geschichten vorkommen, so weit verfremdet, dass sie nicht wiedererkannt werden kann und ihre Persönlichkeitsrechte gewahrt bleiben. Allzu eindeutige Umstände wurden weggelassen, andere geändert oder bisweilen neue zur Verfremdung hinzugefügt, ohne aber den Kern der Geschichten zu berühren.

Dieses Buch soll unterhalten. Es soll den Alltag in deutschen Apotheken widerspiegeln. Es soll spannende und interessante Geschichten erzählen. Es soll Spaß machen. Und doch stimmt es manchmal auch nachdenklich.

Andreas Straub

Zum Geleit

Der Apotheker sieht angestrengt in seinen Computer, geht an den Ziehschrank, kommt mit einem Medikament zurück, das der Kunde sowieso nicht kennt, und erklärt wortreich, welche Nebenwirkungen es haben kann, womit es kombiniert werden soll, womit besser nicht und dass nur diese Packung von der Krankenkasse erstattet würde, bevor er alles in eine Tüte packt, kassiert und auf den nächsten Kunden wartet. Ganz schön langweilig, dieser Job, mögen Nicht-Apotheker denken.

Aber schon Leser, die eine Stamm-Apotheke haben, verstehen vom Apothekerdasein mehr. Sie kennen oft den Inhaber und das gesamte Team, das sich in der Regel große Mühe gibt, für die Kunden da zu sein. Ein Apotheker, der sein Geschäft lange genug am gleichen Standort betreibt, kennt oft drei Generationen von Kundenfamilien und ist mit ihren Sorgen und Nöten vertraut.

Bedingung für diesen Beruf ist, Menschen zu mögen, aber auch ein dickes Fell zu haben. Kranke Menschen sind oft empfindlich und laden ihren Frust beim Nächstbesten, häufig dem Apotheker, ab. Fachkenntnisse, Geduld und Einfühlungsvermögen sind unerlässlich. Über die Jahre entstehen viele Freundschaften, die noch lange Zeit nach der Apothekenübergabe an einen Nachfolger fortwähren.

Hat ein Apotheker das Herz der Kunden erobert, wird er in allen Lebenslagen nach Rat und Meinung gefragt. Die Kunden trauen uns zu, für jede Schwierigkeit und jede Frage eine kluge Antwort und eine Lösung parat zu haben. Das ist manchmal anstrengend und häufig zeitaufwendig, aber auch eine befriedigende Aufgabe.

Durch die Cityrandlage meiner Apotheke im Stuttgarter Bohnenviertel, die wir im Buch Olga-Apotheke nennen, war das Spektrum meiner Kunden besonders groß. Das Viertel ist ein Schmelztiegel verschiedener Kulturen und Gesellschaftsschichten. Vom armen Sozialhilfeempfänger bis zum Oberschichtler, vom kleinen Einzelhändler bis zum hohen Beamten, von der Prostituierten bis zur traurigen Rentnerin waren und sind dort alle vertreten. Wir versuchten, jeden gleich zu behandeln und immer den Menschen zu sehen. Wir wollten die Kunden dort abholen, wo sie standen. Mal musste dafür die Sprache sehr einfach und bildhaft, mal gewählt und fachmännisch sein.

Aber ohne diese verschiedenen Charaktere und vielen Erlebnisse mit ihnen wäre dieses Buch nie zustande gekommen.

Das echte Leben hat diese Geschichten geschrieben. Dabei sollen sie nicht mit Spott oder gar Häme auf dem Rücken der Kunden erzählt werden. Sie hatten und haben, wie jeder Mensch, ihre Ecken und Kanten, die sie liebenswert und unverwechselbar machen.

Unter einem Autorenpseudonym kann jeder alles erzählen, aber so skurril und schräg manche Situationen wirken mögen – ich habe sie selbst erlebt und stehe als Person zu meinen Geschichten. Ich hoffe, vielen Lesern den Apothekenbetrieb damit ein Stück näher zu bringen.

In diesem Sinne: Viel Vergnügen!

Karin Wahl

1

Happy End

Braun gebrannt und mit einem breiten Grinsen im Gesicht verlangte Juwelier Blumfeld nach mir. Er wollte nicht von einer Mitarbeiterin beraten werden, sondern unbedingt mit mir persönlich sprechen. Und vertraulich.

Für solche Gespräche bat ich Kunden in mein Büro. Dort konnte ich mich auch mit dem urlaubsrückgekehrten Juwelier von um-die-Ecke diskret unterhalten. Er knetete nervös seine Hände, sah aber glücklich aus. Einige seiner Fingernägel hatten sich im Lauf der Zeit vom vielen Rauchen etwas gelblich verfärbt. Ein bis zwei Schachteln Marlboro am Tag durften es gut und gerne sein. Ich fragte mich oft, wie er mit diesen zittrigen, wenngleich nun gebräunten, Fingern filigrane Arbeiten ausführen konnte.

Blumfeld war ein stattlicher Herr Anfang sechzig, mit massivem Übergewicht und daher etwas kurzatmig. Er verhielt sich immer höflich und rücksichtsvoll. Er grüßte, wenn man sich auf der Straße begegnete. Der gelernte Juwelier trug die Mode mindestens des letzten Jahrzehnts auf. Er hatte schon bessere Zeiten erlebt. Sein kleiner Schmuckladen, den er im Viertel betrieb, warf wenig Gewinn ab.

Die großen Filialisten in der Innenstadt und die Billigläden machten ihm zu schaffen. Auf wenigen Quadratmetern verkaufte er einfachen Schmuck. Er lebte aber hauptsächlich von kleineren Reparaturen, die er für Stammkunden durchführte. Von den besseren, goldenen Zeiten zeugten nur noch die geschwungenen Lettern über seinem Geschäft: »Juwelier Blumfeld«. Doch auch dort blätterte die Farbe schon lange ab.

Ich sah ihn oft noch abends, wenn ich auf dem Nachhauseweg in sein liebevoll dekoriertes Schaufenster blickte, an seiner Werkbank sitzen, eine Zigarette rauchen und konzentriert an Schmuckstücken oder Reparaturen arbeiten. Offenkundig wartete zu Hause niemand auf ihn. Im Viertel wusste jeder, dass er gerne Kunde von »leichten Damen« war. Im Rotlichtbezirk kannte er sich aus. Allerdings konnte er sich das nur gelegentlich leisten.

Seine knappe Kasse bemerkten wir in der Apotheke unter anderem daran, dass der Juwelier verordnete Medikamente nie auf einmal, sondern in Etappen abholte, obwohl er sie sicher sofort gebraucht hätte. Einmal hatte er mir peinlich berührt erklärt, er sei privat versichert mit einer extrem hohen Selbstbeteiligung, damit er sich die monatlichen Beiträge überhaupt leisten konnte. Blumfeld litt an Problemen mit dem Herzen und dem Blutdruck, was sicher beides auf sein starkes Übergewicht und seinen ungesunden Lebenswandel zurückzuführen war. Er genoss außerdem mehr als ein Feierabendbier täglich. Ich glaubte, dass er glücklich sei als eine Art »lonely Cowboy«.

Blumfeld gönnte sich nicht viel. Er lebte bescheiden in einer kleinen Wohnung im Bohnenviertel. Nur einmal im Jahr fuhr er für drei Wochen nach Thailand. Er sparte das gesamte Jahr auf diese Reise und freute sich schon Wochen vorher. Dort war er jemand, dort wurde er anerkannt und umschmeichelt. Blumfeld kehrte aus jedem Thailandurlaub erholt und glücklich zurück. Die Thais liebten den beleibten schwäbischen Juwelier. Er war dann ein anderer Mensch. Sofort begann er wieder auf die nächste Reise zu sparen. Jahr für Jahr.

Nun saß Blumfeld vor mir im Beratungszimmer und druckste verlegen herum. Er erzählte von seinem letzten Aufenthalt in Thailand, der noch schöner verlaufen sei als alle vorherigen. Der Juwelier hatte sich verliebt.

In eine junge Thailänderin, die er zufällig in Pattaya an einer Bar kennengelernt hatte. Es sei Liebe auf den ersten Blick gewesen. Er zeigte mir stolz Bilder. Von einem Mädchen im Bikini. Von ihm mit Kippe im Mund und dem Mädchen im Arm. Von den beiden zusammen am Strand. Und von einem anderen Mädchen, nur mit Minirock bekleidet. Das packte er schnell wieder weg. Die junge Thai sei seine große Leidenschaft, sagte Blumfeld mit verträumtem Blick. Sie heiße Nat, das war kurz und einfach zu merken. Sein asiatisches Goldstück liebe ihn noch mehr als er sie, war sich der Juwelier sicher.

Ich nickte und fragte mich, ob sie bereits volljährig war.

Sie werde ihn nächste Woche besuchen, erzählte Blumfeld stolz weiter. Er sei schon ganz aufgeregt. Nur habe er ein kleines Problem. Der Juwelier drehte sich um, sah zur verschlossenen Türe und lief puterrot an. Er knetete seine Raucherhände noch heftiger. Suchte er einen Aschenbecher?

Blumfeld rutschte auf dem Beratungsstuhl nach vorne und flüsterte: »Die Nat hat so ein Temperament, das kleine Miststück, verstehen Sie.«

Er sah sich erneut misstrauisch um. Niemand in Sicht.

Ich nickte ihm aufmunternd zu und fragte mich, wie lange der Beratungsstuhl ihn noch aushalten würde.

»Die jungen Frauen in Thailand«, erklärte er, »sind viel offener als in Deutschland. Die wissen Erfahrung noch zu schätzen. Aber dieses Temperament! Könnten Sie mir vielleicht, wie soll ich das sagen, nicht, dass Sie das jetzt falsch verstehen, eine Schachtel Viagra verkaufen? Ein Urlaubsfreund in Thailand hat mir gesagt, damit würde richtig die Post abgehen.«

»Das verstehe ich«, hörte ich mich sagen und überlegte, wie verzweifelt diese junge Frau sein musste, die er Nat nannte. »Da muss ich Sie an Ihren Hausarzt verweisen.«

Blumfeld sah mich enttäuscht an. »In Thailand bekommt man das ohne Weiteres, quasi an jeder Ecke.«

»Das hätten Sie in Thailand einfach so bekommen?«, fragte ich erstaunt nach.

»Ja, natürlich. Mein Freund, der Heinz, wohnt vier Monate im Jahr da, der hätte es mir besorgt. Er war erst mit der Thanutra zusammen, ganz schön komplizierter Name. Jetzt hat er die Ban, ist einfacher, aber die hat auch ganz schön Temperament. In Thailand kriegt er Viagra wirklich problemlos.«

»Das ist bedenklich. Ich glaube, Viagra passt nicht zu den anderen Medikamenten, die Sie gegen Ihre koronare Herzkrankheit einnehmen. Sie sollten das auf jeden Fall mit ihrem Kardiologen vorher besprechen.«

»Ach was, Frau Wahl. Man lebt doch nur einmal. Können Sie nicht ein Auge zudrücken? Ich will doch die Nat nicht enttäuschen.«

»Tut mir leid, ich kann Ihnen keine verschreibungspflichtigen Medikamente ohne Rezept aushändigen.«

Ich blieb hart. Blumfeld sah mich wütend an. Eine Arztrechnung könne er im Moment nicht bezahlen, er habe sich in Thailand ein wenig zu sehr verausgabt. Die thailändischen Frauen, vor allem die Nat, hätten zwar weniger Ansprüche als die deutschen, das sei ja das Gute, aber halt eben auch nicht gar keine.

Ich nickte und sah auf die Uhr.

Der Kunde verließ mein Büro mit hängenden Schultern. Draußen, vor der Apotheke, zündete er sich eine Zigarette an, blies eine große Rauchwolke in die Luft und trottete davon.

Wenige Tage später gab es im Viertel ein neues Gesprächsthema. Der Juwelier führte sein eingetroffenes Goldstück aus. Mit einer sehr, sehr jungen zierlichen Thailänderin im Arm und einer Zigarette in der Hand spazierte der Koloss durch die Stadt. Sein Glück war zu ihm gekommen. Nun wollte er es allen zeigen. Sie gingen in die Geschäfte und Läden, in die Cafés und auf die Plätze, vorbei an den Bordells und Straßennutten, die Nat ein wenig neidisch ansahen, und in die Kneipen. Blumfeld trank und rauchte, mit seiner Hand am Hintern des etwas gequält grinsenden Mädchens. Wie in Thailand, nur dass sie jetzt hier war. In die Apotheke kam er nicht mehr.

Drei Tage nach der Ankunft von Nat rief mich die Inhaberin des Nachbargeschäfts von Juwelier Blumfeld gegen Mittag an. Die Rollläden seien immer noch unten. Das entspreche so gar nicht seiner Gewohnheit, das sei in 20 Jahren nicht vorgekommen. Zu Hause gehe er nicht ans Telefon und auf das Klingeln der anderen alarmierten Nachbarn reagiere er nicht. Wir waren uns einig, dass wir die Polizei verständigen müssten.

Die Beamten fanden den Juwelier lächelnd in seinem zerwühlten Bett. Von der hübschen Thailänderin keine Spur. Auf dem Nachttisch standen ein voller Aschenbecher, leere Bierflaschen und daneben eine Schachtel Viagra.

Blumfeld war tot.

Die Nat war wohl im Nu verschwunden, als sie das bemerkt hatte. Ein Nachbar sagte später, er hätte in der Nacht eine aufgelöste, junge Frau asiatischen Aussehens aus der Haustüre stürmen sehen. Vermutlich hatte sie sich ihre große Liebe zwar nicht für immer, aber doch etwas langfristiger vorgestellt.

Der Tod des Juweliers war Gesprächsthema Nummer eins im Bohnenviertel. Schnell machte das Stichwort »Viagra« die Runde. Es habe sich nicht mit seinen anderen Medikamenten vertragen, hieß es. Er sei beim Orgasmus gestorben, beim Sex mit der temperamentvollen Thai. Der alte, geile Bock habe es übertrieben, sagten die einen. Ein glücklicheres Ende hätte es doch mit ihm gar nicht nehmen können, sagten die anderen. Jedenfalls war er mit einem breiten Lächeln gestorben.

2

Zwei Leben

»Zuerst Madame«, lachte Herr Graber, wenn er seine Listen bei uns in der Apotheke sortierte. Der betuchte Versicherungsagent kaufte häufig und viel bei uns ein. Ich schätzte ihn auf Ende 50. Er strahlte gute Laune und Fröhlichkeit aus. Er trug elegante maßgeschneiderte Anzüge, die seine korpulente Figur kaschierten. Seine grünen strahlenden Schweinsäuglein blickten durch eine dicke, runde Nickelbrille. Ein Schnauzbart war sein Markenzeichen. Graber roch nach »Irisch Moos«. Er trug das Eau-de-Toilette so üppig auf, dass sein Apothekengang oft noch Minuten olfaktorisch nachwirkte.

Wenn er zur Türe hereinkam, lupfte er gut gelaunt seinen Hut, warf ihn auf irgendeinen Warenaufsteller am Bedienerplatz und wünschte uns einen »wunderschönen Nachmittag«. Seine gute Stimmung wirkte ansteckend.

Graber kramte aus seiner Manteltasche immer gleich zwei Bestelllisten hervor. Der Einkauf fiel für gewöhnlich sehr umfangreich aus. Aber wir mochten ihn wegen seiner herzlichen Art auch sonst.

Nachdem er die richtige Liste gefunden hatte, rief er: »Also, Madame zuerst«, und gab eine umfangreiche Order auf. Posten um Posten, wobei es hin und wieder die kleinere Packung oder die weniger preisintensive Variante sein durfte. Zum Schluss die obligatorische Frage: »Und, was gibt es Neues für die reifere Haut? Es muss aber nicht das Teuerste sein.«

Er kaufte grundsätzlich, was ich ihm empfahl, und ließ die Produkte als Geschenk verpacken. Wir gaben ein paar Proben hinzu und überreichten ihm lächelnd seinen Einkauf. Augenzwinkernd lobte Graber das als »Drachenfutter« titulierte Gebinde: »Perfekt wie immer!«

»Jetzt Mademoiselle«, rief er begeistert und seine zweite Bestellliste kam zum Zuge. Das neue Paket wurde großzügiger geschnürt. Nur die neuesten und hochwertigsten Produkte »für die junge Haut« durften es sein. »Was nimmt die junge Frau von Welt denn heute?«, wollte er wissen. Auch diese Produkte ließ er wieder als Geschenk verpacken. Um keine Verwechslung zu provozieren, wählte ich eine andere, dekorative Tüte.

Der Versicherungsmann bezahlte jedes Mal eine größere Summe und rundete kräftig auf, »für die Kaffeekasse«, wie er sagte. Er summte zufrieden *Jetzt geh ich ins Maxim* vor sich hin, schwenkte einen schönen Nachmittag wünschend den Hut und brauste in seiner S-Klasse davon. Ich sah ihm, lächelnd, aber mit gemischten Gefühlen nach.

Eine neue Mitarbeiterin fragte mich verwundert nach dem sonderbaren Kunden, als sie das Prozedere zum ersten Mal mitbekommen hatte. Er kaufe wohl rührend fürsorglich für Frau und Tochter ein, mutmaßte sie. Das gesamte Team prustete vor Lachen angesichts dieser Leichtgläubigkeit. Ich klärte die Neue auf: Graber kaufte für seine als »Drachen« titulierte Ehefrau mit der reifen Haut und für seine 30 Jahre jüngere Geliebte, die er als »Spatzilein« bezeichnete, gleichzeitig ein.

Ich glaube, Graber liebte beide.

Jede der Herzdamen hatte ihre festen Aufgaben. Madame war zuständig für den Haushalt und die Repräsentation bei öffentlichen Anlässen. Er führte sie ins Theater und zu klassischen Konzerten aus. Mademoiselle sorgte für Grabers männliches Wohlbefinden und die gute Laune. Er genoss die Frische und sponserte ihr einen Sportwagen zum Dank.

Die Sonn- und Feiertage verbrachte der »anständige«, auf sein Ansehen bedachte Versicherungsagent bei Kaffee und Kuchen mit seiner Frau. Das kostete ihn Überwindung. Der gierige Lustmolch in ihm war in Gedanken bei seiner Gespielin. Seine Ehe, gestand er mir einmal, war trotz allem gut, aber eben nicht mehr spannend. Er hing an seiner Madame, mit der er die vielen Jahre durch Höhen und Tiefen gegangen war. Aber die Neue, die Junge, faszinierte ihn. Er müsse ständig an sie denken, erklärte Graber sein Dilemma.

Bei einer pompösen Weihnachtsfeier der großen Versicherungsgruppe, für die Graber tätig war, war sie ihm als Tischnachbarin zugeteilt worden. Die Begeisterung des rüstigen Agenten war sofort entflammt gewesen. Sie mochte seinen Humor, sagte sie. Vielleicht spielte auch das Geld eine Rolle. Jedenfalls wurde aus dem väterlichen Freund schnell mehr. Der bis dahin grundkonservative Graber, ehrbarer Kaufmann und Familienvater, ging fremd. Er genoss noch einmal Jugend und Leidenschaft. Er nannte sich selbst einen »verliebten alten Dackel«, der seine Moral und das schlechte Gewissen verdrängte.

Grabers zwei Leben endeten so plötzlich, wie sie bei der Versicherungsfeier begonnen hatten. An einem Sonntag wollte er Mademoiselle überraschen und sie entgegen seiner sonstigen Gewohnheit besuchen. Madame war mit ihren Freundinnen zu einer Vernissage nach München gefahren. Graber klingelte wie immer zuerst aus Höflichkeit, obwohl er einen Schlüssel für die Wohnung besaß. Zu seiner Überraschung öffnete aber nicht Mademoiselle die Türe, sondern ein gut aussehender junger Mann mit nacktem Oberkörper. Er trug nur eine lässige Sporthose und sah Graber fragend an. Er habe sich in der Türe geirrt, sagte der verdatterte Versicherungsagent, lupfte den Hut und verließ schnell das Haus, um nie mehr dorthin zurückzukehren. Er spuckte noch einmal auf den roten Sportwagen von Mademoiselle und überlegte, ob er einen tiefen Kratzer in den Lack ritzen sollte. Er besann sich und verzichtete auf diesen Racheakt, denn es hätte ja sein können, dass ihn dabei jemand beobachtet. Schnell ging er an dem Flitzer vorbei, ohne sich noch einmal umzusehen. Wie konnte sie ihn nur so betrügen, wo er doch alles für sie getan hatte?, empörte sich Graber. Er war verwirrt und tief verletzt. In einer heruntergekommenen Kneipe um die Ecke spülte der Versicherungsagent seinen Kummer runter, setzte sich in sein Auto und fuhr ziemlich angesäuselt kreuz und quer durch Stuttgart. Er kehrte erst spätabends heim zu Madame, die den etwas schwankenden Mann erstaunt begrüßte. Was denn los sei, wollte sie wissen. »Nichts«, sagte Graber und legte sich schlafen.

Trotzdem blieb der charmante Versicherungsagent weiterhin ein guter Kunde unserer Apotheke. Seine grünen Äuglein hatten ein wenig an Strahlkraft eingebüßt. Beim Eintreten den Hut freundlich lupfend und einen wunderschönen Nachmittag wünschend, kaufte er nur noch für Madame. Die Kosmetik für die reifere Haut durfte seither ruhig ein wenig teurer sein.

3

Frau Mulde und ihre Fragen, die erste

Frau Mulde war die personifizierte nervensägende Kundin. Die stämmige Rentnerin, in Biberach an der Riss aufgewachsen und als junge Frau nach Stuttgart gezogen, mit dauergewellten blonden Löckchen drückte sich eher gewollt als gekonnt vornehm aus. Ihre oberschwäbische Abstammung konnte sie derweil schwerlich verleugnen, wiewohl sie selbiges stets versuchte. Die 70-jährige Frau wollte nichts falsch machen, schon früher nicht und erst recht jetzt nicht. Nicht im Leben und schon gar nicht mit Arzneimitteln. Sie hatte uns mehr in ihr Herz geschlossen, als es uns recht war. Vermutlich hatte sie uns auf allen Schnellruftasten eingespeichert, aber normalerweise musste sie nur die Wahlwiederholungs-Taste ihres Telefons betätigen, um bei uns zu landen. Das gängige Ende aller Arzneimittelwerbespots mit »fragen Sie Ihren Arzt oder Apotheker« hatte sie auf »fragen Sie Ihren Apotheker« verkürzt.

Jeder meiner Mitarbeiter in der Apotheke erkannte auf dem Display des Telefons sofort die Nummer von Frau Mulde. Sie hatte die eigenwillige Angewohnheit, sich nicht mit Namen zu melden. Sie redete einfach los. Schließlich war es wichtig und wir wussten ohnehin, aus welcher Kundin am Ende der langen Leitung sofort eine dringliche Frage herausplatzen würde.

Ihre Anrufe gehörten zur täglichen Routine. Wenn sie bis 16 Uhr nicht angerufen hatte, waren wir besorgt um ihr Leben. Jeglicher Versuch, Frau Muldes Anrufe in ruhigere Phasen des Geschäfts zu verlegen, scheiterte kläglich. Wenn sie eine Frage hatte, duldete deren Beantwortung keinen Aufschub. Sonst würde sie ja nicht anrufen.

Die anspruchsvolle Rentnerin ließ sich zudem nicht von jedem Mitarbeiter beraten. Eine Kollegin war ihr nicht »ausreichend kompetent«, eine andere »zu unernst« und ein Kollege antwortete ihr »zu akademisch«. Nahmen diese drei ab, ließ sich Frau Mulde weiterverbinden oder legte sofort auf und rief kurz darauf noch einmal an.

Aber wenn ihre Nummer auf dem Display aufleuchtete, musste sich dennoch ein Mitarbeiter finden, der den Anruf annahm. Sie hatte große Ausdauer und ließ es endlos klingeln. Also, ohne sich namentlich zu melden, schoss sie los: »Ich hab da mal 'ne Frage.«

»Sie haben mir gestern eine Packung Grippeimpfstoff gebracht und gesagt, dass die im Gemüsefach zu lagern sei. Da liegt aber ein Salatkopf drin. Muss ich den jetzt raustun und wenn ja, wohin?«

»Sie haben mir vorhin Medikamente gebracht. Auf zwei Schachteln steht: ›Einnahme vor dem Essen‹. Welche Tablette von beiden soll ich zuerst nehmen?«

»Auf meinen neuen Tabletten steht ›Filmtabletten‹. Ich sehe aber keinen Film. Wie bekomme ich den weg?«

4

Klemmergeist

»E Fleschel Klemmrgaischd«, verlangte die alte Frau Müller jede Woche bei uns. Sie wurde ausschließlich von mir bedient. Die anderen Mitarbeiter verstanden den genuschelten badischen Dialekt dieser Kundin nicht. So die offizielle Erklärung meiner Kollegen, weshalb sie nichts mit »der Müller« zu tun haben wollten.

Da ich in der Nähe von Heidelberg geboren bin, viele Verwandte im Badischen habe und außerdem die Inhaberin der Apotheke war, konnte ich das schlecht behaupten. Müllers mürrische Anweisungen in starkem badischen Idiom wurden daher meist an mich gerichtet.

Die resolute Dame von höchstens 1,50 Meter Körpergröße hatte sich den Rücken krumm gearbeitet und litt an Osteoporose. In ihren deformierten Händen plagte sie Rheuma. Sie kaufte jede Woche eine Flasche Ameisenspiritus, mit dem sie sich ihre schmerzenden Hände einrieb. Ameisen nannte man in ihrer badischen Heimat »Klemmer«. Der hochprozentige Stoff belebte wohl sämtliche Geister. Daher schwor sie also auf »Klemmergeist«. Aber die Bezeichnung passte nicht nur gut zu dem Gebräu, sondern auch sehr gut zu ihr, daher nannten wir die Kundin intern »Klemmergeist«.

Ein hartes Leben hatte Frau Müller zu einer unzufriedenen, aggressiven Frau gemacht. Die kleine Rente wurde vom Sozialamt aufgestockt. Ihr ging es wie so vielen, deren Zeiten als Mutter und schwer arbeitende Frau zwar der Gesellschaft genutzt hatten, aber finanziell nicht anerkannt wurden. Nebenbei hatte sie sich mit kleineren Hilfstätigkeiten über Wasser gehalten. Oft schwarz, sodass von diesen Einnahmen nie etwas in die Rentenkasse einbezahlt wurde. Frau Müller kam mehr schlecht als recht über die Runden. Die Rentnerin wohnte um die Ecke der Apotheke in einer kleinen Altbauwohnung im Hinterhof, vom Sozialamt bezahlt. Die Größe war für sie nicht das Problem. Nur, dort bekam sie wenig mit vom Geschehen im Viertel. Zu wenig, wie sie fand.

Andere Altersgenossen in einer überwachungstechnisch günstigeren Wohnlage konnten sich, gemütlich auf das Sofakissen gebettet, aus dem Fenster lehnen und einen Tee schlürfen, um das vorbeiziehende Leben zu beobachten, während ihr eigenes still stand. Frau Müller musste nach draußen. Sie zog sich jeden Tag fein an, kämmte ihre weißen, dichten Haare ordentlich nach hinten und spazierte mit ihrer alten Lederhandtasche durchs Viertel. Immer auf der Suche nach Neuigkeiten.

Frau Müllers tägliche Kontrollrunde, die sie mit kleineren Alibikäufen verschleierte, war gefürchtet. Mit wachem Verstand und scharfer Zunge sprach sie jeden an, der ihr begegnete. Sie tratschte, wollte wissen, was los war, und verbreitete selbst das Neueste, was sie aufgeschnappt hatte. Oft endeten Gespräche mit dem Klemmergeist im Streit. Die alte Dame war im Viertel weniger geachtet, als vielmehr für ihr loses Mundwerk gefürchtet. Wer sie rechtzeitig erblickte, wechselte unauffällig die Straßenseite.

In die Apotheke kam sie gerne zu frequenzschwachen Zeiten, um Schwänke aus ihrem Leben zu erzählen. Lange, ausufernde Schwänke. Wenn meine Kolleginnen das badische Gemurmel hörten, blieben sie im hinteren Bereich und warteten, bis ich mir zum gefühlt hundertsten Mal die Geschichte vom Klemmergeist angehört hatte.

Als junges Mädchen wurde sie in »Stellung« gegeben. Für freie Kost und Logis sowie ein kleines Taschengeld musste sie in einem fremden Haushalt mithelfen, auf die Kinder aufpassen, sauber machen, kochen, waschen und bügeln. Später verließ sie ihre badische Heimat. In einem Stuttgarter Café arbeitete sie für ein etwas höheres Taschengeld. Sie hatte einen jungen Mann kennengelernt. Bald erwartete sie ein Kind von ihm. Die beiden wollten heiraten, inmitten der letzten Kriegstage des zerstörten Stuttgarts. Sie hofften auf das nahende Kriegsende und eine bessere Zukunft. Ihr Verlobter beseitigte Schutt, sie versorgte die beiden mit übrig gebliebenen Lebensmitteln, an die sie durch ihre Arbeit gelangte. Beim letzten schweren Bombenangriff der Engländer auf Stuttgart wurde ihr Verlobter getötet. Hochschwanger stand sie alleine da, verloren in den Wirren dieser Tage. Mutterschutz gab es natürlich keinen. Sie arbeitete weiterhin oft 14 Stunden am Tag und brachte einen Jungen zur Welt, den sie zu Pflegeeltern gab. Das brach ihr das Herz. Sie arbeitete fortan noch härter, um den Pflegeeltern Geld für die Unterbringung und Versorgung des Jungen geben zu können. Der Klemmergeist blieb seither ledig, ihrem Verlobten »treu«, wie sie sagte. An seltenen freien Tagen besuchte sie den Kleinen. Aber der Junge konnte die Frau, die er so wenig kannte, nicht als Mutter ansehen. Sie hatte ihn schließlich in fremde Hände gegeben. Frau Müller litt zeitlebens unter diesem Schicksal, arbeitete aber tapfer weiter bis zum Rentenalter. Noch heute arbeitete sie nebenbei. Für kleines Geld bügelte Frau Müller die Wäsche von Nachbarn, damit sie ab und an zum Friseur gehen konnte. Denn ein wenig eitel war sie schon.

Ich fühlte mit ihr und bewunderte sie dafür, an ihrem Schicksal nicht gänzlich zerbrochen zu sein. Dennoch konnte der Klemmergeist nerven.

Die alte Dame sah in ihr Spiegelbild im Schaufenster und machte sich die Haare zurecht. Als eine Apothekenhelferin meinen Sohn, der damals noch im Kinderwagen lag, zu einer Ausfahrt mitnahm, erwischte sie die beiden noch an der Türe. Sie bugsierte meine Mitarbeiterin unsanft zur Seite und vergaß spontan ihren Einkauf. Frau Müller beugte sich lachend über den Kinderwagen. Die neuesten Gerüchte und der Tratsch im Viertel rückten in den Hintergrund.

»Nemme Se die amol«, wies der Klemmergeist meine Mitarbeiterin an und drückte ihr ihre Handtasche in die Arme, noch bevor sie sich wehren konnte. Verdutzt nahm sie die Tasche, wie von der Alten ruppig angewiesen, die das Kind tätschelte und sich an dem Jungen erfreute. Sie lächelte sogar. Meine Kollegin staunte.

»Derf isch amol?«, fragte Müller mit einem strahlenden Gesicht und schob bereits den Kinderwagen. Besorgt flankierte meine zur Taschenträgerin degradierte Mitarbeiterin das Klemmergeist-Kind-Gespann. Erst nach einer halben Stunde kehrten sie zurück. Stolz schob der Klemmergeist den Kinderwagen an den anderen Kunden vorbei in die Apotheke: »Lasse Se misch dursch!«

Mit leuchtenden Augen fragte mich die alte Dame, ob sie den Jungen nicht bei schönem Wetter des Öfteren ausfahren dürfe. Ich überlegte kurz, brachte es aber nicht übers Herz, ihr diesen Wunsch abzuschlagen. Die Mitarbeiterin, die diese Unternehmung hätte regelmäßig durchführen sollen, zog sich schmollend in die Warenannahme zurück. Dort bearbeitete sie die Sendungen und redete wenig mit mir.

Pünktlich stand »die Müller« jeden Tag auf der Matte, um den Kleinen auszufahren. Der Begleitschutz durch meine Mitarbeiterin, die nicht mehr beleidigt war, konnte schon bald entfallen, was der alten Dame ganz recht war: »Isch brauch die net.«

Sie fuhr mit einer Liebe und Verantwortung mit dem Kinderwagen spazieren, die niemand für möglich gehalten hätte. Nach den Ausfahrten wurde sie mit Kaffee und Kuchen in der Apotheke belohnt und auch ansonsten wurde ihre Arbeit honoriert. Meine Mitarbeiterinnen gewöhnten sich erst allmählich an den unerwarteten Team-Zuwachs. Sie verstanden nach wie vor nicht, was Frau Müller nuschelte, aber die Bezeichnung »Klemmergeist« fiel seltener.

Die alte Dame sorgte vorbildlich für den Kleinen und verteidigte ihn wie eine Löwin, wenn sie zusammen unterwegs waren. Sobald sich jemand dem Kleinen näherte und ihn streicheln wollte, wies sie jeden in die Schranken: »Lasse Se des.« Sie verwöhnte ihn nach Strich und Faden. Die beiden erreichten im Viertel schnell

Bekanntheit. Jeder wusste von der Story und betrachtete den zuvor gefürchteten alten Drachen plötzlich als milde Oma, die ihren Schützling liebte und verteidigte. So war es ihr vergönnt, ein Kind aufwachsen zu sehen, und sie konnte ein wenig von dem nachholen, was sie selbst verpasst hatte.

5

Zwischen Tür und Angel

Im Einzelhandel sind moderne Eingangstüren heute selbstverständlich. Sie öffnen den Kunden vollautomatisch den Weg ins Geschäft und geleiten sie wieder hinaus. Meist funktionieren sie reibungslos und bedürfen kaum der Wartung. Sie sind nicht nur ein Beitrag zur Barrierefreiheit, sondern auch zur Hygiene. Nicht jeder Kunde muss einen Türgriff anfassen, auf dem sich gerade in Apotheken allerhand Keime tummeln können. Deshalb sind automatische Türen heute Standard und werden von den Kunden erwartet.

Mein Kollege Heinz Bär, ansonsten eher von der gemächlichen Sorte und normalerweise einer der Letzten, der Neuerungen in seiner Apotheke einführte, war ein Vorreiter in dieser Angelegenheit. Als erster Apotheker in Stuttgart investierte er schon in den frühen 80er-Jahren in das Automatiktüren-High-End-Modell. Die ganzen Kunden, die zuvor tagein, tagaus seine Türe nur mühevoll aufbekamen, dagegenliefen oder sie beim Gehen lautstark schlossen, waren ihm zuwider. Wer nicht zufrieden war, sollte einfach wieder gehen und nicht auch noch eine Türe zuschlagen können. Die Installation war zu diesem Zeitpunkt aufwendig gewesen, da noch nicht standardisiert, und kostete sehr viel Geld.

Die Automatiktüre war Bärs ganzer Stolz. Ein Hauch von Luxus und Exklusivität wehte durch die zentral gelegene Stadt-Apotheke.

Nach vorne zu eilen und den Kunden die Türe aufzuhalten, wie damals in vielen Apotheken üblich, wäre ihm ohnehin nicht in den Sinn gekommen. Diese Aufgabe hatte er schon immer, wenn überhaupt Usus in der Stadt-Apotheke, seinem Personal überlassen.

Vermutlich hätten sich die Kunden eher über eine solche Geste gewundert.

Denn Heinz Bär bewegte sich nicht so gerne. Der große, stattliche Mann, dessen etwas klein geratener Kopf von einem grau melierten Bart umrahmt auf einem schweren, birnenförmigen Körper thronte, hielt sich lieber im Hintergrund. Er trug während seiner Anwesenheit einen weißen Kittel, nach hinten geschlossen, der den Stoff über der Taille stark auseinanderklaffen ließ. Der Apotheker saß zumeist in seinem Büro und erledigte die strategische Denkarbeit. Durch ein breites Fenster gegenüber der Offizin, den Verkaufsraum der Apotheke, hatte er die Mitarbeiter im Visier. Sie spürten den Bärenblick immer im Rücken und waren dadurch nie untätig.

Kollege Bär griff ins operative Geschäft nur ein, wenn es ihm unbedingt notwendig erschien. Und das war sehr, sehr selten. Fürs Arbeiten bezahlte er schließlich seine Angestellten. In der Regel saß Bär, Zigarre oder Pfeife rauchend, über Zeitungen und Illustrierte gebeugt in seinem Büro. Täglich besorgten ihm seine Helferinnen die *Stuttgarter Zeitung* und die *Bild*. Den gesamten Montag und Dienstag verbrachte Bär ansonsten hauptsächlich mit dem *Spiegel*, Donnerstag und Freitag mit dem *Stern*. Am Mittwoch arbeitete er nur den halben Tag.

Es gab nur eine Tätigkeit, die er nicht von Angestellten erledigen ließ: das allabendliche Zählen der Kasse. Pünktlich um 18 Uhr erhob er sich aus seinem angewärmten Sessel und walzte dafür eigens aus dem Büro in Richtung Offizin.

Alle Mitarbeiter traten respektvoll einen Schritt zurück. Jeglicher Verkaufsvorgang wurde sofort unterbrochen. Stammkunden kannten den Ritus, neue Kunden stutzten. In andächtiger Stille holte Bär umständlich einen Spezialschlüssel aus der Hosentasche und steckte ihn in das Kassenschloss. Er beugte seinen voluminösen Oberkörper schützend darüber und notierte in kleinster Schrift die aufgelaufene Summe. Bär drehte das Zählwerk auf null und entnahm der Kasse alle Scheine. Jeden Abend dieselbe Prozedur.

Die Mitarbeiter wussten dann, dass es nun noch eine knappe halbe Stunde bis zum Feierabend dauerte, den sie pünktlich antreten durften. Sie konnten in dieser letzten halben Stunde den Kunden oft auf große Scheine nicht mehr herausgeben und mussten vor dem Büro Schlange stehen, um sich das Geld wechseln zu lassen. Die Kunden reagierten genervt, aber Bär ließ sich nicht beirren. Er selbst schloss um exakt 18.30 Uhr die automatische Türe ab. Niemand hatte die Befugnis, den Türmechanismus zu bedienen, geschweige denn zu verändern. Er konnte sehr wütend werden, wenn sich jemand daran zu schaffen machte, der nicht Heinz Bär hieß. Nicht einmal für Mütter mit Kinderwagen oder Behinderte durfte sie von den Mitarbeitern auf »daueroffen« gestellt werden. Geld und Automatiktüre waren Chefsache.

Nach einer abendlichen Geldentnahme betrat Helga Häberle die Stadt-Apotheke. Die ältere Dame, eine hagere Erscheinung mit keifender Stimme, kannte den Apotheker schon von Kindesbeinen an. Sie hatte Sonderwünsche, die sie glaubte, aus dem Bekanntsein mit dem Chef ableiten zu können. So auch an diesem Abend. Die Mitarbeiter taten ihr Bestes, den Wünschen der Dame gerecht zu werden, konnten aber nur scheitern.

»Holet Se mol da Schef, Freilein, des koa blos der«, schnauzte sie die bedienende Apothekerin an. Erleichtert reichte die Mitarbeiterin das Anliegen samt Kundin weiter. Aber Bär war mit seinen Abrechnungen beschäftigt und hatte den Sportteil der *Bild* noch nicht ganz durch.

»Was will die alte Geiß?«, fluchte er. Der erfahrene Apotheker hatte überhaupt keine Lust, nach vorne zu kommen. »Sagen Sie, ich bin nicht mehr da.«

»Keine Chance, Frau Häberle hat sie schon gesehen«, antwortete die Mitarbeiterin.

»Verdammt noch mal«, murrte Bär. Umständlich und betont langsam erhob er sich, schloss das Büro ab und kam nach vorne. Er stellte sich hinter den Tresen und sah die lächelnde Helga Häberle böse an. »Was ist jetzt noch, kurz vor Feierabend?«, sagte er lautstark.

»Horch amol, Heinz, der Dubbler von Arzt hot mir wieder bloss die kloine Packung verschrieba. I krieg aber immer dui große! Kannsch des net ändern? Du kensch mi doch!«

Heinz Bär, dem es sehr unangenehm war, von dieser Frau geduzt zu werden, wurde amtlich und laut. »Was glaubet Sie denn, wer Sie sind? Das wäre Urkundenfälschung! Was verlangen Sie denn da von mir? Das läuft hier nicht!«

Die wenigen Kunden, die noch in die Apotheke kamen, warfen den Mitarbeitern vielsagende Blicke zu. Offenbar waren sie solche Szenen schon gewohnt. Häberle forderte lautstark, Bär lehnte noch lautstärker ab. Er blieb hart, denn an diesem Abend war seine Laune ohnehin schon unter dem Gefrierpunkt. Eine andere murrende Kundin hatte ihr Übriges getan.

Helga Häberle biss auf Granit und gab irgendwann auf. Zeternd und Beschimpfungen ausstoßend, drehte sie sich um und ging in Richtung Ausgang. Bär stand wie ein Fels in der Brandung. Er wollte sicherstellen, dass die Kundin wirklich ging. In der Türe blieb Häberle noch einmal stehen, drehte sich um und schimpfte erneut los. Wie ein Habicht hatte sie den Kopf vorgestreckt und maulte: »Nie wieder komm i ...!«

In diesem Moment schloss sich die Automatiktüre leise. Für den Bruchteil einer Sekunde atemlose Stille, dann Geschrei wie am Spieß. Der Kopf von Helga Häberle war noch in der Apotheke, der Rest vor der Türe. Sie schlug wild mit den Armen um sich und verfluchte Heinz Bär. Selbiger lief zu Hochform auf. Anstatt den Türmechanismus zu öffnen, eilte er in ungekannter Geschwindigkeit nach vorne und baute sich vor der zeternden Frau auf. Er stemmte seine Arme in die breiten Hüften und schrie seinerseits: »Mach, dass du mit deinem alten Riebeleskopf aus meiner Türe kommst. Die war sau-teuer! Wenn die kaputtgeht, zahlst du mir das! Du bist wirklich zu blöd zu allem.« In seiner Wut war er selbst ins »Du« verfallen.

Eine Mitarbeiterin eilte inzwischen erst entsetzt, dann schon fast amüsiert unter den missbilligenden Blicken von Heinz Bär zum Sicherungskasten und stellte die Türe auf »daueroffen«. Die beiden Glasscheiben surrten auseinander und entließen den Kopf der Kundin abrupt aus der Umklammerung. Sie stürzte nach vorne, Bär fing sie gerade noch auf. Die Mitarbeiterinnen konnten sich vor Lachen nicht mehr halten, aber die beiden Streithähne an der Automatiktüre rasteten jetzt erst richtig aus. Häberle drohte, den Apotheker wegen seiner Höllenmaschine von Türe anzuzeigen, während er immer wieder auf ihre Dummheit hinwies und hoffte, dass kein Sachschaden entstanden war.

»Raus jetzt, du alte Geiß«, brüllte er und stand schon entschlossen am Sicherungskasten, um auf »geschlossen« zu drücken. Es war Punkt halb sieben. Häberle, die letzte Kundin für diesen Tag, konnte sich mit einem Satz gerade noch ins Freie retten. Sie rieb sich den Hals und ging fluchend ihrer Wege.

»Und ihr da, alle raus jetzt«, maulte Bär in Richtung seiner Mitarbeiter. Er zeigte grinsend auf die Hintertüre: »Die ist sicher. Ich muss erst noch abrechnen und kann wegen der Häberle zehn Überminuten machen«, schimpfte er in seinen Bart.

Häberle beruhigte sich später wieder, verzichtete auch auf eine Anzeige, nachdem Frau Bär ihr hinter dem Rücken des Apothekers einen Blumenstrauß geschickt hatte, aber kam nur noch selten in die Stadt-Apotheke. Das war mit Sicherheit für alle Beteiligten die beste Lösung.

Die Mitarbeiterinnen lachten noch Tage später über ihren Chef und seine Methoden zur Kundenbindung. »Da seht ihr, was passiert, wenn ihr den Kopf zu weit rausstreckt«, knurrte Bär nur.

6

Achtung Kontrolle

Apotheken unterliegen strengen Kontrollen. Sie werden regelmäßig und unangekündigt von unabhängiger Stelle geprüft. Je nach Bundesland heißen die Kontrolleure Pharmazieräte oder Amtsapotheker und sind den Regierungspräsidien und dem Sozialministerium unterstellt. Gefürchtet sind sie alle.

Die Prüfer haben weitreichende Befugnisse und entscheiden über Sein oder Nichtsein einer Apotheke. Sie tauchen unangemeldet auf und suchen nach Abweichungen von der gesetzlichen Norm. In ihren Befugnissen sind sie vergleichbar mit dem Wirtschaftskontrolldienst bei Gaststätten und Lebensmittelhändlern.

Apotheken sind nicht nur im Hinblick auf das Personal, die Räumlichkeiten, das Sortiment und die Abgabe von Arzneimitteln reglementiert. Selbst das Schaufenster unterliegt Vorgaben, weshalb mancher Apotheker, um nichts falsch zu machen, sogar auf Dekoration weitgehend verzichtet. Um die Bevölkerung vor Ungemach zu schützen, wird mehr und mehr von offizieller Seite geregelt, unzählige Gesetze und Verordnungen sind zu beachten. Hier den Überblick zu behalten und immer auf dem neuesten Stand zu bleiben, ist eine echte Herausforderung.

Unter den Kontrolleuren gibt es ehrenamtliche Pharmazieräte, die Inhaber öffentlicher Apotheken sind und die Nöte der Kollegen aus eigener Erfahrung kennen, sowie hauptamtliche Prüfer, die Beamte sind und zu deren wichtigsten Aufgaben die Kontrolle von Apotheken, Krankenhausapotheken, Arzneimittelherstellern und Großhandlungen zählt.

Der Revisionsvorgang durch einen dieser Prüfer in der Apotheke erstreckt sich über Stunden. Anhand von Prüflisten geht der Kontrolleur Punkt für Punkt durch und mischt bei Beanstandungen das Team auf. Lagepläne der Geschäftsräume, Arbeitsverträge der Mitarbeiter, die Funktionsfähigkeit aller Geräte im Labor oder der Rezeptur und stichprobenweise die Haltbarkeit von Arzneimitteln werden akribisch geprüft. Auch das Frotteehandtuch anstatt der Einmalhandtücher und der Joghurtbecher im Arzneimittelkühlschrank werden gerne moniert. Hygienepläne und ein Qualitätsmanagement müssen vorgewiesen werden können.

Alle Vorschriften einzuhalten, ist die Voraussetzung dafür, eine Apotheke eröffnen zu dürfen und dauerhaft zu betreiben. Schneidet eine Apotheke bei der Kontrolle gut ab, muss lediglich eine Revisionsgebühr bezahlt werden und die nächste Prüfung darf dann in drei bis fünf Jahren erwartet werden. Bei schweren festgestellten Mängeln wird eine zusätzliche, gebührenpflichtige Nachrevision anberaumt, bis zu welcher die beanstandeten Fehler behoben werden müssen. Dem Apotheker kann ein Bußgeld auferlegt werden. Im schlechtesten Fall bleibt die Apotheke so lange geschlossen, bis alle Mängel behoben sind. Bei gravierenden Vergehen kann der Apotheker zusätzlich seine Approbation verlieren. So zum Beispiel geschehen bei einem Kollegen, der regelmäßig Medikamente ohne Rezept an Drogensüchtige abgab.

Alleine die kurzzeitige Schließung einer Apotheke ist für den Inhaber eine Katastrophe. Umsätze bleiben natürlich aus und die Kosten laufen weiter. Das ist teuer. Vor allem aber leidet das Image. Schnell setzen in einem solchen Fall Spekulationen ein. Die ausgesperrten Kunden können schließlich nicht wissen, weshalb die Apotheke geschlossen wurde. Die Apotheke eines Kollegen aus der Stuttgarter Innenstadt wurde beispielsweise einmal für 14 Tage dichtgemacht, weil der Pharmazierat die Unordnung als zu groß empfand. Er empfahl dem Apotheker und seinem Team, in aller Ruhe aufzuräumen und ihm Bescheid zu geben, sobald alles wieder vorzeigbar sei. Der Apothekenleiter tobte, aber der Pharmazierat blieb hart. Neben den finanziellen Verlusten zehrten diese zwei Wochen erheblich am guten Ruf der Apotheke. Kein Wunder also, dass jeder Apotheker das Genick einzieht, wenn der Pharmazierat in der Offizin steht und die Revision durchführen will.

Während viele Fragestellungen im Ermessen des jeweiligen Kontrolleurs liegen, gibt es einige eindeutige Fälle. Ist zum Beispiel weder der Inhaber einer Apotheke noch ein vertretungsberechtigter Apotheker zugegen, wird der Laden sofort geschlossen. Die Öffnung ohne Apotheker ist kategorisch verboten und wird mit hohen disziplinarischen Strafen belegt. Wird eine Apothekenhelferin, die nicht zum pharmazeutischen Personal gehört, bei der Abgabe von Arzneimitteln erwischt oder gibt ein Mitarbeiter unter den wachsamen Augen des Pharmazierates ein verschreibungspflichtiges Medikament ohne Rezept ab, ist der Teufel los. Oft fragen Kunden nach der Pille, nach Viagra oder nach Schlaf- und Beruhigungsmitteln unter Vorwänden und zu Zeiten, an denen garantiert kein Arzt mehr erreichbar ist. Sie hoffen auf Gnade vor Recht. Da wird mancher Bediener schwach und lässt sich breitschlagen, was vom Kunden häufig später als Druckmittel eingesetzt wird: »Das letzte Mal habe ich es doch auch von Ihnen bekommen.« Daher gilt: Keine Ausnahmen von der Regel, wenngleich es im Alltag Anstrengung und Disziplin bedeutet, das durchzuhalten.

Denn fast täglich fragen Kunden nach Medikamenten, die sie ohne Rezept haben möchten. Nicht immer gelingt der Spagat, das so zu handhaben, dass die Kunden die Verweigerung akzeptieren, aber trotzdem wiederkommen. Ich verlor deshalb ein Ehepaar als langjährige, gute Stammkunden. Ein Golfpartner hatte dem Ehemann Cialis-Tabletten, ein verschreibungspflichtiges Potenzmittel, als Geheimtipp zur Belebung seiner Ehe empfohlen. Er sagte, er wolle es nur mal ausprobieren. Seine Angetraute nickte erwartungsvoll. Als ich das verweigerte, wurden beide wütend und fühlten sich beschämt. Ich könne doch darauf vertrauen, dass sie damit keinen Unfug trieben, sie seien doch keine Teenager mehr. Bei ihnen könne man doch ganz sicher einmal eine Ausnahme machen! Das Bitten ging in Drohen über. Der Ehemann ließ kein Argument gelten und rauschte, die Frau, die er doch glücklich machen wollte im Schlepptau, aus der Apotheke. Tatsächlich kamen beide nie wieder zu uns.

Arzneimittel sind eben keine Bonbons. Es gibt Wirkungen und Nebenwirkungen. Deshalb befassen sich Gremien damit, was apothekenpflichtig, aber freiverkäuflich und was verschreibungspflichtig ist.

Dennoch wird der Pharmazierat immer wieder fündig. Bei einem an sich bodenständigen Kollegen von mir praktizierte in der Nachbarschaft ein Frauenarzt, der nur unregelmäßig Sprechstunden abhielt, weil er noch als Belegarzt in einer Geburtsklinik tätig war. Die jungen Frauen, die wegen ihrer Antibaby-Pille zu ihm wollten, standen oft vor einer geschlossenen Praxis. Sie eilten zum gutmütigen Apotheker und baten ihn, ihnen doch netterweise einen Streifen aus der Dreimonatspackung vorab mitzugeben, bis sie das Rezept vorbeibrächten. Um sicherzugehen, dass sie wiederkämen, ließ sich der Kollege gleich die ganze Packung bezahlen. Er dokumentierte alles ordentlich und legte die Packungen samt Beleg ins Abholregal. Für den Pharmazierat ein gefundenes Fressen: Die Verfehlungen bekam er schön nebeneinander aufgereiht auf dem Silbertablett serviert. Die Rechnung bezahlte der Apotheker in Form einer saftigen Geldstrafe.

7

Junkies und ihre Dealer

Soziale Probleme, Verwahrlosung, Kriminalität und Prostitution gehörten in den 80er-Jahren zur Realität des Stuttgarter Bohnenviertels. Inzwischen hat die Drogenszene ihren Schwerpunkt verlagert. Aber lange Zeit hatten wir große Schwierigkeiten mit Junkies und ihren Dealern. Es gibt Drogenbeauftragte der Regierung und unzählige Arbeitskreise von Ärzten und Apothekern zum Thema Sucht, die kluge Empfehlungen erarbeiten. In der gelebten Praxis allerdings gestaltet sich der Umgang mit dieser besonderen Klientel nach wie vor schwierig.

Die Abhängigen konsumieren illegale oder verordnete Substanzen, die der sogenannten Betäubungsmittelverschreibungsverordnung unterliegen. Nur wenige Ärzte und Apotheker beschäftigen sich intensiv mit diesem Thema. Unangenehme Erlebnisse mit Junkies, aber auch mit Ordnungshütern, die Akteneinsicht verlangen und alles ganz genau wissen möchten, sind dennoch fast überall an der Tagesordnung. Wer in und mit der Szene agiert, bewegt sich häufig in Graubereichen. Die Grenzen der Legalität sind schnell überschritten.

Vor etwa 30 Jahren brach die Drogenproblematik regelrecht über Stuttgart herein. Ich war damals erst wenige Jahre im Beruf, sehr idealistisch und mit einem ausgeprägten Helfersyndrom ausgestattet. Die meisten Jungs und Mädels aus dem neu entstandenen Drogenmilieu waren nur wenig jünger als ich. Ausgerechnet im Umfeld meiner Apotheke entwickelte sich die Szene. Hautsächlich lag das am »Elefant«. Das Lokal etablierte sich als Junkie-Treffpunkt direkt im Herzen der Altstadt, nur wenige Meter von meiner Apotheke entfernt.

Die jungen Menschen, die den Drogen verfielen, stammten oft aus wohlsituierten, aber wenig fürsorgenden Elternhäusern. Die Polizei nannte das »Wohlstandsverwahrlosung«. Sie konsumierten, was sie bekommen konnten: Bier, Wein, Schnaps, Zigaretten und Joints sowie die einschlägigen Arzneimittel wie das Schlafmittel Rohypnol, das Beruhigungsmittel Diazepam oder das Schmerzmittel Valoron, das gerne gespritzt wurde, aber auch harte Drogen wie Kokain und Heroin.

Den Neueinsteigern in der Drogenszene sahen wir ihre Sucht oft gar nicht auf den ersten Blick an. Erst wenn sie eine »18er Kanüle kurz und eine Spritze« orderten, wussten wir Bescheid.

Leider gab es im Viertel einen »verständnisvollen« Arzt. Er selbst war codeinabhängig und versorgte die Junkies großzügig mit Rezepten. Seine väterliche Haltung sprach sich rasch herum und der Arzt erhielt regen Zulauf aus entsprechenden Kreisen. Als er in meiner Apotheke eigene Besorgungen erledigte, sprach ich ihn darauf an.

»Junge Frau«, sagte er in mitleidigem Tonfall. »Besser die Abhängigen nehmen reine, zugelassene Arzneimittel, deren Dosierung und Zusammensetzung bekannt ist, als das dreckige Zeug, das sie auf der Straße kaufen können. Zudem holen sie sich noch eine Infektion durch den mehrfachen Gebrauch von Nadeln. Mit dem Stoff von der Straße setzen sie sich dann häufig den »goldenen Schuss«. Es ist ein Elend, Frau Wahl! Aber die Polizei weiß nichts Besseres, als die Junkies einzubuchten. Anstatt die Leute zu schnappen, die den ganzen Mist verkaufen.« Der Arzt tippte sich an seine Baskenmütze, sein Markenzeichen, und ließ mich frustriert zurück.

Alle Rezepte über einschlägige Verordnungen überprüften wir besonders genau. In Zweifelsfällen riefen wir in den Arztpraxen an, um uns die Echtheit des Rezeptes bestätigen zu lassen. Wir versuchten, zu den Abhängigen ein persönliches Verhältnis aufzubauen und mehr über ihr Schicksal zu erfahren. Doch je abgemagerter und ungepflegter die meisten aussahen, desto unzugänglicher wurden sie. Anfangs hatte ich die Vision, zumindest einige dazu zu bewegen, von den Drogen abzulassen und sich professionelle Hilfe zu holen. Selten erfolgreich.

Gelegentlich gab ich den jungen, mir mit der Zeit namentlich bekannten Junkies etwas zu essen oder zu trinken. Nie aber Geld, weil ich wusste, dass sie es doch nur in »Stoff« umsetzen würden. Kriminalität und Straßenprostitution nahmen mit der Anzahl der Abhängigen zu. Die wachsende Drogenszene belastete das gesamte Viertel und vergraulte normale Patienten und Passanten. Wer mobil war und es sich leisten konnte, zog in einen anderen Stadtteil. Denn im Bohnenviertel schwankten häufig schon nachmittags alkoholisierte und zugedröhnte Menschen in Richtung »Elefant«.

Die Eltern von Kindern und Jugendlichen, ebenso wie alte Menschen, sorgten sich und alarmierten häufig die Polizei. Mit viel Brimborium, Martinshorn und Blaulicht kamen die Beamten in ihren Mannschaftswagen an und sammelten die Desolaten ein. Sie wurden auf die Wache oder gleich ins nahe liegende Krankenhaus verfrachtet. Wer halbwegs nüchtern und beweglich war, hatte sich noch rechtzeitig beim Ertönen des Martinshorns aus dem Staub gemacht. Es gab keine Lösung. Weder Bürger noch Polizei wussten sich zu helfen. Das Katz-und-Maus-Spiel nahm kein Ende. Im Gegenteil wuchs die Szene weiter. Immer mehr gefälschte Rezepte waren im Umlauf. Das Straßenbild des Viertels entwickelte sich katastrophal. Wer nicht unbedingt hineinmusste, umging es in einem weiten Bogen.

Wir selbst legten uns Pfefferspray für den abendlichen Weg zum Parkplatz zu. Bei ausreichend hohem Blutspiegel konnten Junkies die nettesten Menschen sein. Aber wenn er unter ein bestimmtes Niveau sank, wurden die Betroffenen schnell aggressiv. Dagegen beugten wir mit unserer »Bewaffnung« vor. Jedenfalls fühlten wir uns dadurch subjektiv sicherer.

Eigenartigerweise nahmen unsere einschlägigen Kunden plötzlich von alleine ab. Eine Veränderung musste eingetreten sein.

Hinter vorgehaltener Hand hörte ich von einer neuen, geheimen Quelle. Dort könne man, so ein Junkie im O-Ton, »problemlos cleanen Stoff ziehen«. Ältere Kunden berichteten mir schon seit geraumer Zeit, dass sie nicht mehr gerne in die andere Apotheke im Viertel gingen, weil dort so viele merkwürdige Gestalten einkauften. Mich beschlich ein böser Verdacht.

Drogenfahnder kamen gelegentlich bei uns vorbei, wir befanden uns in gegenseitigem regen Austausch. Sie informierten uns und wir sie über den neuesten Stand der Dinge. Junkies, die das mitbekamen, beschimpften uns dafür, dass wir mit den Bullen zusammenarbeiteten. Ein Drogenfahnder fragte mich bei einem seiner Besuche, wie hoch unser Monatsbedarf an Valoron-Tropfen in der Anstaltspackung sei. Ohne in den Computer zu sehen, wusste ich, dass unser Bedarf null war. Ein Kollege von mir, sagte er, habe 165 Packungen im letzten Monat bestellt, das sei wohl doch etwas viel. Ich war platt. Die Drogenfahnder hatten sich Datenmaterial vom Großhandel beschafft und damit den »Dealer in Weiß« identifiziert.

Durch eine konzertierte Aktion beendete die Polizei den Spuk. Mit einer Testperson wurde mein Kollege überführt. Er hatte Stoff auch ohne Rezept verkauft. Sogar reinstes Kokain, sauber abgefüllt. Der hilfsbereite Arzt wurde ebenso überführt. Eine Razzia setzte dem »Elefanten« ein Ende.

Praktisch über Nacht wurden die Apotheke, die Arztpraxis und der »Elefant« geschlossen. Die Drogenszene war verunsichert, aber alle anderen im Viertel atmeten auf. Sie fühlten sich wieder sicher. Die Szene zog weiter und hielt die Polizei und Anwohner von da an in einem anderen Stadtteil in Atem.

8

Bombengeschichte

Gleich zu Beginn meiner Apothekerlaufbahn erlebte ich einen großen Schock. Dabei begann alles zunächst etwas frustrierend, aber relativ harmlos. Ich hatte eine ältere Apotheke übernommen, die sich nach dem Besuch des Pharmazierates als »sanierungsbedürftig« herausstellte. Ich musste eine Treppe ins Untergeschoss einbauen, was am Ende einer Generalsanierung gleichkam. Ich wollte den Umbau eigentlich erst ein paar Jahre später vornehmen und zuerst etwas Geld verdienen. Aber der Pharmazierat blieb eindeutig: »Entweder Sie erledigen das im nächsten halben Jahr oder ich mache die Bude dicht.«

Das war eine klare Ansage. Also kratzte ich meine Ersparnisse zusammen und erhielt von der Bank mit viel Überredungskunst einen Kredit für den Umbau. Im heutigen Zeitalter von Basel II und Basel III mit hohen Hürden für Kreditnehmer wäre meine Karriere wohl schon beendet gewesen, bevor sie richtig angefangen hatte. Aber ich hatte Glück und eine vertrauensvolle Bank. Der Umbau konnte mit viel Elan schnell angegangen werden.

Wir bauten eine moderne, vorzeigbare Apotheke mit vielen Glaselementen und Spiegeln auf, die auch dem Pharmazierat zusagte. Er erteilte uns die uneingeschränkte Betriebserlaubnis und wir konnten stolz in den modern eingerichteten Räumen loslegen. Für lange Zeit hätten wir damit Ruhe vor Renovierung und Sanierung, dachte ich mir.

Der Vermieter des Gebäudes, ein reicher Unternehmer, der sich in seiner Kirchengemeinde gerne als spendabel gerierte, kannte im Geschäftsleben weniger Nächstenliebe.

Ihm gehörten etliche Immobilien in Stuttgart, in der City sogar halbe Straßenzüge. Bei seinen Mietern kannte der schwäbische Donald Trump keine Gnade. Er setzte die Miete extrem hoch an, was immer wieder für Fluktuation sorgte. Sein eigenes Maklerbüro beschaffte die Nachmieter, wodurch er zusätzlich noch Provisionen bei jedem Wechsel einstrich.

Ich lernte ihn erstmals nach der Modernisierung meiner Apotheke richtig kennen. Der Vermieter-Tycoon begutachtete die Renovierung und kam zu dem Ergebnis, das Objekt sei nun mehr wert. Er erhöhte mir daraufhin die Miete ab sofort um zehn Prozent. Als junge Unternehmerin schluckte ich. Daran würde ich zu knabbern haben.

Schon unser bisheriger Nachbar, ein sympathischer Galerist, hatte die hohen monatlichen Zahlungen für das zweigeschossige Objekt nicht mehr berappen können und in einen billigeren Ausstellungsraum umziehen müssen.

Nach einiger Zeit des Leerstands entwickelten sich plötzlich Aktivitäten. Wir erwarteten voller Neugier die neuen Nachbarn. Umzugswagen und verdunkelte Limousinen fuhren vor. Dunkel gekleidete, athletische Männer mit ausgebeulten Jacketts entluden sie schweigend. Die Gerüchteküche im Viertel brodelte. Wilde Spekulationen über die neuen Mieter kursierten. Aber zu fragen traute sich nur die resolute zugewanderte Hausmeisterin: »Wos mochn Sie do?«, fragte sie in bestem Sächsisch. Auf den Besen gestützt, versuchte sie einen Blick in einen der Lieferwagen zu erhaschen.

»Nix verstehen«, wies sie einer der Männer barsch ab und stellte sich in ihr Sichtfeld. Zwei weitere traten hinzu und sahen die neugierige Hausmeisterin aus böse funkelnden Augen an.

»Donn äbn nisch«, murrte sie und ging wieder energisch besenschwingend an ihre Arbeit. Die Männer sahen sich fragend an, sie hatten wohl wirklich nichts verstanden, und beförderten weitere Metallkisten in das Haus.

»Jugoslawisches Kulturinformationszentrum« war wenige Tage und etliche Kisten später am Briefkasten, den sie zugeklebt hatten, zu lesen. Die massive Eingangstüre blieb verschlossen, die Fenster wurden durch kugelsicheres Glas ersetzt. Rund um das Haus wurden Überwachungskameras installiert. Schwere, gepanzerte Limousinen verstopften unsere ohnehin schon knappen Parkplätze. Wenn die neuen Nachbarn in die Apotheke kamen, um etwas einzukaufen, verhielten sie sich steif und distanziert. Sprechen wollten sie nicht mit uns. Ohnehin waren sie der deutschen Sprache kaum mächtig. Als wir, wie für alle Nachbarn, einmal ein Paket annahmen, erlebte der Paketfahrer einen Tobsuchtsanfall des eigentlichen Empfängers im »Jugoslawischen Kulturinformationszentrum«.

Das passte alles nicht zusammen. Im Viertel kursierte das Wort »Geheimdienst«. Aber außer dem regelmäßigen Streit um unsere Kundenparkplätze, den wir über die Zeit hinweg sogar für uns entschieden, hatten wir kaum Kontakt. Wir gewöhnten uns an sie und schenkten ihnen keine Beachtung mehr.

Bis ich gegen ein Uhr nachts einen Anruf erhielt. Die Apothekerin, die den Nachtdienst für mich übernommen hatte, war völlig aufgelöst. Ich verstand nur Bomben und Glas. Meine Mitarbeiterin war außer sich. Nachdem sie sich ein wenig beruhigt hatte, erzählte sie mir, dass kurz nach Mitternacht eine heftige Explosion im Hinterhof bei unseren jugoslawischen Nachbarn stattgefunden habe. Alle Scheiben seien zu Bruch gegangen. Sie sei noch im Bett gewesen, das quer unter dem Fenster stand, aber ihr sei nichts passiert.

Ich zog mich sofort an und fuhr in die Stadt. Während der Fahrt überlegte ich, was passiert sein könnte. Ich war mir sehr sicher, dass es mit den neuen Nachbarn zusammenhängen musste. Die Schaufensterfront der Apotheke sei noch intakt, hatte meine Mitarbeiterin gesagt, also konnte die Druckwelle nicht ganz so heftig gewesen sein.

Die Polizei und die Feuerwehr hatten rund um die Apotheke alles abgeriegelt und taghell erleuchtet. Nach langwieriger Passkontrolle wurde ich durchgelassen. Meine Kollegin zitterte am ganzen Leib und kauerte in der Sitzecke auf dem Sofa. Sie fiel mir weinend um den Hals. Aber den ersten Schock hatte sie bereits überwunden. So schnell werde sie keinen Notdienst mehr für mich übernehmen, sagte sie, schon wieder halb lachend. Ich rief ihren Freund an, der sie abholte. Nach einiger Überzeugungsarbeit und vielen Fragen, die sie nicht beantworten konnte, ließ die Polizei sie gehen.

In allen umliegenden Häusern waren die Bewohner wach und lehnten sich im Schlafanzug oder im Nachthemd aus dem Fenster, um das Spektakel zu verfolgen. Diejenigen, die etwas weiter entfernt wohnten, mussten sich anziehen, um rings um den Tatort neugierig herumzustehen und zu gaffen. Die Polizei versuchte vergeblich, die besorgten Bürger loszuwerden. Das reinste Chaos.

In der Apotheke, frisch renoviert, sah es aus, als hätte die Bombe dort eingeschlagen. Durch den Druck der Explosion war alles durcheinandergewirbelt, Glas zerbrochen und auf dem Boden verteilt worden. Flaschen waren zerbrochen und ausgelaufen. Eine riesige Sauerei.

Der Strom war ausgefallen und ich musste mir mit einer Taschenlampe den Weg suchen. Selbst im Keller sah es nicht besser aus und sogar in der Toilette lagen die Scherben des zerborstenen Klofensters. Ich konnte wetten, meine Putzfrau hatte wieder den Klodeckel nicht heruntergeklappt! Sie sagte immer, das habe sie bei einem Gastwirt so gelernt. Nach erfolgtem Putzen musste der Klodeckel samt Klobrille aufgeklappt bleiben. Und gelernt war gelernt. Mit dicken Gummihandschuhen begann ich, notdürftig die Scherben einzusammeln und ein wenig Ordnung herzustellen. Die spitzen Scherben, die sich in der Toilette verkeilt hatten, konnte ich nicht ganz ohne Blessuren einsammeln. Trotz Handschuhen holte ich mir Schnittwunden.

»So ein Mist«, schimpfte ich, die Splitter aus dem Klo pulend, vor mich hin. »Warum ausgerechnet jetzt, wo alles so schön renoviert ist?« Ich wünschte den Verursachern die Pest an den Hals, dem sogenannten Kulturzentrum und unserem geldgierigen Vermieter gleich mit.

Unsere Apothekenhaftpflichtversicherung sprang ein, sodass wir zwei Tage später wieder Fenster hatten und nach intensiver Reinigung den Apothekenbetrieb wieder aufnehmen konnten. Glücklicherweise war nur Sachschaden entstanden und niemand war ernstlich verletzt oder gar getötet worden. Aus der Presse erfuhr ich später, dass dies die erste Bombendetonation in Stuttgart seit dem Zweiten Weltkrieg gewesen war und, soweit ich weiß, bis heute die letzte. Ausgerechnet neben meiner Apotheke! In der Zeitung lasen wir auch, dass der Bombenanschlag angeblich einen terroristischen Hintergrund hatte, der im Zusammenhang mit den in Jugoslawien konkurrierenden Völkergruppen stand.

Auch in den Räumen des Zentrums gab es »nur« Sachschaden, allerdings viel mehr als bei uns. Das Chaos in der Apotheke war ein Kollateralschaden. Im »Kulturzentrum« wurde ebenfalls, allerdings unter Sicherheitsvorkehrungen, repariert. Komischerweise sahen wir in den nächsten Wochen immer weniger Limousinen und Männer in Schwarz.

Unser schwäbischer Vermieter ließ sich in den Tagen und Wochen nach der Bombendetonation nicht blicken. Er schickte seinen Hausverwalter, der kopfschüttelnd das Chaos begutachtete und die anderen Mieter zu beschwichtigen versuchte. Hätte er doch den netten, harmlosen Galeristen behalten und etwas weniger Miete verlangt. Nun hatte er den Schaden und die Kosten. War das Objekt nun eigentlich wieder weniger wert? Eine modernisierte Apotheke in einer sicherheitsgefährdeten Lage? Die Mieterhöhung nahm der schwäbische Donald Trump deshalb natürlich nicht mehr zurück.

Die Freude war riesig, als nach ein paar Wochen ein Gemüsehändler mit Reformhausprodukten als Nachmieter ins Neben-

gebäude einzog. Der Alltag hatte uns schnell wieder. Man erkannte das an den normalen Problemen einer Hausgemeinschaft. Streit über die schwäbische Kehrwoche und der Kampf um genügend Platz für den Hausmüll in der Tonne wurden wieder Tagesgespräch.

9

Fukushima und Tschernobyl

Die baden-württembergischen Apotheker tagten am Bodensee, als sich am 26. April 1986 die Katastrophe in Tschernobyl ereignete. Sie diskutierten lang und heftig über manchmal kleinkarierte Aufreger des Apothekenalltages, während sich ihre Familien am See vergnügten. Die Katastrophennachricht platzte in ein wunderschönes, sonniges Wochenende. Kein Wölkchen am Himmel über dem Bodensee. Erst langsam verbreitete sich die Meldung unter den Tagungsteilnehmern, aber niemandem war so richtig klar, was sie für die Welt bedeuten würde. Was wir hörten, klang bedrohlich, aber weit weg. Die Radioaktivität sollte sich in den folgenden Tagen mit dem Wind verbreiten und am 29. April Südwestdeutschland erreichen.

Das Ausmaß der Katastrophe konnte sich zunächst niemand vorstellen. Gewässer, Felder, Wälder, alles wäre in Gefahr, radioaktiv kontaminiert zu werden. Bestimmte radioaktive Cäsiumisotope haben eine Halbwertszeit von bis zu 30 Jahren, das heißt, dass nach 30 Jahren erst die Hälfte der Radioaktivität abgebaut ist.

Geigerzähler waren bereits in der folgenden Woche ausverkauft. Man konnte die Radioaktivität nicht sehen, nicht spüren und nicht schmecken. Sie würde einfach mit den Niederschlägen vom Himmel fallen und alles verseuchen. Je nach Ort und Menge des Regens war die Radioaktivität unterschiedlich. Es gab hitzige Diskussionen darüber, was man essen dürfe und was nicht mehr. Viele waren ratlos und panisch, andere, wohl die Mehrzahl, fatalistisch. Wer Vorräte an Lebensmitteln hatte, die vor der Katastrophe produziert worden waren, war froh um sie. Besonders wer mit Säuglingen oder kleinen Kindern auf Milchprodukte angewiesen war.

Mein Sohn war fünf Jahre alt und aß Erwachsenenkost, bestand aber dennoch auf seinen täglichen Becher Kaba zum Frühstück. Als Apothekerin reagierte ich schnell und orderte vorsichtshalber große Dosen Aufbaunahrung mit Schokogeschmack als Pulver für den Eigenbedarf. In dieser speziellen Situation war es nicht wichtig, dass die Produkte über ein langes Haltbarkeitsdatum verfügten, sondern dass sie vor der Tschernobyl-Katastrophe produziert worden waren. So kehren sich manchmal die Anforderungen um.

Manche Lebensmittel wie Pilze und Wild sollten jahrelang nicht mehr Lebensmittel der ersten Wahl sein, weil sie erhöhte Strahlenwerte aufwiesen.

Am Flughafen wurden bei der Einreisekontrolle Geigerzähler aufgebaut und alle Lebensmittel, die Reisende aus Osteuropa und dem Nahen Osten einführen wollten, tonnenweise beschlagnahmt. Besonders Tee und andere Lebensmittel aus der Türkei fielen zum Leidwesen der Betroffenen diesen Razzien zum Opfer.

Trotzdem war die Reaktion der Menschen überwiegend gelassen. Im Laufe der nächsten Wochen und Monate las man immer mehr Entwarnungen in der Zeitung, die sich auf Mitteilungen der zuständigen Behörden bezogen. Der Alltag kehrte wieder ein. Neue Ereignisse überdeckten die Meldungen über Tschernobyl nach dem Motto: »Jeden Tag wird wieder eine neue Sau durchs Dorf getrieben.«

Neue Themen waren wichtig, als ein junger Mann zu mir in die Apotheke kam. Er wirkte sehr besorgt und fragte mich: »Haben Sie noch Bestände an verfallenem Milchpulver oder verfallener Babynahrung?«

Ich sah ihn irritiert an.

»Ja, es muss verfallen sein!«, sagte er bestimmt.

Auf Nachfrage erzählte er mir von seinem Baby zu Hause. Seine Frau produziere keine Milch mehr, deshalb benötige er dringend Babynahrung, aber unbedingt verfallene.

Jetzt war ich neugierig. Ich versuchte, den jungen Vater zu beruhigen, und holte die Tageszeitung, in der schwarz auf weiß Entwarnung gegeben worden war. Zudem erklärte ich ihm, dass wir verfallene Ware im Handel gar nicht mehr verkaufen dürfen. Er schüttelte den Kopf und bot an, sogar das Doppelte zu zahlen. Er ließ sich von keinem Argument überzeugen. Schließlich deutete er an, dass er bei einer Behörde arbeite. Er wisse schon, wovon er rede, fabulierte er. Er habe Insiderinformationen. Mehr könne er mir nicht sagen. Die Werte seien trotz der Entwarnungen immer noch erhöht. Alles Frische wie Obst, Gemüse und eben auch die frische Kuhmilch wiesen nach wie vor erhöhte Werte auf.

Die Menschen müssten aber schließlich etwas essen und die schnelle Lösung des Problems wäre bei erhöhter Radioaktivität, wie ich sicher selbst als Apothekerin wissen würde, nicht in Sicht. Es sei insgesamt wichtig, keine Panik in der Bevölkerung zu erzeugen. Er wolle aus diesem Wissen heraus seinem kleinen Sohn so wenig frische Produkte wie möglich geben und klappere die ganze Stadt nach verfallener Babymilch und Milchpulver ab. Die seien am sichersten. Leider konnte ich sein Problem nicht lösen.

Eine ganz neue Situation erlebten wir, als sich am 11. März 2011 die Nachricht über die Katastrophe in Fukushima verbreitete. Die Informationspolitik des japanischen Staates sollte später genauso kritisiert werden wie die Informationspolitik der Regierungen damals zu Tschernobyl. Aber inzwischen gab es das Internet und neue Medien. Die Verbraucher waren kritischer geworden. Sie informierten sich über alle in- und ausländischen Kanäle und verließen sich nicht mehr nur auf die lokale Berichterstattung. Sie kamen reihenweise in die Apotheken, um sich große Mengen Jodtabletten zu kaufen.

Sie hatten gehört, dass die Regierung in Japan Jodtabletten an die um den Reaktor lebende Bevölkerung ausgeben hatte. Tatsächlich war dort eine erhöhte Strahlung an radioaktivem Jod festgestellt worden, das sich aber nicht in der Schilddrüse anreichern konnte, wenn man gleichzeitig Jodtabletten einnahm. Obwohl die hiesigen amtlichen Stellen nicht müde wurden, die Katastrophe herunterzuspielen, bestanden die Kunden auf ihrem Wunsch. Sie wollten unbedingt die freiverkäuflichen Jodid-Tabletten, die eigentlich nur Menschen mit Schilddrüsenproblemen einnehmen.

Wir wurden in der Apotheke mit Ausdrucken aus dem Internet konfrontiert. Das Dosierungsschema für Jodid-Tabletten gab es sogar auf der Homepage des Ministeriums. Dabei ergab das überhaupt keinen Sinn, abgesehen vom psychologischen Effekt, etwas getan zu haben, diese Tabletten in Großpackungen zu erwerben, und schon gar nicht, sie prophylaktisch einzunehmen. Aber jeder wollte gewappnet sein und etwas für den Notfall zu Hause haben.

Schnell kam es zu Lieferengpässen, sodass wir schließlich beschlossen, nur noch Jodid-Tabletten an Kunden abzugeben, die sie aus gesundheitlichen Gründen wirklich brauchten. Diese waren sehr dankbar dafür, denn sonst wäre ihr Schilddrüsenstoffwechsel gewaltig durcheinandergeraten.

Obwohl Tschernobyl viel einschneidendere Auswirkungen in Deutschland hatte als Fukushima, wurde damals weltweit die Atomenergie nicht infrage gestellt. Der Druck, den die Medien über die Eins-zu-eins-Berichterstattung Tag und Nacht bei der Reaktorkatastrophe in Fukushima aufbauten, wirkte sich dabei sicher auf die Entscheidung der deutschen Politik zum Ausstieg aus der Atomenergie aus. Insofern muss es heute auch den kleinen schwäbischen Apotheker interessieren, was auf der Welt passiert.

10

Winternebel

Für Helene Winter war jeder Tag gleich. Die frischgebackene Rentnerin fühlte sich nach eigenem Bekunden wie Falschgeld. Sie wusste nicht, wie sie ihre viele freie Zeit nutzen sollte. So langweilte sie sich. Andere Rentner können sich angesichts ihrer zahlreichen Hobbys und Ehrenämter gar nicht mehr vorstellen, wie sie früher nebenbei 40 Stunden in der Woche arbeiten konnten. So beschäftigt sind sie.

Aber Helene Winter konnte sich nicht mit dem Ende ihres Berufslebens arrangieren. Über 40 Jahre lang war sie berufstätig gewesen, davon die letzten 20 als Chefsekretärin einer renommierten Anwaltskanzlei in Stuttgart. Für einen der Partner, ihren direkten Chef – ein Experte in Sachen Verkehrsrecht –, tat sie alles. Wann immer er sie brauchte, stand sie ihm zu Diensten. Als ledige Frau lebte sie für ihren Chef und für ihren Beruf. Dabei war sie selbst, wie sie gerne sagte, zu einer »halben« Anwältin geworden. Sie kannte sich über all die Jahre sehr gut aus im Verkehrsbereich. Wir nannten sie in der Apotheke gerne die rechte und die linke Hand ihres Chefs, was sie als großes Kompliment auffasste.

Die zierliche, hübsche Frau legte großen Wert auf ihr Äußeres. Sie betrat ausschließlich top frisiert, dezent geschminkt und sehr gut gekleidet die Apotheke. Sie trug keine Haute Couture, aber bezahlbare, aktuelle Mode. Die Anwaltskanzlei hatte Frau Winters Engagement und ihre uneingeschränkte Einsatzbereitschaft mit einem überdurchschnittlichen Gehalt honoriert. Als der Verkehrsanwalt ausgerechnet bei einem Verkehrsunfall überraschend ums Leben kam, musste sie ihren Sekretärinnenjob schweren Herzens aufgeben. Die anderen Partner der Kanzlei hatten jüngere Assistentinnen. Mit 57 Jahren fand sie keine neue Anstellung mehr. Eine Zeit lang war sie arbeitslos, dann ging sie in Frührente. Sie erhielt monatlich einen auskömmlichen Betrag von der Rentenkasse. Die Anwälte hatten sie mit einer Abfindung verabschiedet und Frau Winters verstorbener Chef, der Verkehrsexperte, hatte sie zudem in seinem Testament mit einem Aktienpaket bedacht. Die Dividendenzahlungen ermöglichten ihr ein Leben ohne finanzielle Sorgen. Sie hätte sich nahezu jeden Wunsch erfüllen können.

Nur Freunde zum Beispiel, die ließen sich schwer kaufen. Sie hatte außerhalb von ihrer Arbeitsstelle nie Bekanntschaften gepflegt. Ihre wenigen Verwandten lebten weit weg in Bremen. Hobbys hatte Helene Winter ohnehin keine.

Sie fühlte sich verloren.

Wie an jedem Morgen zuvor, stand sie weiterhin zur selben Uhrzeit auf, kleidete sich fein an und ging zu Fuß in die Stadt. Frau Winter durchstreifte die Kaufhäuser, Läden, Cafés und Museen. Sie brauche Menschen um sich, erklärte die ehemalige Sekretärin. Zu Hause falle ihr die Decke auf den Kopf. Daher kaufte sie nie alles auf einmal ein, sondern sorgte bewusst für Ineffizienz. So hatte sie mehrere Anlässe, in ein Geschäft zu gehen.

Nur in die Apotheke kam sie seltener, seit ihr Chef verstorben war. Frau Winter hatte zuvor als perfekte Chefsekretärin sogar die Medikamente für den Anwalt besorgt.

In der Regel kaufte Helene Winter mittlerweile nur noch freitags und samstags bei uns ein. Da ich viele Verkaufskräfte angestellt hatte und sie keinen festen Bediener hatte, konnte jeder Mitarbeiter nur wenig über sie sagen. Aber sie nutzte seit geraumer Zeit unsere Kundenkarte, die den Kunden drei Prozent Rabatt auf ihren Einkauf, außer auf die Rezepte, verschaffte. Wir hatten dadurch Daten für die Beratung und den Verkauf. Wenn wir die Karte durch das Lesegerät zogen, erfasste das System den Einkauf und fügte die

Informationen dem jeweiligen Kundenprofil hinzu. In einer Datenbank waren fast alle Arzneimittel und Wirkstoffe erfasst. Mit dem Kauf eines bestimmten Artikels klopfte das System automatisch die Verträglichkeit und mögliche Nebenwirkungen individuell ab. Interaktionscheck, nannte sich das. Am Jahresende erhielt jeder Kunde eine Aufstellung seiner Einkäufe, sei es für das Finanzamt, für die Krankenkasse oder nur für die Ablage P. Bevor wir die Ausdrucke verschickten, kontrollierte ich auf die Schnelle, ob die Angaben stimmig erschienen.

Bei der Aufstellung von Helene Winter staunte ich nicht schlecht. Seit ihre Einkäufe erfasst worden waren, etwa seit einem halben Jahr, hatte sie jeden Freitag eine große Flasche Melissengeist und jeden Samstag 20 Tabletten Golddorm, ein freiverkäufliches Schlafmittel, gekauft.

Bislang war das niemandem aufgefallen und das System hatte nicht angeschlagen. Die Schlaftabletten, überlegte ich mir, mussten bei einem sogenannten bestimmungsgemäßen Gebrauch mindestens 14 Tage reichen. Und wofür benötigte sie jede Woche 235 Milliliter des mit 79 Prozent Alkoholanteil hochprozentigen Melissengeists? Das Gebräu wurde nicht ohne Grund »Schnaps der alten Frauen« genannt. Es fand gerne Anwendung bei äußeren, aber auch bei inneren Wehwehchen und galt als vollkommen harmlos. Melissengeist wurde vor ewigen Zeiten in einem Kloster entwickelt und war sogar im Drogeriemarkt erhältlich – also konnte es in den Augen der Verbraucher gar nicht problematisch sein. Ein eingeschworener Kundenkreis wandte das hochprozentige Kräutergebräu daher bei Bauchschmerzen, Kopfschmerzen, Kreislaufbeschwerden, Nervosität und im Grunde allen Malaisen an. In der Apotheke empfahlen wir, Melissengeist wegen des hohen Alkoholgehalts nur verdünnt mit Wasser oder tropfenweise auf Zucker einzunehmen. Gleichwohl wussten wir, dass diese Warnungen so flüchtig waren wir der Geist selbst und die meisten Käufer ihr eigenes »Behandlungsschema« anwandten.

Ungewöhnlich erschien bei Helene Winter neben der Menge Melissengeist die Anzahl der Schlaftabletten, die sie kaufte. Das wollte ich nicht unkommentiert weiterlaufen lassen.

Ich schickte ihr daher die Aufstellung der Einkäufe nicht wie den anderen Kunden per Post, sondern wartete, bis sie wieder in die Apotheke kam. Wie üblich verlangte sie am Freitag ihre Flasche Melissengeist. Ich nahm sie zur Seite und zeigte ihr die Jahresquittung. Frau Winters Gesicht verdüsterte sich, als ich ihr erklärte, was mir aufgefallen war. Ich sah förmlich, welcher Kampf in ihr ablief. Da war die empörte Chefsekretärin einer renommierten Anwaltskanzlei, die mich barsch zurückweisen wollte und sich über mein unverschämtes Verhalten und die Schnüffelei in ihrer Intimsphäre aufregte. Und da war die einsame Frau, die sich getroffen fühlte. Letztere siegte.

Frau Winters Schultern sanken ab, sie richtete ihren traurigen Blick zu Boden und erzählte mir, dass sie die Wochenenden nicht ertragen könne. Unter der Woche habe sie viele Möglichkeiten, die Zeit totzuschlagen. Aber vor allem sonntags sei die Stadt verwaist und sie wisse nicht, was sie anstellen solle. Da sei sie immer deprimiert. Von einer anderen frühverrenteten Kollegin habe sie den Tipp mit dem Spezial-Cocktail bekommen. Hätte sie nicht diese Kundenkarte beantragt, wäre das nie aufgefallen, sagte sie ein wenig trotzig. Die Mischung von Melissengeist und Schlaftabletten funktioniere bei ihr wunderbar.

Sobald ihr Cocktail wirkte und der Nebel aufzog, konnte sie viele Stunden schlafen. Dann konnte sie vergessen, wie eintönig und sinnlos ihr Leben geworden war.

Sie tat mir leid. Ich wollte ihr gerne helfen. Doch den Hinweis, sich vielleicht sozial oder ehrenamtlich zu betätigen, wollte ich ihr nicht gleich als Lösungsweg andienen. Aber mir kam das Schicksal zu Hilfe. Der engagierte Vorstand der Selbsthilfegruppe Osteoporose stürmte wenige Tage später in die Apotheke. Er berichtete, wie dringend er jemanden benötigte, der ihm organisatorisch unter die Arme greifen konnte. Seine liebe Frau, die das immer für ihn erledigt hatte, war kurz zuvor verstorben. Ich vermittelte den Kontakt zu Helene Winter, der fast der Melissengeist aus der Hand fiel vor Freude über die neue Aufgabe.

11

Beamter auf Lebenszeit

Oberregierungsrat Dr. Sander sprach selten ein Wort mehr als unbedingt notwendig. Der promovierte Jurist war jahrelanger, treuer Stammkunde, aber er mochte nun wirklich keinen Small Talk. Wir respektierten das und wussten kaum etwas von ihm. Trotzdem war er immer höflich und freundlich. Der hagere Mann sprach leise und wirkte fast ein wenig schüchtern. Er trug graue Anzüge mit schmaler Krawatte und hielt gehörigen Abstand zu den vor ihm wartenden Kunden. Auf Diskretion musste ihn niemand hinweisen.

Im Frühjahr wie im Herbst hüllte ihn ein hellbeigefarbener Trenchcoat, im Winter ein knöchellanger Lodenmantel ein. Nur im Sommer verzichtete er darauf, nie aber auf sein Jackett. Selbst bei größter Hitze trug Sander es über dem Hemd. Das ganzjährig unverzichtbare Accessoire war jedoch eine schlichte braune Aktentasche. Ich tippte auf ein Erbstück. Sie glänzte dunkelbraun. In der Mitte befand sich ein silbernes Schloss, das vertrauliche Dokumente beschützen sollte. An einem Lederriemen baumelte sie über Dr. Sanders schmächtiger Schulter, aber er hatte sie immer fest im Griff.

Sander trug sie jeden Tag um exakt acht Uhr von der Stuttgarter Halbhöhenlage, in der er mit Aussicht über die Stadt lebte, hinunter zu seinem Arbeitsplatz ins Ministerium in der Stadtmitte. Um Punkt 16.30 Uhr trug er sie wieder hinauf. Er ging jeden Tag zu Fuß genau zur selben Zeit an unserer Apotheke vorbei. Morgens zehn vor acht, abends zehn nach halb fünf. Wir konnten die Uhr nach ihm stellen.

Sander lebte das Klischee, er war ein Abziehbild des klassischen Beamten.

Seinem Privatrezept konnten wir entnehmen, dass er die Position eines Oberregierungsrats innehatte. Er bevorzugte Naturheilmittel, weil er an einem empfindlichen, leicht übersäuerten Magen litt, wie er einmal hatte durchblicken lassen.

Lagen die Medikamente vor ihm auf dem Tisch, entnahm er seiner Jackettinnentasche ein Brillenetui. Geübt ließ er die randlose, filigrane Brille in seine Hand fallen und setzte sie gemächlich auf. Sorgfältig kontrollierte er jede Packung, studierte noch einmal das Rezept, glich die Bezeichnung und die Größe ab und prüfte das Verfallsdatum. War alles zu seiner Zufriedenheit, blinzelte er über den Rand der Brille und sagte knapp: »Zwei Rezeptkopien bitte, eine für mich und eine für die Beihilfe.«

Jeder von uns wusste auswendig, dass er als Beamter zwei Rezeptkopien benötigte. Dennoch ging er seit Jahr und Tag lieber auf Nummer sicher. Der Versicherungsschutz von Beamten ist anders organisiert als bei Normalsterblichen. Der Staat übernimmt etwa 70 Prozent der Krankheitskosten als Beihilfe, für die restlichen 30 Prozent muss sich der jeweilige Staatsdiener privat versichern. Deshalb braucht er zwei Kopien von jedem Rezept, weil er mit zwei Versicherungen abrechnen muss.

Oberregierungsrat Dr. Sander bezahlte gerne mit Scheck, selbst als es schon lange Kartenterminals gab. Er misstraute neuer Technik. Sie war ihm einfach zu unsicher. Auch von diesem Scheck erstellten wir ihm wunschgemäß eine Kopie für seine Unterlagen. Der kritische Blick des Beamten prüfte die Kopien, erst die Rezepte, dann den Scheck und verstaute erst anschließend seine Brille wieder im Etui, welches wieder in die Jackettinnentasche wanderte.

Dr. Sanders Medikamente wurden auf ausdrücklichen Wunsch immer in einer Papiertüte verpackt. Plastiktüten seien schlecht für die Umwelt, sagte er. Seine Einkäufe verstaute er in seiner braunen Aktentasche, die vor Aktenheftern und Dokumenten überquoll.

Wie in einem gut einstudierten Theaterstück kannte über die Zeit jeder seine Rolle. Vom Spielplan abzuweichen war weder erwünscht noch toleriert. So ging es Jahr um Jahr. Unbeirrt sahen wir ihn morgens kurz vor acht und abends kurz nach 16.30 Uhr an der Apotheke vorbeigehen. Seine Haare ergrauten über die Zeit, der Rücken krümmte sich ein wenig, die Kleidung blieb dieselbe, nur die Aktentasche bekam ein paar Kratzer, aber Dr. Sander hielt eisern an seinen Abläufen fest.

Er hat bestimmt in seinem Leben noch keinen einzigen Tag im Ministerium unentschuldigt gefehlt, dachte ich mir. Wahrscheinlich hat er nicht einmal in der Schule eine Stunde geschwänzt.

An einem Wintertag, er trug natürlich seinen Lodenmantel, betrat er gewohnt zielsicher die Apotheke. Nach dem üblichen Ablauf händigte ich ihm die Papiertüte aus. Noch bevor er sie verstaut hatte, eilte ich um den Tresen, um einer Kundin, die sich in der Türe mit ihrem Einkaufswagen verhakt hatte, zu helfen. Aber sie hatte sich bereits selbst befreien können. Da sah ich, wie Dr. Sander gerade seine Aktentasche öffnete und die Papiertüte hineinlegte. Unsere Blicke kreuzten sich. Ich konnte meine Überraschung und Dr. Sander seine Verlegenheit nicht verbergen. In der Tasche des Oberregierungsrates lag nur eine Tüte Milch und ein sorgfältig eingepacktes Brot. Er lächelte gequält.

Er drehte sich um, die Kundin hatte die Apotheke bereits verlassen und wir standen alleine in der Offizin. Dennoch flüsterte er: »Seit fünf Jahren bin ich pensioniert.«

Verwundert sah ich ihn an. »Das ist ja schön«, sagte ich. »Wir haben davon gar nichts bemerkt, weil Sie immer noch den gleichen Ablauf haben.«

»Ja, den brauche ich. Ich habe doch sonst nichts mehr. Meine Frau ist vor 15 Jahren gestorben. Eigentlich wollte ich länger arbeiten, aber der Staat ließ mich nicht. Ich brauche einfach eine Struktur, die mir Halt gibt. Deshalb gehe ich jeden Tag, wie früher, zur gleichen Zeit los und komme zur gleichen Zeit heim. Nur dass ich jetzt in der Stadtbibliothek Zeitung lese und im Park spazieren gehe.«

»Haben Sie denn keine Hobbys?«

»Nein, dafür hatte ich nie Zeit. Ich bin kein Freizeittyp, verstehen Sie? Ich habe auch keine richtigen Freunde. Die Arbeit war immer mein Leben. Können Sie mir einen Gefallen tun?«

»Ja.«

»Bitte erzählen Sie es nicht weiter.«

»Natürlich nicht, Herr Oberregierungsrat.«

Da lächelte er in all den Jahren das erste Mal, verabschiedete sich mit knappem Gruß und entschwand mit geschwellter Brust aus der Apotheke, um seiner Routine noch lange treu zu bleiben.

12

Max

Für viele ältere Damen und Herren ist ein Hund ihr treuester Partner. Er stört sich nicht am Aussehen und an den Marotten seines Herrchens oder Frauchens. Der Hund ist häufig ein willkommener Anlass, mit wildfremden Menschen in Kontakt zu treten.

In der Apotheke hatten wir viele solcher Kunden: Menschen und ihre Vierbeiner. Einer der Hunde hieß Max, eine schwarze Promenadenmischung mit kurzen Beinen, der Schnauze eines Terriers, wachen Äuglein und einem freundlich wedelnden Schwanz. Er war verspielt und machte gerne Männchen. Jeden Apothekenmitarbeiter kannte er einzeln. Am liebsten mochte er unsere PTA. Sie war sehr tierlieb und behandelte ihn immer besonders nett. Das zahlte sich auch für mich aus.

Max zog sein Frauchen in die Apotheke, wann immer sie vorbeispazierten, selbst wenn sie gar nichts bei uns einzukaufen hatte. Ihr war es peinlich, aber das Team, vor allem die PTA, freute sich über jeden Besuch von Max mit seinem Frauchen im Schlepptau.

An einem ruhigen Dienstag war zur gleichen Zeit wie Max mit Frauchen eine Mutter mit ihrer dreijährigen Tochter in der Apotheke. Seit Generationen gibt es den Ritus in Apotheken, dem Kind nach getätigtem Einkauf der Eltern ein Traubenzucker-Bonbon zu schenken. Viele Kinder freuen sich schon im Vorfeld darauf und ihre Augen leuchten, wenn sie das süße Präsent überreicht bekommen.

So auch in diesem Fall. Max, der in der Regel einen kleinen Hundekuchen bekam, beobachtete das Mädchen interessiert. Noch aufmerksamer jedoch das Bonbon, das ihn geradezu faszinierte. Er wollte es beschnuppern und trottete auf das Mädchen zu. Mutter und Töchterchen reagierten verschreckt. Max sprang auf und ab, bellte sein Unverständnis hinaus. Das Kind bekam noch mehr Angst, und die Mutter erst. Die umsichtige PTA leitete sofort ein Ablenkungsmanöver ein.

Die Schale mit Hundekuchen war leer und dem unruhigen Max wurde ein Traubenzucker-Bonbon zur Beruhigung seiner Nerven gereicht. Er war außer sich vor Freude und vorerst besänftigt. Der Apotheken-Traubenzucker schien ihm deutlich besser zu schmecken als der Allerwelts-Hundekuchen.

Doch einer war natürlich für so einen ausgewachsenen Max ziemlich mickrig. Er machte Männchen und die PTA gab ihm für jedes Bein ein »Zuckerl« und noch ein fünftes, letztes, weil er vor Freude mit dem Schwanz wedelte.

Unser Pawlow'scher Apothekenhund Max forderte von nun an bei jedem Einkauf seine Belohnung ein. Das immer gleiche Ritual spielte sich ab. Von uns eine herzliche, kraulende Begrüßung, von ihm manchmal mit der Zunge quer übers Gesicht, Männchen machen, für jedes Bein und den Schwanz ein Bonbon kassieren und das am liebsten von der Lieblings-PTA. Die Hundekuchen überließ er seinen Artgenossen.

Schwierig wurde die Situation einmal für die Mitarbeiterin, als sie Max außerhalb der Apotheke traf. Er zeigte, wie konditioniert, seine Kunststücke. Als seine Belohnung ausblieb, weil die Kollegin keinen Traubenzucker bei sich trug, knurrte er schmollend. Seither trug die PTA, wie einige andere Mitarbeiter, immer mindestens fünf Stück Traubenzucker bei sich in der Handtasche.

Wir wollten schließlich keine Stammkunden verlieren.

13

Gummibärchen

Als Apotheker im Stuttgarter Bohnenviertel hatten wir auch in kultureller Hinsicht eine abwechslungsreiche Klientel. Längst nicht jeder unserer Kunden war der deutschen Sprache mächtig. Und die wenigsten von ihnen verirrten sich als Touristen hierher. Integrationsprobleme spürten wir täglich aufs Neue.

Wer selbst einmal im Ausland erkrankt ist, wird nachvollziehen können, wie wichtig es ist, sich in dieser Situation verständigen zu können. Wer sich nicht artikulieren kann, fühlt sich verloren. Mir ist es in Mexiko einmal so ergangen. Daher achtete ich bei der Einstellung neuer Mitarbeiter auch auf Sprachkenntnisse. Meine Approbierten sprachen englisch, französisch und spanisch. Die PTAs beherrschten zusätzlich Portugiesisch, Rumänisch, Serbisch und Kroatisch. Ich selbst konnte noch ein wenig Italienisch und Neugriechisch beisteuern. Einzig Türkisch fehlte uns, um alle gängigen, nicht deutschsprachigen Kunden beraten zu können, wie wir schmerzhaft feststellen mussten. Einige unserer türkischen Kunden sprachen und verstanden außer ihrer Muttersprache nichts. Wirklich nichts. Da Türkisch nicht mit anderen Sprachen verwandt ist, die wir beherrschten, konnten wir keine Bedeutung ableiten oder erahnen. Oft mussten Kindergarten- oder Schulkinder als Übersetzer einspringen, was sicher nicht die ideale Lösung war. Ich nahm mir vor, bei nächster Gelegenheit eine türkische Mitarbeiterin einzustellen. Denn in unser Viertel zogen immer mehr Türken. Da sie häufig viele Kinder und kranke, ältere Familienmitglieder unter einem Dach hatten, kamen sie oft in die Apotheke.

Ali und Orkan zum Beispiel, fünfjährige Zwillingsbrüder mit dunklen Knopfaugen und schwarzen Haaren, kamen gerne mit ihrem Vater, einem voll integrierten Mann, der bei Daimler am Band »schaffte«, in die Apotheke. Er besorgte in der Regel die Medikamente für den ganzen Clan, der in einer großen Altbauwohnung im Bohnenviertel lebte. Die Frauen bekam ich so gut wie nie zu Gesicht. Nach beendetem Einkauf, den die Kleinen mit wachen Augen beobachteten, bekamen die Kinder ein Bilderbuch zum Ausmalen, ein Traubenzucker-Bonbon und seit Neuestem auch die von allen geliebten Gummibärchen. Sie freuten sich riesig darüber und winkten beim Hinausgehen.

Schwierigkeiten traten erst auf, als eine vollverschleierte Frau mit den beiden Kindern an der Hand die Apotheke betrat. Aus ihren schmalen Sehschlitzen musterte sie mich skeptisch. Wortlos streckte sie mir zwei Rezepte von einem Frauenarzt entgegen. Für mich war es ein komisches Gefühl, weder das Gesicht noch die Mimik erahnen zu können. Ähnlich wie im Sommer, wenn manche Kunden beim Einkaufen ihre großen Sonnenbrillen nicht abnahmen. Ich fühlte mich unsicher und beobachtet. Manchmal war es schwierig zu verstehen, weshalb Frauen in Deutschland sich derart verhüllten, insbesondere, wenn sie so einen liberalen und gut integrierten Ehemann hatten.

Dennoch nickte ich freundlich und sah auf die Rezepte. Offensichtlich war die Frau wieder schwanger. Ich holte die Medikamente aus dem Ziehschrank, zu denen ich eigentlich noch etwas erklären musste, aber das würde eine Herausforderung werden. Ali und Orkan waren in dieser Situation nicht hilfreich. Wie sollte ich den Fünfjährigen die Anwendung von Vaginalovula verdeutlichen?

Ich startete trotzdem einen Versuch, es der verschleierten Dame begreiflich zu machen. Aber die Frau schüttelte nur heftig mit dem Kopf und sprach mit hoher Stimme viele schnelle, für mich unverständliche Worte auf Türkisch.

Ratlos schrieb ich die Empfehlungen auf ein großes Stück Papier und kreuzte im Beipackzettel noch die anatomische Zeichnung an. Ali und Orkan trug ich auf, beides dem Vater zu übergeben. Die Jungs nickten stolz. Die Zwillinge hatten verstanden. Erleichtert packte ich alles in eine Tüte. Da die türkische Dame von jeglicher Zuzahlung befreit war, gab es auch nichts zu kassieren. Den braven Jungs überreichte ich heute ein Windrädchen und die begehrten Gummibären. Plötzlich ging die inzwischen schweigsame Mutter wie eine Furie dazwischen. Sie entriss ihren Söhnen die Süßigkeiten und warf sie mir schreiend ins Gesicht.

Ich war wie vor den Kopf gestoßen, Ali und Orkan begannen zu weinen. Aber die Mutter schrie weiter. Sie brüllte Worte, die nach türkischen Verwünschungen klangen, und war völlig außer sich. Ich verstand gar nichts.

»Warum schreit denn die Mama so?«, fragte ich die beiden Kinder.

»Schweine, du Schweine«, schluchzte der zwei Minuten ältere Ali.

Ärger stieg in mir hoch. Langsam wurde mir klar, worum es hier ging.

Die vollverschleierte Frau hatte derweil ihr Handy gezückt und sprach in aufgeregtem Stakkato hinein. Zornig streckte sie es mir entgegen. Ich meldete mich vorsichtig und hatte am anderen Ende der langen Leitung ihren lachenden Ehemann. Er erklärte mir, dass seine Frau eine orthodoxe Muslimin sei. In den Gummibären, habe sie kürzlich erfahren, sei Schweinegelatine enthalten. Und die sei unrein. Ebenso wie alle Medikamente in Kapselform. Allerdings schien der Daimler-Schaffer die Probleme seiner Ehefrau nicht ganz ernst zu nehmen. »Allah kontrolliert doch nicht jede Apotheke«, scherzte er.

»Wir verteilen hier Fruchtsaftbären ohne Schweinegelatine«, erklärte ich ihm.

»Ach so, na dann ist es ja gar kein Problem.«

»Können Sie das bitte Ihrer Frau mitteilen?«, forderte ich ihn auf und gab das Handy wieder zurück.

Nach einem wortreichen Gespräch, in dessen Verlauf sich die Frau beruhigte, beendete die Mutter von Ali und Orkan das Telefonat, schnappte die Tüte und verließ mit den Zwillingen die Apotheke. Die Gummibären blieben zurück. Bis wir einen des Türkischen mächtigen Mitarbeiter gefunden hatten, verzichteten wir vorläufig darauf, Gummibären zu verteilen.

14

Nix schmecken gut

Ein weiterer netter Türke kaufte gerne bei uns ein. Er brachte die Rezepte für den ganzen Clan, sprach aber spärliches Deutsch.

Gespannt beobachtete er, welches Medikament für welches Rezept bereitgestellt wurde.

»Du schreiben«, erklärte er und fuchtelte mit einem imaginären Stift. Ich sollte den Namen des jeweiligen Familienmitglieds auf die Packung schreiben und jedes Medikament separat eintüten.

Als ich eine Medikamentenpackung auf das Rezept seiner Frau legte, rastete er aus. Er brüllte und gestikulierte durch die gesamte Apotheke. Die anderen Kunden sahen neugierig herüber.

»Nein, nein«, rief er und schüttelte heftig mit seinem Zeigefinger. Er tippte wütend auf die Packung mit den Schmerzzäpfchen: »Die meine Frau nix nehmen, nix schmecken gut.«

15

Cornelia

Cornelia zeigte es allen. Kleine, rötliche Locken umspielten ihr freundliches Gesicht, das gerne lächelte. Aber die schlanke junge Frau mit rehbraunen Augen und dezenten Sommersprossen war gerade einmal 19, als ihr Leben hätte enden sollen.

Sie hatte sich schon während der Abiturvorbereitungen müde und kraftlos gefühlt. Sie solle sich zusammenreißen, hatte ihre Mutter gemahnt. Immer wieder. Sie sorgte alleine für Cornelia, die ohne Vater aufgewachsen war. Im sechsten Monat der Schwangerschaft hatte er die Familie verlassen und sich nie wieder gemeldet. Um sich und ihre Tochter zu versorgen, arbeitete die Mutter hart. Sie musste sich um drei Jobs und einen neuen Lebenspartner gleichzeitig kümmern. Mit dem Vater von Cornelia war auch ihr Vertrauen in Männer entschwunden, aber hin und wieder wagte sie doch einen neuen Versuch.

Ihr blieb wenig Zeit für Cornelia. Nur wenige Tage nach den letzten mündlichen Abiturprüfungen brach Cornelia zusammen. Abgemagert und blutleer wurde sie mit großen Schmerzen ins Krankenhaus eingeliefert. Dabei diagnostizierten die Ärzte überrascht einen eher seltenen Magentumor, der sonst nur bei älteren Männern auftrat. Ihr Magen wurde entfernt und sie erhielt Chemotherapie. Cornelia und ihre Mutter wurden von den Ärzten nach der vernichtenden Diagnose auf das Schlimmste vorbereitet.

Monatelang lag sie auf der Palliativstation und bestand fast nur noch aus Haut und Knochen. Ihre Mutter brach immer wieder in Tränen aus. Sie fühlte sich verantwortlich, weil sie ihre Tochter nicht rechtzeitig zum Arzt geschickt hatte.

Doch das Blatt wendete sich. Cornelias Lebenswille siegte. Sie erholte sich und bekam einen sogenannten Pouch, eine Tasche, aus Dünndarmgewebe als Ersatzmagen eingenäht. Sie lernte, sich richtig zu ernähren und mit der Situation umzugehen. Die junge, hübsche Frau gewann ihren Lebensmut zurück.

Nun stand sie mit ihrer Mutter vor mir in der Apotheke und benötigte ein paar Vitamintabletten. Sie war mit meinem Sohn in die Grundschule gegangen. Daher kannte ich sie flüchtig. Wache Augen sahen mich an. Von den Strapazen keine Spur mehr. Wir plauderten angenehm, sie erzählte mir ihre Geschichte. Was sie jetzt vorhabe, fragte ich sie, nach dem bestandenen Abitur.

Cornelia senkte den Blick und sprach nur noch leise. Sie wollte im Frühjahr ein Studium beginnen und bis dahin ein wenig jobben. Aber sie habe einen Schwerbehindertenausweis bekommen, der sich als großes Problem erwiesen habe. Die Kaufhäuser der Stadt hatten zwar Stellen ausgeschrieben. Sie wäre genommen worden, wenn sie nur nicht diesen Schwerbehindertenausweis gehabt hätte. Ich sah, wie Cornelia mit den Tränen kämpfte, und überlegte kurz.

Wir hatten derzeit saisonbedingt einen verstärkten Arbeitsanfall zu bewältigen. Eine Mitarbeiterin war im Mutterschutz und Herr Bauer, mein hauptamtlicher Betriebswirt, musste fast die ganze Warenbewirtschaftung zusätzlich zu seinen gewöhnlichen Aufgaben stemmen. Aber er klagte nie. In der Regel war er der Erste und abends der Letzte.

In meinem Kopf ging ich Für und Wider durch. Eigentlich ging es nicht, aber mein Bauch setzte sich durch. »Willst du bei uns arbeiten?«, hörte ich mich sagen.

Cornelia strahlte. »Wann darf ich anfangen?«, fragte sie, noch ein wenig ungläubig.

»Gleich morgen«, antwortete ich kurz entschlossen.

Ich nahm sie mit ins Backoffice und stellte sie dem überraschten Herrn Bauer vor, der dort das Sagen hatte und dem ich voll vertraute. Er sah mich schief an. Begeisterung war das nicht.

Normalerweise stimmte ich mich in solchen Fragen immer mit ihm ab, schließlich war er mein finanzielles Gewissen. Aber diesmal hatte ich vollendete Tatsachen geschaffen und Cornelia sollte ausgerechnet ihm Entlastung bringen.

Cornelia verließ die Apotheke überglücklich. Derweil musste ich bei Herrn Bauer noch gehörige Überzeugungsarbeit leisten. An einem »Sozialfall«, sagte er, der ihn beim momentanen Arbeitsaufkommen zusätzlich belaste, habe er kein Interesse. Er raufte sich die Haare.

Mit der Bitte, ihr doch eine Chance zu geben, verschwand ich in die Offizin, wo ich den Rest des Tages Kunden bediente. Gelegentlich blinzelte ich schuldbewusst zum Chef im Backoffice, der noch ruhiger als sonst arbeitete. Er entschwand wenig später mit knappem Gruß in den Feierabend. Das war kein gutes Zeichen.

Am nächsten Morgen trug Cornelia bei meinem Eintreffen bereits den weißen Kittel und ein Namensschild. Sie war kurz nach Herrn Bauer überpünktlich zu ihrem ersten Arbeitstag erschienen und wurde von ihm eingewiesen. Mit Feuereifer, Sorgfalt und Umsicht erledigte sie ihre Aufgaben. Ich blieb im Verkaufsraum und hörte nichts: geschäftige Ruhe im Backoffice. Das war ein gutes Zeichen.

Die neue Apothekenhelferin arbeitete emsig und geräuschlos. Betriebswirt Bauer, der keine plappernden Kolleginnen mochte, war überrascht. Cornelia erwies sich als sehr intelligent, für diese Arbeit eigentlich überqualifiziert. Sie erledigte jede Aufgabe mit viel Freude und ohne Fehler.

Sie erklärte den anderen Mitarbeitern, sie wolle nicht wie ein rohes Ei behandelt werden, sondern wie eine normale junge Frau. Als sie Herrn Bauer auch noch das »Conny« anbot, war das Eis endgültig gebrochen. Die beiden verstanden sich blind. Ich musste ein wenig schmunzeln, als mein Betriebswirt ab der zweiten Woche von »meiner Conny« sprach. Der Rotschopf passte wunderbar ins Team und wurde von einer Aushilfskraft zu einer festen Mitarbeiterin, die uns nie im Stich ließ. Cornelia hatte es mal wieder allen gezeigt.

16

Peanuts

»Das doppelte Lottchen«, sagten wir intern scherzhaft, wenn die Zwillingsschwestern um die 40, die zu unseren regelmäßigen Kunden zählten, in die Apotheke kamen. Es gab sie nur im Doppelpack. Sie verhielten sich freundlich, beinahe übertrieben höflich, schienen aber nicht die Hellsten zu sein.

Die voluminösen Zwillinge, die zusammen sicher über 200 Kilo auf die Waage brachten, wobei sie sich auch diese gerecht aufteilten, hielten gerne ein Schwätzchen und suchten das Gespräch. Sie berichteten bei jedem Besuch von ihren schmerzhaften Gallenkoliken. Jedes Mal so, als sei das für uns neu. Kichernd erklärten sie, dass sie als Zwillinge sogar unter denselben Krankheiten litten, während sie die Verordnungen in doppelter Ausfertigung abgaben.

Ihre Rezepte waren von Hand geschrieben und sehr korrekt ausgefüllt. Regelmäßig erhielten sie Großpackungen von Schmerzmitteln und krampflösende Zäpfchen – alles zweimal natürlich. Manchmal mussten wir beim Großhandel nachbestellen, da wir nicht jedes Produkt in doppelter Ausfertigung vorrätig hatten. Wir gaben in diesem Fall eine Abholnummer aus und vertrösteten die beiden auf den Nachmittag.

Bei einer Bestellung für die Zwillinge informierte uns der Großhandel, dass das Medikament nur noch in geänderter Zusammensetzung auf dem Markt sei. Um kein Risiko einzugehen, beschloss ich, den verschreibenden Arzt anzurufen und mich mit ihm kurzzuschließen. Er hatte seine Praxis in einem Vorort von Stuttgart, war aber unter der auf dem Rezept vermerkten Telefonnummer nicht erreichbar. »Kein Anschluss unter dieser Nummer«, ertönte

es auch beim dritten Versuch. Ich stutzte und rief verwundert die Auskunft an. Dort konnte der Arzt nicht ermittelt werden. Man hatte keinen Eintrag vorliegen. Erst ein Anruf bei der Kassenärztlichen Vereinigung brachte Klarheit: Der besagte Arzt war vor einem Jahr verstorben, seine Praxis existierte nicht mehr. Ich war perplex. Das Rezept war am Vortag ausgestellt worden.

Wie Schuppen fiel es mir von den Augen: Unser doppeltes Lottchen, alle beide, waren Rezeptbetrüger! Wir kannten das Problem, aber so viel Dreistigkeit machte mich fassungslos. Manchmal ließen Ärzte blanko unterschriebene Rezepte in Sprechzimmern unbeaufsichtigt liegen. Für Patienten mit Rezeptwünschen, die nicht erfüllt wurden, war das verlockend: Gelegenheit macht bekanntlich Diebe. In den Praxen fiel der Schwund normalerweise erst auf, wenn es Rückfragen aus den beliefernden Apotheken gab. Deshalb prüften wir alle Verordnungen über Schlaf- und Beruhigungsmittel, die für Rezeptbetrug anfällig waren, besonders kritisch. Wirkte die einlösende Person verdächtig, nahmen wir den Telefonhörer in die Hand. Oft löste schon das eine Fluchtreaktion aus. Die Abgebrühten blieben gelassen, weil sie wussten, dass in der Praxis oft niemand zu erreichen war. Wir gaben Abholnummern aus und baten, die Medikamente später abzuholen. Die normalen Kunden kamen wieder, die Trickser wurden nie wieder gesehen.

Aber die beiden Zwillingsschwestern waren besonders frech vorgegangen. Dank ihrer gekonnten schauspielerischen Leistung waren sie bislang über jeden Zweifel erhaben gewesen. Als das doppelte Lottchen an diesem Tag zur Abholung kichernd einmarschierte, erwartete sie ein von uns informierter Polizist, der ihre Personalien aufnahm. Die beiden Betrügerinnen waren stocksauer. Sie konnten sich nicht erklären, weshalb ihre Masche aufgeflogen war, und gerieten in heftigen Streit. Sie warfen sich gegenseitig vor, eines der Rezepte fehlerhaft ausgefüllt zu haben. In meine Richtung warfen sie nur wütende Blicke, da ich erkennbar die Spielverderberin gewesen war. Von Schuldgefühlen oder Bedauern bei den Zwillingen keine Spur.

Um meinerseits alles getan zu haben, rief ich noch die Krankenkasse des betrügerischen Doppelpacks an. Nach der fünften Weiterschaltung und einigen Minuten in diversen Warteschleifen landete ich bei einer genervten Sachbearbeiterin. Nachdem ich die Story zum x-ten Mal erzählt hatte, erklärte sie mir etwas herablassend: »Sie haben ja keine Ahnung, wie viele Rezeptfälschungen gerade im Umlauf sind. Faxen Sie mir die Belege einfach zu.«

»Das ist alles?«, wunderte ich mich.

»Wissen Sie, uns gehen Millionen durch die Lappen, weil sich Menschen, die selbst nicht versichert sind, mit Versichertenkarten von Familienangehörigen oder Freunden behandeln lassen. Wir fangen jetzt erst an, die Karten mit Fotos auszurüsten.«

»Und was wird aus den bereits für die Kunden abgerechneten Rezepten?«

»Ja, die retaxieren wir selbstverständlich alle, nachdem wir jetzt Kenntnis davon haben«, antwortete die Dame bestimmt.

»Da habe ich mir ja dazu noch einen schönen Verlust eingehandelt.«

»Hätten Sie halt besser überlegt, bevor Sie anrufen. Dann hätte die Versichertengemeinschaft bezahlt, wie so oft. Die zahlt ohnehin für alles Mögliche. Die paar Rezepte wären dann doch nun wirklich Peanuts.«

17

Frau Mulde und ihre Fragen, die zweite

Die bekannte Nummer leuchtete auf dem Display auf. Die Mitarbeiter sahen verstohlen zur Seite oder waren plötzlich schwer beschäftigt. Ich erbarmte mich und ging ran. Ohne ihren Namen zu nennen, begann Frau Mulde wie gewohnt: »Ich hab da mal 'ne Frage.«

»Ich habe gerade in meinem Kühlschrank einen Joghurt gefunden. Heute ist der 23. Februar. Auf dem Deckel steht »haltbar bis zum 22. Februar«. Muss ich den jetzt wegwerfen oder kann ich den noch essen?«

»Der Arzt hat mir Schilddrüsentabletten verschrieben. Die soll ich vor dem Frühstück einnehmen. Das geht aber nicht, weil ich nicht frühstücke! Was soll ich jetzt tun?«

»Ich habe von Ihnen Inkontinenzeinlagen bekommen. Wie oft kann ich die denn verwenden? Ich habe sie zweimal getrocknet, aber jetzt riechen sie komisch!«

18

Schnapsidee

Kleine Einzelapotheker haben zur Urlaubssaison oder in Notfällen häufig ein Besetzungsproblem. Durch ihren relativ niedrigen Personalstamm können sie auf Ausnahmesituationen nicht flexibel reagieren. Dann müssen sie bei anderen Apothekern nach Unterstützung fragen und auf Kollegialität hoffen.

Vor Jahren erreichte mich ein Notruf aus Bayern, dem Bundesland von CSU, Bier, Laptop, Lederhose, Oktoberfest und weißblauem Filz. Es ging nicht um Entwicklungshilfe, sondern lediglich um eine Aushilfe für zwei Tage. Ein Studienfreund, der Sepp, hatte in seiner Familie einen Trauerfall zu verzeichnen und als einziger naher Verwandter musste er die Beisetzung mit zahlreichen Behördengängen organisieren. Daher benötigte er kurzfristig einen Vertretungsapotheker. Der Sepp wusste, dass ich drei Apotheker angestellt hatte, und wollte sich einen ausleihen. Ich überlegte, welchen ich schicken könnte. Aber keiner wollte so recht die sicheren Grenzen Baden-Württembergs verlassen. Meine Apotheke wusste ich für zwei oder drei Tage allemal in guten Händen. Mir war nach Abwechslung und einem kleinen Abenteuer, also wagte ich es selbst.

Am nächsten Morgen saß ich im Auto gen Bayern. Sepps Apotheke lag in einer Kleinstadt, wo sonst, im ländlichen Bereich. Seine Familie betrieb sie schon in der dritten Generation in einem Fachwerkhaus direkt am Marktplatz, im sogenannten Stadtzentrum.

Bereits eine halbe Stunde vor Ladenöffnung war ich vor Ort, der Stau auf der A8 hatte sich in Grenzen gehalten, um mich von Sepp instruieren zu lassen. Mein humorvoller Kollege erwartete mich bereits ungeduldig. Im Studium war er einer der Besten gewesen. Trotz zahlreicher lukrativer Angebote von Pharmakonzernen hatte er sich für die heimische Apotheke entschieden. Er trug Wanderschuhe, eine braune Cordhose und ein Flanellhemd unter der trachtenähnlichen Lederjacke. Mode war schon im Studium nicht sein Ding gewesen. Seither musste er aber ordentlich zugenommen haben. Vielleicht lag es an der heimischen Küche, dachte ich mir, oder der Sepp hat seinen ausgeprägten Bierdurst noch weiterentwickelt.

Jede Apotheke hat ihre Besonderheiten, die der, sei es auch nur vorübergehende, Chef kennen sollte, um keine Stammkunden zu vergraulen. Es gibt zum Beispiel unterschiedliche Kassen- und Computersysteme, die sich nicht immer selbst erklären. Wie befürchtet hatte Sepp ein Uraltmodell im Einsatz, das ich noch aus grauer Praktikanten-Vorzeit kannte. Aber daran würde ich mich schnell wieder gewöhnen können.

Zusammen schritten wir die Apotheke ab. Sepp zeigte mir sein Reich. Alles wie üblich. Er führte ein schmales, ordentliches Sortiment. Erst im Freiwahlbereich stoppte ich und staunte nicht schlecht. Ich konnte es nicht fassen und musste zweimal hinsehen: Der Landapotheker hatte dort ein großes Regal mit Obstbränden aufgebaut, hergestellt in der eigenen Hausbrennerei.

Für einen Moment vergaß er seine Trauer und beschrieb mir mit leuchtenden Augen die Vorzüge der Destillate. Er musste mein Staunen als Begeisterung missverstanden haben. Ich war in der Tat beeindruckt und glaubte ihm jedes Wort. Sepp wollte mich mit einer kleinen Degustation von der Qualität überzeugen, aber gegen acht Uhr morgens erschien mir das noch ein wenig zu früh. Überhaupt passte dieses Angebot nicht in den Verkaufsraum einer Apotheke. Ich sah ihn an und sagte: »Lieber Sepp, bei aller Freundschaft und allem Respekt, aber das gehört nicht in die Freiwahl deiner Apotheke. Wenn du willst, dass ich dich zwei Tage vertrete, muss das Zeugs verschwinden.«

»Jo bis du narrisch«, entfuhr es ihm entsetzt. »I glaub, du spinnst. Wos solln denn meine Kunden do denken?«

»Wie soll ich das dem bayerischen Pharmazierat erklären, wenn er vorbeikommt?«

»Schau Madl, in Bayern lauft des a bisserl anders«, lachte Sepp amüsiert über meine Angst.

»Ich habe keine Lust, wegen deiner Brennereikünste meinen Ruf und am Ende meine Approbation zu verlieren.«

»Bei uns kommt der Pharmazierat erst nach Voranmeldung. Dann verschwind die heiße Ware im Keller und a paar Hausmittelchen stehn do vorne. Außerdem wor der erst vor vier Wochn do.«

»Nein Sepp, das geht nicht, der Schnaps muss weg«, sagte ich ernst. Die Miene meines Kollegen verdüsterte sich, aber er hatte Termine und keine andere Vertretung.

»Marlies«, brüllte er durch den Laden. »Gnädige Frau Apothekerin hat ein Problem mit unserem guten Schnaps. Gehns und schaffens alles in den Keller, damits a Ruh gibt.«

»Servus«, sagte Sepp noch in meine Richtung, winkte ab und verließ die Apotheke.

Marlies, die bayerische PTA, selbst ein Urgestein, tat, wie ihr befohlen, nicht ohne missbilligende Blicke in meine Richtung. Die ersten Kunden warteten schon. Ich warf mich schnell in meinen weißen Kittel und eilte hinter den Handverkaufstisch. Los ging's in der bayerischen Provinz! Die Kunden akzeptierten mich als vorübergehenden Ersatz, alles klappte wunderbar. Nur diejenigen, die von dem wunderbaren Schnaps kaufen wollten, musste ich auf die Zeit vertrösten, wenn der »richtige Chef« wieder da sein würde. Selbst einen zittrigen Rentner, der offenkundig dringend Nachschub benötigte, konnte ich abwiegeln. Ich wollte keine Ausnahme machen und Marlies in den Keller schicken, um eine Flasche zu organisieren. Die Kunden akzeptierten das klaglos.

Nach der Beerdigung löste Sepp mich wieder ab. Seinen Ärger hatte er mit einigen Maß beim Leichenschmaus hinuntergespült.

Er war dankbar, dass ich ihm ausgeholfen hatte, konnte sich aber dennoch nicht verkneifen, mich aufzuziehen: »So, Madame, wo war jetzt der Pharmazierat? Die ganze Räumaktion fürd Katz! Hättst ihm, wenn er gekommen wär, halt a paar Flaschel mitgegeben, wie i beim vorletzn Mol. Ganz überschwänglich hat der sich bedankt, für die Sechserkistn.«

»Mir war es lieber so.«

»Marlies«, kommandierte er nach hinten gewandt. »Alles wieder an seinen Platz.«

Marlies eilte und meine Mission war beendet. Ich faltete meinen Apothekerkittel wieder zusammen, um mich auf den Heimweg zu begeben.

»Moment mal«, sagte Sepp und stellte zwei Schnapsgläser auf den Tresen. »Jetzt probierst mol, dann wirst scho sehn, warum wir den hier brauchen.«

»Das geht nicht, ich habe noch eine lange Autofahrt vor mir.«

Sepps Halsschlagadern schwollen bedenklich an und sein Gesicht rötete sich. Spätestens jetzt drohte unsere Freundschaft in die Brüche zu gehen. Wütend kippte er sich beide randvolle Schnapsgläser selbst in den Rachen. Dabei fingen seine Äuglein zu glänzen an. Er schmeckte etwas schmatzend dem Aroma nach und sagte schließlich gutmütig: »Jo mei, ihr Schwoba, seid einfach a anders Kaliber als mir in Bayern. Vergölts Gott, dass du da warst, und hier, nimm wenigstens des Flaschel mit und probiers daham.«

»Danke, das werde ich tun«, antwortete ich und trat mit der Flasche unter dem Apothekerkittel die Heimfahrt nach Stuttgart an. Zu Hause goss ich mir einen Schluck ein. Das Destillat schmeckte tatsächlich hervorragend. Was Sepp in Angriff nahm, wurde ein Erfolg, wie schon im Studium. Nur bei der Verkaufsstelle für seinen Schnaps musste er noch optimieren.

19

Gut vertreten

In seltenen Fällen musste auch ich mir Unterstützung von außen holen, trotz der drei festangestellten Apotheker. Eine Kollegin war im Mutterschutz, eine andere wegen einer Grippe kurzfristig krankgeschrieben und der junge Kollege für eine fest gebuchte Fortbildung eingeplant, die er unbedingt wahrnehmen wollte. Im Zweifel hätte er sie sausen lassen müssen, aber um die Stornokosten zu vermeiden, bemühte ich mich um Ersatz. Außerdem war ich ja eine nette Chefin.

Ich selbst musste zu einer adhoc einberufenen Krisensitzung ins Ministerium nach Berlin. In den USA waren Briefe mit gefährlichen Anthraxerregern verschickt worden. Alle Welt befürchtete eine Attacke von Terroristen mit Biowaffen. Für solche Situationen mussten Notfallpläne erarbeitet und je nach Bedrohungspotenzial ständig aktualisiert werden.

Mehrere Kollegen, mit denen ich wegen einer kurzfristigen Vertretung telefonierte, sagten mir ab. Sie alle ächzten unter einer knappen Besetzung wegen der Grippesaison.

Mir fiel ein junger österreichischer Kollege ein, der schon mehrfach bei uns ausgeholfen hatte. Er interessierte sich für die deutschen Apotheken, die ein wenig anders funktionierten als die österreichischen. Der groß gewachsene, sehr gut aussehende Apotheker ließ mit seinem Charme die Herzen der Frauenwelt schneller pochen. Der Kollege pflegte gehobene Umgangsformen. Sein weicher Dialekt und die sanfte Stimme brachten sowohl meine Mitarbeiterinnen als auch die Kundinnen in Wallung. Wenn er sie mit seinen großen braunen Augen ansah und sein Zahnpasta-

Lächeln aufsetzte, schmolzen sie dahin. Er konnte gar nicht oft genug einspringen. Als ich meinem Team von der Idee erzählte, ihn anzurufen, herrschte Begeisterung. Vor allem die PTAs freuten sich auf ihn. Ich erreichte den Inhaber der Apotheke, in der er seit Neuestem angestellt war, und dieser sagte mir gleich zu, ihn mir auszuleihen. Er würde es ihm sagen. Ich gab meinem Approbierten endgültig grünes Licht für seine Fortbildung.

Manche meiner Mitarbeiterinnen dürften sich auf eine lange Krisensitzung im Ministerium und eine lange andauernde Abwesenheit der Chefin gefreut haben. Wenn der Österreicher mich vertrat, halfen ihm die Kolleginnen, wo sie nur konnten, und ließen dafür sogar eigene Aufgaben gerne liegen. In der Regel fand ich nach solch einem Vertretungseinsatz zwei Lager vor.

Die Damen: »Ist der nicht süß?«, »Da merkt man, dass er Stil hat«, »Er sieht einfach super aus«, »Wann kommt er mal wieder?«

Die Herren: »Der mit seinem Wiener Schmäh«, »Dieser aufgeblasene Apotheken-Clooney«, »So ein Lackaffe«, »Was die nur immer mit ihm haben?«

Mein Betriebswirt und der junge schwäbische Approbierte, ansonsten selten einer Meinung, äfften den »Aushilfs-Ösi«, wenn dieser den Kunden eine Tüte anbot, unter dem brüllenden Gelächter des jeweils anderen nach: »Wollns a Sackerl?«

»Sind die Herren etwa eifersüchtig?«, fragte ich amüsiert, denn ich kannte die Qualitäten meines österreichischen Kollegen.

»So ein Schmarren«, winkten beide entrüstet ab und nahmen zügig ihre Arbeit wieder auf. Die Vorfreude im weiblichen Teil des Teams war riesig. Die Herren stöhnten auf. Mein Apotheker war allerdings zum ersten Mal froh über den Ersatz, ermöglichte dieser ihm doch, die Fortbildung zu besuchen. Der Betriebswirt überlegte, ob er am nächsten Tag nicht ein paar Überstunden abbauen oder einen Tag von zu Hause aus arbeiten könnte. Ich war einfach nur erleichtert über die unkomplizierte Lösung und begab mich zum Flughafen. Kurz nach dem Boarding, ich hatte schon meinen

Sitzplatz eingenommen, sah ich auf meinem Handy eine mir bekannte Nummer aufleuchten. Die Stewardess und mein Nebenmann blickten mich böse an, als ich den Anruf hastig annahm. Mein österreichischer Ersatzmann war dran. Er könne morgen unmöglich einspringen, sagte er. Sein Chef habe nicht gewusst, dass er am nächsten Tag die Weisheitszähne herausoperiert bekomme. Mein Kollege entschuldigte sich tausendmal, aber er konnte nicht. Ich musste ihn abwürgen, weil schon die Durchsage ertönte, die Handys müssten ausgeschaltet werden. Mist, dachte ich mir und ließ mich in meinen Sitz zurückfallen. Langsam, aber sicher gingen mir die Optionen aus. In Gedanken war ich in wichtigen Notfallplänen für die Republik unterwegs und zu Hause könnte ich womöglich meine Apotheke nicht besetzen. Es gab nur noch eine kleine Chance, eine letzte Rettung, ansonsten würde es doch nichts werden mit der Fortbildung meines Approbierten. Sobald ich in Berlin gelandet wäre, würde ich das versuchen.

Ich löste mich von diesem Problem mit gemischten Gefühlen. Ich begann, ein wenig zu entspannen. Ich dachte darüber nach, als ich alle meine bekannten Kollegen im Kopf so durchging, wie unterschiedlich doch Apotheken betrieben wurden. Angefangen vom Apothekensortiment, das trotz vieler gesetzlicher Vorschriften in den Apotheken sehr vielfältig ist, bis hin zu Schwerpunkten, die sich im Verlauf der Zeit herausbildeten. Ein Kollege hatte ein Weinlabor, das für Winzer im Herbst angeboten wurde, ein anderer hatte sich auf Rezepturen für krebskranke Patienten spezialisiert, viele weitere legten ihren Fokus auf alternativmedizinische Gebiete. Jeder Patient hat die freie Wahl. Ohne viel Zutun regelt sich der Apothekenmarkt. Immer wieder heißt es, es gebe zu viele Apotheken. Dabei ist klar, wenn sich Standorte nicht mehr rechnen, müssen sie aufgegeben werden. Wer im Vergleich zu Konkurrenten keinen überzeugenden Job leistet, wird auf Dauer trotz staatlich festgesetzter Preise für verschreibungspflichtige Präparate in Schwierigkeiten geraten. Wettbewerb findet über den Service statt.

Damit sind die deutschen Apotheken im internationalen Vergleich eine Besonderheit. Vor einer amerikanischen Apotheke, »drugstore« genannt, sah ich zum Beispiel einmal einen Aufsteller mit dem Angebot »Insulin today only … Dollar«. Ich war schockiert. In Deutschland muss sich niemand um den Preis für sein Insulin sorgen und sich bevorraten. Der Preis und die Preisbildung sind staatlich reguliert. Jeder zahlt den gleichen Preis. Und das ist gut so.

Apotheken bieten vom rezeptpflichtigen Medikament über apothekenpflichtige und freiverkäufliche Arzneimittel bis zu Homöopathika, Nahrungsergänzungsmitteln, Apothekenkosmetik und Teesortimenten ein breites Spektrum von Produkten an. Der Kunde bekommt eine fachmännische Beratung. Gelegentliche Testkäufer der Apothekenkammer sorgen dafür, dass sich jeder Bediener anstrengt. In Deutschland wird zwar immer viel geschimpft, aber im Grunde ist die Struktur nicht so schlecht, dachte ich mir und bereitete mich für den Rest des kurzen Fluges nach Berlin jetzt gedanklich auf die kommende Sitzung vor. Am späten Nachmittag des folgenden Tages kehrte ich direkt vom Flughafen in die Apotheke zurück. Ich hatte spätabends eine Vertretung organisieren können, allerdings aufgrund der Uhrzeit, ohne die Mitarbeiter zu informieren. Als ich die Apotheke betrat, herrschte eine merkwürdige Stimmung im Team.

Alle waren genervt. Sie machten zwar unverdrossen ihre Arbeit, aber die Enttäuschung stand ihnen ins Gesicht geschrieben. Der Betriebswirt, der doch erschienen war, verdrehte nur die Augen und empfahl sich in den frühen Feierabend. Meine vier PTAs stürmten auf mich ein und erzählten die Anekdoten des Tages. Sie seien doch froh, mich als Chefin zu haben. Ich sei zwar auch manchmal anstrengend, aber das sei ja alles kein Vergleich zu »dem«. Sie deuteten mit dem Daumen in Richtung Büro. Dabei hätten sie sich so auf den smarten Österreicher gefreut.

Schuldbewusst ging ich nach hinten. Im Büro saß, eingehüllt in dicke Rauchschwaden, ein gut gelaunter Heinz Bär. Auf dem

Schreibtisch lagen mehrere Zeitungen und der aktuelle *Stern*, schließlich war Donnerstag, mit dem er sich hauptsächlich zu beschäftigen schien. Er nahm einen kräftigen Zug aus seiner Zigarre, die sich dem Ende zuneigte, und blies eine Rauchwolke in die Luft. Das hatte bis jetzt bei mir noch niemand gewagt.

»Nimm Platz«, sagte er erfreut. Ich durfte mich auf den Besucherstuhl setzen, während er sich im Chefsessel zurücklehnte und die Hände über dem Bauch verschränkte.

»Also die Verpflegung hier ist ausgezeichnet, alles läuft wie am Schnürchen. Das Team spurt super, das muss ich dir lassen.«

»Dann ist es gut gelaufen?«, fragte ich ein wenig hoffnungsvoll.

»Na klar, ein Bär hat alles im Griff. Aber das ganze Gedöns, das du mit deinen Kunden machst, ging mir schon gewaltig auf den Keks. Ständig fragen sie nach der Chefin. Ich bin kaum zum Zeitunglesen gekommen.«

»Danke für deinen Einsatz«, sagte ich und konnte mir ein Grinsen nicht verkneifen. Tatsächlich las ich meine Zeitung abends zu Hause und war für meine Kunden da. Heinz Bär schälte sich behäbig aus dem Sessel, drückte seine Zigarre aus und erhob sich langsam.

»Dafür schuldest du mir was«, sagte er noch, bevor er sich mit einem knappen Servus verabschiedete. »So viel wie heute bin ich schon lange nicht mehr in der Offizin gestanden.«

20

Der schnelle Weg zur Traumfigur

Der einfache und schnelle Weg zur Traumfigur führt oft über die Apotheke. Viele junge Frauen möchten aussehen wie Models, die sie aus Hochglanzkatalogen und aus dem Fernsehen kennen und die sie bewundern. Dafür setzen sie gerne Abführmittel ein.

Für uns Apotheker ein leidiges, aber eben auch ein dauerhaftes Thema. Wir führten jahrelang einen regelrechten Feldzug gegen den Missbrauch von Abführmitteln. Mit Aufklärungskampagnen wurde immerhin erreicht, dass sie nicht mehr jeder Drogeriemarkt völlig unkontrolliert verkaufen darf. Allerdings sind sie nach wie vor rezeptfrei erhältlich, da der bestimmungsgemäße Gebrauch unproblematisch ist – ähnlich wie bei schwachen Schmerzmitteln, abschwellenden Nasentropfen oder kleinen Muntermachern. Es gibt schließlich Menschen, die durch vieles Sitzen oder auf Reisen ein Abführmittel benötigen. Wenn die Einnahme nicht zur Dauereinrichtung wird, ist das unbedenklich. Es kann nicht jedes Mittelchen, das von wenigen Einzelpersonen missbräuchlich eingesetzt wird, unter die Verschreibungspflicht fallen. Damit würden alle sorgfältigen Anwender abgestraft und ein gigantischer Mehraufwand produziert werden, zudem mit fraglichem Erfolg. Denn wer unbedingt ein Medikament möchte, findet leider oft genug auch Wege, um es zu erhalten. Umso mehr sind also Apotheker und ihre Mitarbeiter in letzter Instanz gefragt, kritisch zu beäugen, was über ihren Tresen geht.

Ich habe oft erfahren, dass gerade Frauen, die gar kein Übergewicht haben, zu Abführmitteln als kleinen Helfern auf dem Weg zur Modelfigur greifen. Sie wollen auf gutes Essen und Genuss nicht verzichten. Durch die hoch dosierte Einnahme von Abführmitteln hoffen sie, dass die Nahrung nicht resorbiert wird und sofort den Körper wieder verlässt. Mit einer solch radikalen Verhaltensweise gewöhnt sich der Darm schnell an die Mittel und funktioniert tatsächlich irgendwann nicht mehr ohne sie.

In diesen Fällen ist besonders sensible Beratung erforderlich, denn die meisten Käuferinnen wissen im Grunde ja, dass sie ihrem Körper nichts Gutes tun. Daher reagieren sie, auf das Problem angesprochen, oft abweisend oder aggressiv. Um gar nicht erst in diese Situation zu geraten, wechseln sie regelmäßig die Apotheke oder bestellen gleich im Internet.

Zwei hübsche Mädchen, die eine blond, die andere brünett, topmodern gekleidet mit Handtäschchen im angewinkelten Ärmchen, betraten die Apotheke und verlangten je eine 100er-Packung Abführmittel. Sie sahen aus, wie einer der vielen Casting-Shows entsprungen. Die Mädels waren ziemlich sicher nicht älter als 17, aber ganz sicher untergewichtig. Meine Warnlämpchen leuchteten auf.

Ich fragte nach, wofür sie die Präparate genau bräuchten. Die beiden drehten sich weg und tuschelten. Entweder ist das die erste Apotheke, in der sie es versuchen, dachte ich mir, oder sie wurden zum ersten Mal angesprochen. Auffälliger ging es nicht mehr.

»Für die Oma«, sagte Blondine.

»Wie originell.«

»Bei mir für eine Freundin«, sagte die Brünette.

»Noch besser.«

Die beiden Mädchen sahen sich verwundert an. Mit einer solch lapidaren Reaktion hatten sie nicht gerechnet.

»Also, die 100er-Packung bitte«, kam es wie aus einem Mund. »Ja, die große!«

»Ich verkaufe Ihnen das nicht«, sagte ich bestimmt.

Diesem Kundenwunsch konnte ich beim besten Willen nicht entsprechen. Probeweise schlug ich ein anderes, verdauungsregulierendes Präparat vor, was aber kategorisch abgelehnt wurde. Ich überreichte den beiden ein für diese Fälle vorbereitetes Infoblatt über Magersucht und versuchte es mit Aufklärung. Die Ansprache über die negativen Auswirkungen von Abführmitteln auf das Verdauungssystem konnte die beiden nicht beeindrucken. Erst als ich sagte, dass damit die Antibabypille außer Kraft gesetzt werden kann, horchte besonders das blonde Mädchen auf. Dabei hatte sie das Abführmittel doch für ihre Oma benötigt.

Frustriert verließen die Teenager die Apotheke. Den zerknüllten Flyer warfen sie demonstrativ vor die Türe. Ich hörte noch etwas von »blöder Kuh«. Der Weg in die nächste Apotheke oder in die übernächste oder ins Internet war sicher nicht weit.

21

Der mühsame Weg zur Traumfigur

Von Übergewicht konnte Familie Amato nur träumen. Vater, Mutter und zwei Bambini stammten aus Sizilien und waren fett. Nicht übergewichtig, richtig fett. Obwohl sie schon seit fünf Jahren in Deutschland lebten, sprachen sie kaum ein Wort Deutsch, die Eltern konnten meiner Beobachtung zufolge nicht einmal schreiben. Nicht nur Mutter und Vater Amato, auch die Kinder waren fett. Im Kindergarten und in der Schule wurden sie gehänselt. Sie bewegten sich wenig und wirkten tollpatschig.

Anfangs, als die Familie in Deutschland ankam, hatte der Familienvater Amato noch seinen guten Willen gezeigt und bei der Bahn eine Stelle als Gleisarbeiter angetreten. Doch schon nach wenigen Wochen war ihm alles zu viel gewesen, sein Rücken schmerzte. Körperliche Arbeit, vor allem das Bücken und Tragen von schweren Gegenständen, lag ihm nicht. Ein Arzt fand sich, der ihn krankschrieb. Erst für ein paar Wochen, dann für Monate.

Seine Schmerzmittel, die er regelmäßig einnehmen sollte, und das kühlende Gel zum Einreiben holte er bei uns in der Apotheke ab.

»Buon giorno, Signore Amato, come stai?«, radebrechten wir in seiner Muttersprache. Fast jeden zweiten Tag kam er vorbei und erklärte wortreich auf Italienisch, dass »laborare impossibile« sei.

Der Dialog fand in einem wilden Mix von Zeichensprache, Deutsch und Italienisch statt. Zusätzlich half mein großes Latinum, das ich nun erstmals in der Praxis anwenden konnte. Meine Mitarbeiter amüsierten sich, aber Signore Amato und ich verstanden uns blendend. Offensichtlich nahmen wir ihn im Gegensatz zu anderen Geschäften ernst und bemühten uns um sein Wohl. Das genoss er.

Ich hatte immer nur mit ihm zu tun, kannte den Rest der Familie nur flüchtig. Bis ich einen Koloss in einem mit Blumenmuster bedruckten Kleid in einer Größe mit vielen, vielen X vor dem L sah. Die Dame trug eine schwarze, dauergewellte Perücke und quälte sich in die Apotheke, gefolgt von ihrem gut gelaunten Ehemann im Jogginganzug, der mehr der Bequemlichkeit denn sportlicher Betätigung diente. Ich war mir nicht sicher, wer von beiden einen üppigeren Bartwuchs hatte, und konnte meinen Blick nur mit Mühe von Signora Amatos ausladender Oberweite und den Haaren in ihrem Gesicht lösen. Wortreich stellte ihr Mann sie vor. Sie selbst sagte keinen Ton. Signore Amato erklärte mir, dass seine Frau abnehmen müsse. Sie grinste verlegen, obwohl sie kein Wort verstand. Was ich empfehlen würde, wollte er wissen.

Meine Güte, schoss es mir durch den Kopf. Ich ging die gängigen Diät-Methoden durch, doch wo sollte man in diesem Fall ansetzen?

Mein Sprachschatz Latein–Italienisch stieß an seine Grenzen. Was hieß überhaupt »abnehmen«? Ich versuchte es in mehreren Anläufen, die allesamt zum Scheitern verurteilt waren. Wollten die beiden es nicht verstehen oder war ich so undeutlich? In einem letzten Ansatz erklärte ich: »no mangiare pasta, tropo Kalorien«. Das saß! Empört signalisierte mir ein Wortschwall von Frau Amato auf Italienisch, dass ich meine Grenzen überschritten hätte. »Solo aqua!« vernahm ich immer wieder. Signora Amato funkelte ihren Göttergatten aus pechschwarzen Augen wütend an. Wahrscheinlich beschimpfte sie ihn als Verräter »traditore« und »bandito«.

Er schaute unglücklich drein, wehrte sich aber lautstark seiner Haut und schimpfte herzhaft zurück. Ich hörte Worte wie »grasso«, »figura« und »orribile«.

Andere Kunden sahen dem Schauspiel amüsiert zu. Ich musste selbst schmunzeln, aber das war nicht eben, was man eine gelungene Beratung hätte nennen können.

Ich beteuerte mehrmals »scusi, scusi, Signora«, aber sie rauschte wie eine Hochseefregatte bei Gewitter aus der Apotheke. Das Gewitter verzog sich, obwohl es mehr donnerte als blitzte. Flehentlich kam ebenfalls ein »scusi« von Signore Amato, dem die Situation peinlich war. In seinem Jogginganzug folgte er der zeternden Frau. Immerhin war er darin beweglich und konnte ihr schwer atmend nachrennen.

Meine Mitarbeiter und die umstehenden Kunden lachten Tränen. Ich stand ein wenig verloren hinter dem Tresen.

Die Geschichte war aber noch nicht ausgestanden. Am nächsten Tag kam Signore Amato wieder alleine. Er hatte den Arzt gewechselt, da der Vorgänger ihn nicht mehr länger krankschreiben wollte. Aber er hatte einen neuen, fürsorglichen Onkel Doktor gefunden, der mehr Verständnis für sein Leiden und seine Arbeitsunfähigkeit zeigte.

Dabei kam er auf seine Frau zu sprechen. Ich erklärte ihm, dass er auch mit ihr zu einem Arzt »dottore« gehen müsse, aber unbedingt ein »dottore parlare italiano«. Er stimmte zu. Im Telefonbuch fanden wir einen italienischen Arzt mit Kassenpraxis. Eifrig sagte Signore Amato »scribere, scribere«. Also schrieb ich Name, Straße, Telefonnummer auf einen Zettel inklusive der Sprechzeiten und überreichte ihm das Blatt. »Mille gracie, arrivederci, a domano.«

Nun galt es abzuwarten. Zwei Tage später betrat das Ehepaar Amato wieder die Apotheke, sie sehr aufgeräumt. Beide begrüßten mich wortreich und schüttelten meine Hand. Der »Dottore« hatte ihr ein Medikament gegen Fettsucht verschrieben und die Ernährungsberatung schon einmal auf Italienisch vorbereitet. Ein Fortschritt!

Die nächste Herausforderung für mich war, Signora Amato die bei Diätmissachtung unausweichlichen Nebenwirkungen des Medikaments mit dem Wirkstoff Orlistat zu erklären, nämlich dünnflüssigen Stuhlgang, weil zu viel verspeistes Fett als Öl ausgeschieden wird.

Der »Dottore« hatte das natürlich nicht erklärt. Interessiert lauschten die beiden meinem Vortrag mit Händen, Füßen und Deutsch-Italienisch-Lateinisch. Sie sahen mich mit leeren Augen an und rieben sich ihre Bäuche. So langsam wäre eine Mahlzeit vonnöten, sagten ihre Blicke.

Wahrscheinlich war meine Ausführung »toilette, olio, incontinenta« – etwas Besseres fiel mir einfach nicht ein –, doch nicht verständlich. So langsam ging mir im wahrsten Sinn des Wortes das Latein aus. Herr Amato ermunterte mich: »scribere, scribere«. Verzweifelt schrieb ich meine Anweisung auf Deutsch und bat ihn »rogare collega parlare Alleman«. Er packte den Zettel sorgfältig in seinen Geldbeutel, schnappte die Tüte mit dem Medikament und seine Frau schüttelte mir die Hände unter wortreicher Verabschiedung: »Mille gracie, dottoresa.« Ich war gerade zur Frau Doktor promoviert worden.

Wie zu befürchten, funktionierte diese Therapie trotz verschiedener Ansätze nicht. Ich telefonierte irgendwann mit dem Arzt, der mir entnervt bestätigte, dass das alles nicht zielführend sei. Er könne das ambulant nicht leisten. Frau Amato müsse zur Kur.

Vorsorglich ließ ich mir von ihm gleich einmal die Schlüsselwörter auf Italienisch geben. Er verschrieb »Donna Amato«, wie wir sie inzwischen liebevoll nannten, eine Badekur.

Die geriet für die Krankenkasse zu einer teuren Unternehmung, denn Signora Amato besaß keinen geeigneten Badeanzug. In ihrer Größe gab es auch keinen zu kaufen. Daher bekam sie einen Maß-Badeanzug vom Arzt verschrieben. Das Anmessen wurde glücklicherweise nicht in der Apotheke, sondern in einem Sanitätshaus vorgenommen. Ebenfalls stand der Kauf einer Ersatzperücke an, falls die vorhandene nass würde.

Je näher der Termin rückte, desto verzagter wurde Signora Amato. Sie zeigte uns zwar stolz den Badeanzug in einer Größe mit vielen, vielen X vor dem L und die neue »parrucca«, aber sie wollte nicht ohne ihren Ehemann in die Kur gehen.

Da auch die Kinder massives Übergewicht hatten, beschloss schließlich der entnervte Arzt, nachdem die Problematik dort viele Sprechstunden füllte, dass die ganze Familie in eine Familien-Badekur zum Abnehmen geschickt werden sollte. Die Krankenkasse zickte zuerst, aber nachdem eine Mitarbeiterin das Ausmaß persönlich in Augenschein genommen hatte, wurde die Familienkur sofort genehmigt. Fahrkarten wurden gekauft und weitere Badeanzüge für Signore und die beiden Bambini maßangefertigt.

Nach vier Wochen erhielten wir eine Postkarte aus der Kur, die jemand im Namen der Familie verfasst haben musste. In perfektem Deutsch lobten sie die Einrichtung und den positiven Verlauf ihrer Kur. Sie seien rundum zufrieden und erholten sich prächtig. Nach sechs Wochen kam die ganze Familie in die Apotheke. Strahlend erzählten sie von der »bella cura«, aber leider »alimento male«, weshalb sie immer zum »Ristorante Italiano« gegangen seien.

Das Ergebnis war zu besichtigen. Alle vier hatten kein Gramm abgenommen, waren aber überglücklich über die »molto bella vacanza«.

22

Botendienst

Der Botendienst stellt heute ein festes Serviceangebot praktisch aller Apotheken dar. Ist ein Medikament zum Beispiel nicht vorrätig, wird es den Kunden nach Hause geliefert, die dadurch nicht zweimal kommen müssen. Etliche Kunden können oder wollen auch die eigenen vier Wände nicht mehr verlassen. Die Apotheke kann mit diesem Service zudem gegen den Versandhandel punkten. Wenn wir bis elf Uhr beim Großhandel bestellen, bekommen wir die Arzneimittel schon gegen 13.30 Uhr in die Apotheke geliefert und können diese dann gleich an den Kunden weiterliefern.

Der Gesetzgeber schreibt vor, dass Medikamente nur von pharmazeutischem Personal, also Apothekern und PTAs, zum Kunden gebracht werden dürfen. An der Wohnungstüre sollen noch Fragen beantwortet werden können. Diese Vorschrift ist einleuchtend. Aber eigentlich wird das pharmazeutische Personal benötigt, um in der Apotheke die Kunden zu bedienen. Als Fahrer sind diese Mitarbeiter überqualifiziert. Der Versandhandel hat übrigens den Vorteil, seine Produkte von einem normalen, sprich billigeren, Paketfahrer ausliefern lassen zu können. Ich habe diese Regelung nie ganz verstanden.

Immerhin, sperrige Windelpakete durften wir auch von anderen Mitarbeitern ausliefern lassen. Dadurch erhielten die Kunden manchmal zweimal am selben Tag Besuch: Zuerst lieferte der Fahrer die Windeln und nach Geschäftsschluss kamen dann die Medikamente, geliefert vom pharmazeutischen Personal. Wir hatten die weniger geliebte abendliche Belieferung auf alle motorisierten Mitarbeiter, mich inbegriffen, aufgeteilt. Schwieriger stellten sich Kundenbestellungen dar, die tatsächlich innerhalb weniger Stunden dringend geliefert werden mussten. Mit guter Organisation schafften wir es dennoch meistens »just in time«.

Gerade in der Winterzeit, wenn Erkältungskrankheiten Hochkonjunktur haben, wird der Lieferservice viel genutzt. In einer intensiven Krankheitssaison hingen etliche unserer Kunden mit einer echten Grippe in den Seilen. So auch einer unserer Lieblingskunden Benno Meister, der sich für den attraktivsten Mann im Quartier hielt. Eine Meinung, die niemand so recht teilen wollte.

Schon gar nicht meine PTAs, die er regelmäßig mit plumpen Sprüchen anbaggerte.

Die Top-5-Sprüche von Benno Meister:

1. Mein Astralkörper wird morgens und abends eingeölt!
2. Wissen Sie, ich bin einfach unwiderstehlich!
3. Was machen die Ladys denn heute Abend?
4. Ihre Auswahl an Parisern ist wirklich bescheiden!
5. Und dann noch eine Probepackung Viagra! Ha, ha, ha!

Sie fanden ihn »etwas« schmierig. Sogar meine dienstälteste PTA, ansonsten vorbildlich zurückhaltend, nannte ihn einen »Lackaffen«.

In dieser Grippezeit rief Benno Meister mit belegter Stimme an und jammerte, wie hundeelend es ihm ginge. Er liege mit Fieber im Bett. »Mein Arzt hat mir ein Grippemittel verschrieben«, hauchte er matt ins Telefon.

»Welches denn?«

»Das kann ich beim besten Willen nicht entziffern.«

»Abholen geht nicht?«, fragte ich vorsichtig nach.

»Nein, auf keinen Fall. Kommen Sie doch ruhig auch mal zu mir.«

»Aber den Namen des Arztes wissen Sie noch?«

»Ja, klar, mein Hausarzt Dr. Müller.«

»Gut, dann rufe ich dort an und sobald wir wissen, welches Medikament Sie bekommen, liefern wir es.«

»Okay, aber klingeln Sie zweimal kurz hintereinander, damit ich weiß, dass Sie es sind.«

»Meinetwegen, machen wir«, sagte ich verwundert zu.

Die Verordnung stellte sich als ein Antibiotikum und ein Codeinpräparat gegen Husten heraus. Obwohl Benno Meister nur fünf Minuten von der Apotheke entfernt wohnte, entbrannte ein Streit, wer ihm das Medikament ausliefern musste.

Es traf die neue PTA-Praktikantin. Ich instruierte sie zur Sicherheit noch einmal zu den Medikamenten und den Einnahmevorschriften, da sie erst seit drei Monaten bei uns arbeitete. Sie sollte die Tüte nur abgeben, bezahlen konnte Benno Meister, wenn er wieder gesund war.

Eigentlich konnte nichts mehr schiefgehen. Die Praktikantin startete ihre Mission.

Nur zehn Minuten später kam sie vollkommen aufgelöst zurück. »Nie mehr. In hundert Jahren nicht«, rief sie gehetzt und schwer atmend. »So ein Schwein!«

Die Praktikantin weinte. Die Tüte hatte sie nicht mehr bei sich. Ihre Tränen vermischten sich mit dem schmelzenden Schnee, der aus den langen, blonden Haaren tropfte. Meine Mitarbeiterinnen versammelten sich besorgt um sie. Und ein wenig neugierig.

Stockend erzählte die Praktikantin. Sie hatte wie vereinbart zweimal geläutet. Nach mehreren Minuten hatte Benno Meister die Türe in einem seidenen roten Morgenmantel geöffnet. Nachdem sie die Tüte abgegeben hatte, löste er das Band seines Morgenmantels und stand nackt vor ihr.

»Hier, Kleine, das ist alles für dich«, hatte er breit grinsend gesagt.

Entsetzt war unsere scheue Praktikantin geflüchtet, begleitet von einem schallenden Lachen, und in die Apotheke zurückgerannt.

»So ein Flegel«, sagte ich. »Dem werde ich den Kopf waschen.«

Ich rief ihn sofort an. Er klang nicht mehr so krank wie noch vor einigen Stunden. Ich hielt dem Lustmolch eine Standpauke,

für die er kein Verständnis zeigte. Er habe dem jungen, hübschen Mädel mal die weite Welt zeigen wollen, sagte er. Benno Meister wurde zu einem der wenigen Kunden, die wir fortan von unserem Lieferservice ausschlossen.

23

High Society

Seit Jahren absolvierten wir Schulungen in Beratung und Verkauf. Ich wollte eine kundenorientierte Apotheke leiten. Und die Maßnahmen wirkten sich positiv aus, wie wir vielen Kundenrückmeldungen entnehmen konnten.

Nur an einer Kundin zerbarst jegliches Schulungswissen: Frau von Gutendorf. Sie war der Härtetest, den wir nicht bestehen konnten. Die ehemalige Haushälterin hatte in ihrem Leben einen entscheidenden Glückstreffer gelandet: Sie hatte gut geheiratet. Nachdem die Frau eines Stuttgarter Bankiers verstorben war, hatte dieser nicht lange gesucht, sondern eine naheliegende Wahl getroffen und seine alleinstehende Haushälterin geehelicht.

Aus Luise Häbich war unverhofft, aber sehr schnell Luise von Gutendorf geworden. Sie konnte putzen, bügeln, waschen, kochen und backen, viel mehr aber auch nicht. Sie war nicht die Hellste, aber im Grunde eine treue Seele. Und eben zur richtigen Zeit am richtigen Ort.

Der Bankier brauchte jemanden fürs Herz, einmal die Woche fürs Bett und ansonsten seine Ruhe. Nach dem Tod seiner Alt-Frau gab er das Haus am noblen Stuttgarter Killesberg auf und zog mit seiner Neu-Frau in ein schickes, repräsentatives Apartment in der Stuttgarter Halbhöhenlage. Das war ihr Wunsch gewesen, weil sie weniger haushalten und mehr leben wollte. Von der Terrasse aus hatte das Ehepaar einen traumhaften Blick über die Stadt. Vor allem nachts, wenn der Stuttgarter Talkessel erleuchtet war und sie auf die Schwaben-Metropole herabsehen konnte, wusste Luise von Gutendorf, dass sie es geschafft hatte.

Aber nicht nur die Stadt, auch alles und jeder andere sollte ihr zu Füßen liegen. Dank der Stuttgarter »Stäffele«, kleinen Treppen, konnte Luise von Gutendorf in wenigen Minuten zu Fuß ins Zentrum gehen, sofern sie das gewollt hätte. Sie tat es nur selten und zog für gewöhnlich das standesgemäße Taxi vor, wobei sie auf ein geräumiges Taxi »mit dem Stern« bestand.

Bei einem dieser seltenen Ausflüge zu Fuß in die Stadt kam sie in der Apotheke vorbei und teilte uns mit, dass sie ab sofort Stammkundin würde.

Dabei diktierte sie uns die Bedingungen. Ihre Durchlaucht stellte klar, dass wir ab sofort alles zu liefern hätten. Es sei ihr als adeliger Bankiersgattin nicht zuzumuten, den beschwerlichen Gang zur Apotheke selbst zu erledigen. Mit dem naheliegenden Internisten sei das bereits besprochen. Auch der Bäcker, der Lebensmittel- und der Gemüseladen seien instruiert. Die Monatsrechnung sollten wir ihr dann zukommen lassen. Nun benötige sie noch einen Friseur, der sie zu Hause besuchte. Ob wir einen Tipp hätten.

Hatten wir nicht.

Von ihrem Arzt erfuhr ich bei einem Telefonat, dass er sich den besonderen Service des wöchentlichen Hausbesuches über den Faktor bei der Rechnungsstellung vergüten ließ, er sagte so halblaut etwas von »Schmerzensgeld«. Seine Sprechstundenhilfe gab auf Wunsch von »Frau von und zu auf und davon«, wie sie respektlos spöttelte, die Rezepte bei uns ab.

»Na dann, viel Spaß, aber bitte nur nach telefonischer Anmeldung bringen«, sagte sie scherzhaft und äffte die neuadlige Haltung und Sprache von Madame nach.

Wir gaben uns große Mühe, einen guten Service zu leisten. Aber wir konnten sicher sein, dass es immer etwas zu reklamieren gab. Wir nahmen es zumeist klaglos hin. Meine Mitarbeiter empfanden den Botendienst zu ihr als Strafe. Aber Herr von Gutendorf zahlte die fälligen Rechnungen, wenngleich er sich als Bankier großzügige Zahlungsziele einräumte.

Der Hausarzt riet Luise von Gutendorf zu einem Blutdruckmessgerät, weil er bei ihr immer wieder einen erhöhten Blutdruck feststellte. So könnte sie den Blutdruck regelmäßig selbst kontrollieren. Sie wollte es bei uns kaufen. Ich empfahl ihr eines der meistverkauften Geräte, das bislang jeden Kunden in Sachen Komfort und Preis überzeugt hatte und mit dem jeder klargekommen war.

Meine Mitarbeiterin brachte ihr das Gerät. Weil Luise von Gutendorf Besuch empfangen hatte, wollte sie es nicht gleich ausprobieren. Die Mitarbeiterin kehrte also im Glauben, ihren Job erledigt zu haben, in die Apotheke zurück. Nur eine Stunde später erhielten wir einen erbosten Anruf der neuadeligen Dame. Wir sollten das Gerät sofort wieder abholen und ein anderes bringen. Es messe falsch.

Verwundert schickte ich eine andere Kollegin, die kürzlich ein Seminar zum Thema Blutdruck besucht hatte, mit einem anderen Gerät los. Eine halbe Stunde später kehrte sie frustriert zurück. Sie hielt das erste Gerät mit aufgerissenem Karton und von Fettflecken übersät in den Händen. Was genau an dem Blutdruckmessgerät falsch sei, konnte sie nicht sagen.

Wenig später der erneute Anruf. Auch das neue Gerät sei Mist, wir sollten es sofort abholen. Es zeige falsche Werte an. Wie und warum genau, konnte sie nicht erklären. Meine Mitarbeiter traten in Streik. Keiner wollte sich noch einmal auf den Weg zu Luise von Gutendorf machen. Entnervt packte ich selbst alle in der Apotheke vorhandenen Blutdruckmessgeräte in eine große Tasche und schnaufte die 250 Stufen vom Talkessel zur Halbhöhenlage nach oben.

»Oh, die Chefin kommt selbst«, flötete mir die Bankiersgattin entgegen. »Das wäre doch nicht nötig gewesen.«

Sie holte das untaugliche Gerät aus der Küche und führte mich in den Salon. Dort ließe sie nur bessere Besucher ein, erklärte sie mir. So recht wollte ich mich nicht geehrt fühlen. Auch das zweite Gerät ragte aus einem zerrissenen Karton voller Fettflecken. Sie hatte es auf dem Küchentisch deponiert gehabt. Sie musste meinen unverständigen Blick bemerkt haben.

»Das passiert halt beim Benutzen. Wir lassen ein Vermögen in Ihrer Apotheke«, rechtfertigte sie das »kleine Malheur«.

»Frau von Gutendorf«, sagte ich, ohne weiter auf ihre Unverschämtheit einzugehen. »Bevor ich jetzt alle anderen auspacke, lassen Sie uns doch dieses hier noch einmal ausprobieren.«

Ich bat sie, den linken Arm frei zu machen, und legte das Gerät an. Widerwillig akzeptierte Frau von Gutendorf meinen Vorschlag. Sie saß angespannt auf der Stuhlkante. Das Ergebnis erschien: 150 zu 96, Puls 88.

»Sehen Sie den Mist, das ist einfach falsch«, rief sie. »Das letzte Mal hat das Gerät 154 zu, ich glaube, 94 angezeigt und der Puls war etwas über 80.«

»Ja, und wo ist das Problem?«, fragte ich und verstand es wirklich nicht.

»Ich will ein Gerät, das den richtigen Blutdruck anzeigt. 120 zu 80 bei einem Puls von 65. Mein Arzt hat mir gesagt, das ist der richtige Wert.«

Ich war fassungslos. Wie konnte jemand so dumm sein? Nicht einmal mit Engelsgeduld war ihr zu erklären, dass es kein Gerät auf der Welt geben würde, das immer nur den fixen Wert von 120 zu 80 anzeigen würde! Im Übrigen würde es sich bei der Angabe des Arztes um Richtwerte handeln und beim Blutdruck um einen schwankenden Wert, versuchte ich erneut zu erklären. Sinnlos. Am Ende meiner Nerven, warf ich das Handtuch. Ich packte wortlos meine Geräte wieder ein, legte den beschädigten und fettigen Karton, den ich bestimmt nicht mehr verkaufen konnte, obenauf und erklärte feierlich: »Sehr geehrte Frau von Gutendorf. Wir schätzen Sie und Ihren Mann als Kunden wirklich sehr. Aber leider müssen wir feststellen, dass wir trotz größtem Bemühen ihren hohen Ansprüchen nicht gerecht werden können. Ich ersuche Sie daher, eine andere, höherwertige Apotheke zu wählen.«

»Das können Sie doch nicht machen«, keifte die adelige Bankiersgattin.

»Doch, wir sind einfach nicht gut genug für Sie.« Sprach's und ging. Obwohl ich in der Stimmung dazu war, schlug ich ihre Haustüre nicht zu. Vor der Türe atmete ich tief durch. Zum ersten Mal in meiner Laufbahn hatte ich einen Kunden gebeten, sich eine andere Apotheke zu suchen. Mit jeder Stufe der Stuttgarter Stäffele, die ich hinunterging, verbesserte sich meine Laune. Die letzten Stufen hüpfte ich.

24

Frau Mulde und ihre Fragen, die dritte

Die Nummer des Schreckens leuchtete auf dem Display auf. Nach dem fünften Mal Klingeln nahm ein Mitarbeiter ab. Hatte er die Nummer nicht erkannt oder hatte er heute seinen großzügigen Tag? Routiniert begann Frau Mulde, ohne ihren Namen zu nennen: »Ich hab da mal 'ne Frage.«

»Heute Mittag habe ich Champignoncremesuppe gegessen. Ich habe noch einen Teller übrig. Meine Mutter sagte immer, dass man Pilze nicht aufwärmen dürfe. Kann ich die Suppe heute Abend noch essen oder nicht?«

»Seit Neuestem bekomme ich von meinem Arzt ein Asthmaspray. Er hat mir ein Muster mitgegeben. Wie oft muss ich das in die Luft sprühen? Ich habe es im Schlafzimmer und Wohnzimmer versprüht. Jetzt ist es halb leer, aber ich merke nichts.«

»In meinem Putzschrank fand ich eine halb volle Flasche Möbelpolitur. Ich weiß nicht, wie alt die ist. Kann ich die noch nehmen?«

25

Adel verpflichtet

»Olga-Apotheke, Wahl. Guten Tag! Was kann ich für Sie tun?«

»Frau von Bogatti«, hauchte ein zartes Stimmchen mit leicht fremdländischem Akzent in den Hörer und gab mir eine neue Bestellung durch.

Ich stellte mir jedes Mal eine ältere, zierliche Dame in einem schwarzen Seidenkleid mit weißer Spitze vor, obwohl ich von meinen Mitarbeitern wusste, dass sie zwei Zentner schwer war. Von Bogatti klang vornehm. Sie sprach betont langsam. Vielleicht bildete ich mir diese Eleganz in ihrer Stimme auch nur ein, weil ich wusste, dass sie aus altem rumänischen Adel stammte. Allerdings war dieser schon seit Generationen verarmt und so lebte auch Frau von Bogatti in einer Sozialwohnung im vierten Stock eines heruntergekommenen Hochhauses und bezog Sozialhilfe. Die Gemeindeschwester und ihr Hausarzt betreuten sie, wir von der Apotheke brachten die Medikamente und gelegentlich auch Lebensmittel, die sie beim Lädchen nebenan schon vorbestellt hatte.

An einem Morgen wie so vielen begab sich meine Apothekenhelferin auf den Weg. Sie erreichte, schwer schnaufend, kurz darauf mit Medikamenten und Lebensmitteln bepackt die Wohnung im vierten Stock. Vor der Türe wartete bereits die Gemeindeschwester. Frau von Bogatti öffne nicht, sagte sie besorgt. Gemeinsam klopften sie immer lauter an die Türe, klingelten Sturm und riefen immer wieder ihren Namen. Aber keine Reaktion.

Sie brüllten noch lauter. Aufgeschreckte Nachbarn versammelten sich. Bewohner von anderen Stockwerken kamen dazu, um nichts zu versäumen. Der Hausbesitzer aus dem Parterre traf ein. Aber niemand hatte einen Schlüssel zur Wohnung der misstrauischen Adeligen.

Die Sorge war groß. Die Gruppe malte sich Schreckliches aus, war sie doch von kränklicher Konstitution. Der Hausbesitzer entschied, die Polizei und die Feuerwehr anzurufen. Sie rückten mit Blaulicht und Sirene an. Inzwischen hatte sich auch der Hausarzt zu seinem wöchentlichen Routinebesuch eingefunden und kontrollierte nervös seinen Arztkoffer. Fachmännisch hebelten drei Feuerwehrmänner die Wohnungstüre auf, vorbereitet auf das Schlimmste.

Sie fanden Frau von Bogatti. Der Koloss von Frau, allerdings ganz Grande Dame, saß noch in ihrem Himmelbett im üppigen Spitzennachthemd, eine Stola um die Schultern. Sie war über ein Buch gebeugt. Indigniert nahm sie ihre Lesebrille von der Nase und sah von ihrer Lektüre auf. Sie schüttelte fassungslos den Kopf. »Was machen Sie denn da mit meiner schönen Türe? Können Sie nicht einfach klingeln? Und was soll der ganze Menschenauflauf? Immerhin bin ich noch im Bett!«, tönte das zarte Stimmchen in gutturaler Sprache.

Sie schüttelte sichtlich empört den Kopf und setzte sich mit einer vornehmen Geste das Hörgerät ein.

notfall
allkoffer

26

Mama blutet

In wenigen Tagen war Weihnachten. Draußen lag der erste Schnee, drinnen herrschte geschäftige Betriebsamkeit. Die Kunden strömten wie jedes Jahr in die Apotheke, um letzte Besorgungen vor den Feiertagen zu erledigen. Es bildeten sich kleine Schlangen vor unseren Handverkaufstischen, aber anders als sonst beließen es die mürrischen Kunden bei einem Seufzer, solange sie noch den alljährlichen Gratis-Blumenkalender ergatterten. Ruhe vor dem Fest.

Bis Kurtle in die Apotheke gerannt kam. Er bugsierte zwei Rentner zur Seite. Der hübsche, vierjährige Blondschopf stand im Schlafanzug und ohne Schuhe vor mir. Er musste barfuß die wenigen Meter von der Sozialwohnung, in der er mit seiner Mutter lebte, durch die Kälte gerannt sein. Kurtle klammerte sich an meinen weißen Kittel. Er war außer Atem und stammelte: »Hilf mir, hilf mir, Mama blutet, komm mit!«

Seine Mutter zog ihn alleine groß. Sie wohnten nur wenige Querstraßen weiter. Kurtles Mutter, eine alkoholabhängige Prostituierte, putzte hin und wieder in umliegenden Geschäften, wie auch aushilfsweise bei uns. Sie mühte sich mehr schlecht als recht, die Apotheke sauber zu halten. Immer mit dabei war ihr Kurtle gewesen, den sie gerne in Lederhosen und bestickte Rüschenhemden kleidete. Das war ihr Sinn von Romantik. Seine strahlenden blauen Augen und die blonden Locken ließen ihn wie einen kleinen Engel wirken. Durch den ungebremsten Alkoholkonsum seiner Mutter auch während der Schwangerschaft war er geistig leicht zurückgeblieben. Das freudige Gesicht, wenn ich ihm ein Schokolädchen oder etwas zum Spielen schenkte, während er brav wartete, wog alles auf. Kurtle strahlte immer – der Junge und sein sonniges Gemüt erfreuten jeden in der Apotheke.

»Mama blutet, schnell, komm mit«, flehte er erneut.

Ich packte schnell Pflaster, Binden und zur Sicherheit noch einen Arterienabbinder ein und rannte mit Kurtle und wehendem Apothekerkittel los. Völlig außer Atem trafen wir bei seiner Wohnung ein. Die Türe stand offen und schon im Flur sah ich Blut. Ich rief mehrmals den Namen seiner Mutter, erhielt aber keine Antwort. Kurtle packte meine Hand und zog mich in die Küche.

Sie glich einem Schlachthaus. Ich war vollkommen schockiert. Die Frau, getroffen von vielen Messerstichen, lag blutüberströmt über den Küchentisch gebeugt. Ich wusste natürlich von ihren wechselnden Partnern und dass es im Milieu immer wieder Krach gab. Aber dieses Bild überbot alles. Schnell zog ich Kurtle wieder aus der Küche. Ich spähte vorsichtig in die anderen Zimmer. Im Badezimmer sah ich zwei Männerbeine. Sie baumelten leblos über dem Badewannenrand. Alles sah nach einem tödlichen Beziehungsstreit aus. Die Mutter brutal erstochen, der Täter erhängt im Badezimmer. Mir wurde übel. Ich hoffte, dass Kurtle nicht zu viel von alledem mitbekommen hatte. Vermutlich hatte er die Streiterei und das Desaster sogar verschlafen und erst heute Morgen bemerkt. Bei uns hatte er Hilfe gesucht. Aber wir konnten nichts tun.

Ich nahm Kurtle unter den Arm. Wir verließen fluchtartig die Wohnung. Von der Apotheke aus rief ich die Polizei an. Der Vorfall war noch wochenlang Straßengespräch und in die Sozialwohnung wollte bei dieser dramatischen Vorgeschichte lange niemand einziehen, obwohl in Stuttgart immer Knappheit an bezahlbarem Wohnraum herrschte. Wie ein Fluch lagen die Ereignisse über dieser Wohnung. Kurtle wurde kurzzeitig einer Sozialarbeiterin anvertraut. Er hatte keine Verwandten, die ihn aufnehmen wollten. Der blonde Lockenkopf landete im Heim.

27

Wagners Geheimnis

Reinhold Wagner hütete ein dunkles Geheimnis. Wir ahnten jahrelang nichts davon. Der knapp 80-jährige Stammkunde war groß gewachsen und kräftig gebaut. Die dünnen blonden Härchen kämmte er sorgfältig über den ansonsten kahlen Kopf, der bei Aufregung schnell errötete. Wagner hielt stets ein frisch gebügeltes Taschentuch bereit. Er trug gerne Hosenträger, die sich über den Bauch spannten.

Zweimal wöchentlich betrat er mit mehreren Rezepten in der Hand die Apotheke, jeweils nach dem Hausarztbesuch bei seiner bettlägrigen, kranken Frau. Schon in der Türe wedelte er demonstrativ mit den Rezepten. Wenn er der Ansicht war, es ginge nicht schnell genug vorwärts, wurde er wütend und benötigte rasch sein Taschentuch, um sich den Schweiß von der Stirn zu wischen. Wagner regte sich schnell und leicht auf. Dann warf er die braune, altmodische Ledereinkaufstasche gegen den Tresen und beschimpfte nicht sehr laut, aber hörbar das Team als »faulen Sauhaufen«. So konnte er sein, unser Reinhold Wagner.

Seine andere Seite war die des liebevollen, sich aufopfernden Ehemannes. Er pflegte seine kranke Frau seit Jahren. Zusammen lebten sie im obersten Stockwerk eines großen Gebäudes im Gerichtsviertel. Wagner kaufte ein, kochte und putzte. Er erledigte sämtliche Hausarbeiten, einschließlich des Bügelns seiner Taschentücher. Ein perfekter Hausmann. Und wenn wir in der Apotheke alles zügig, zu seiner Zufriedenheit erledigten und ihm noch eine Kleinigkeit als Zugabe überreichten, wippte er fröhlich hinaus.

Außen hart, innen weich, herrschte die Meinung im Team. Und ein Unikat.

Zu seinem 80. Geburtstag wollten wir ihm eine Freude bereiten. Wir schenkten ihm Blumen und ein kleines Büchlein über die Geschichte von Stuttgart. Überglücklich und gerührt stand er am darauffolgenden Nachmittag mit einem selbst gebackenen Kuchen in der Offizin. Er konnte backen, war sich das Team nach einer umgehenden Verkostung einig.

Wir bedankten uns und plötzlich griff er nach seinem gebügelten Taschentuch, aber nicht, um sich den Wutschweiß von der Stirn zu wischen, sondern ein paar Tränchen, die er verdrückte, im Gesicht zu trocknen. Wagner setzte sich auf den Stuhl in unserer Ecke und schluchzte. Eine Apothekenhelferin brachte ihm ein Glas Wasser, ich tätschelte seine Schulter. Aber wir waren ratlos, konnten uns diesen unerwarteten Gefühlsausbruch nicht erklären. Erst nach Minuten beruhigte er sich wieder.

»Dass Sie so lieb zu mir sind, das habe ich nicht verdient«, begann er stockend. »Wenn Sie mehr über mich wüssten, wollten Sie nichts mehr mit mir zu tun haben. Ich bin ein ganz schlechter Mensch.«

Verwundert bat ich ihn aus dem Trubel der Offizin in mein Büro. Sehr zum Ärgernis meiner Kolleginnen, die angespannt auf Wagners Neuigkeiten warteten. Sie mussten derweil Kunden bedienen.

Im Büro saß mir ein Häuflein Elend gegenüber. Vom herrischen, alten Mann war nichts mehr übrig geblieben.

»Ich habe das alles nicht verdient«, begann er schluchzend. »Ich habe viele Menschen getötet, wissen Sie?«

»Wie bitte?«, entfuhr es mir.

»Ja, Sie haben richtig gehört. Ich war der letzte Henker Stuttgarts.«

Mir gefror das Blut in den Adern. Nach einem Scherz klang das nicht. Mit dieser Enthüllung hatte ich nicht gerechnet.

»Einerseits ein furchtbarer Beruf. Aber ich habe ihn immer zuverlässig und akkurat ausgeführt«, sagte er. Fast klang etwas Stolz mit. »Aber diese Albträume. Nacht für Nacht verfolgen mich die

Bilder. Noch heute schlafe ich keine Nacht mehr durch. Ich sehe immer wieder diese Bilder von Blut, Körben mit Sägespänen, in die die Köpfe gerollt sind, und vor allem diese leeren Augen, die mich anschauen. Können Sie sich das vorstellen?«

Ich schüttelte heftig den Kopf und nahm meinerseits einen Schluck Wasser.

Niemand, außer seiner Frau, wisse von seiner Vergangenheit, fuhr Wagner fort. Sie konnte mit dem bitteren Geheimnis nicht leben und sei deshalb krank geworden. Sein eigener Sohn habe sich, als er von der dunkelsten Seite seines Vaters erfuhr, mit Abscheu von ihm abgewendet und sei nie mehr nach Hause gekommen. Nun, nach all den Jahren und Jahrzehnten des Schweigens, habe es einmal rausgemusst. Er sei froh, mir das mitgeteilt zu haben. Ich rang um Fassung. Aber mir fiel nichts ein, was ich ihm sagen konnte, meinem Stammkunden, dem letzten Henker von Stuttgart.

28

Patientin Wahl

»Guck mal, die Frau ist am frühen Morgen schon besoffen«, hörte ich Passanten gedämpft ätzen, als ich schwankend über die Straße ging. Nur mit der Hilfe meines Mannes, der mich möglichst nahe an die Eingangstüre gefahren hatte, erreichte ich die Arztpraxis. In meinem Kopf drehte sich alles. Mir war speiübel und ich hätte es bevorzugt, wenn mein Zustand tatsächlich nur übermäßigem Alkoholgenuss geschuldet gewesen wäre. Ich hoffte dennoch, keinem Bekannten zu begegnen.

Um sechs Uhr morgens war ich an diesem Tag aufgestanden, um vor der Apothekenöffnung noch einiges abarbeiten zu können. Ich hatte wieder zu wenig geschlafen und bereits im Fahrstuhl wurde mir schummerig. Meine Knie knickten ein, ich brach zusammen. Mit letzter Kraft konnte ich wieder nach oben fahren und weckte meinen Mann. Er war in großer Sorge um mich und verbot mir, noch Auto zu fahren. Ich hatte nur die Apotheke im Kopf. Dennoch gab ich ihm den Schlüssel und legte mich ins Bett. Er fuhr zur Apotheke, um den Laden für die Mitarbeiter aufzuschließen, da an diesem Tag kein anderer Mitarbeiter der Frühschicht einen Schlüssel gehabt hätte. Noch von dort aus rief er meinen Hausarzt an, der gleich vorbeikam und zusammen mit meinem Mann bei uns eintraf. Ich war inzwischen eingeschlafen. Als ich versuchte, aufzustehen, drehte sich das gesamte Zimmer um mich herum. Nur bei geschlossenen Augen wurde es besser. Mein Hausarzt stellte einen extrem hohen Blutdruck und einen Nystagmus, eine außergewöhnliche Augenbewegung, fest. Er schickte mich sofort zum Radiologen und zum Neurologen.

Wie eine Betrunkene schwankte ich also von der einen Praxis zur anderen. Die Spezialistenbesuche gerieten zum Fiasko. Immerhin konnte ein Gehirntumor, den mein Hausarzt, wie er mir später gestand, befürchtet hatte, ausgeschlossen werden. Die Ärzte redeten mehr mit meinem Mann als mit mir. Aber mir war es in diesem Moment, da sich das Karussell vor meinen Augen immer schneller drehte, gleichgültig, wie ein Gegenstand behandelt zu werden. Ich wollte nur meine Ruhe und wieder ins Bett. Aber die Ärzte waren sich sicher, dass ich nicht in zwei Tagen wieder einsatzbereit wäre, wovon ich selbst fest ausging. Mein Mann war verunsichert. Er schnallte mich auf den Beifahrersitz und fuhr zur Apotheke. Ich blieb im Wagen, während er in meiner eigenen Apotheke Medikamente für mich besorgte und sich vergewisserte, dass in den nächsten Tagen ausreichend Personal vorhanden wäre, um den Betrieb aufrechtzuerhalten.

Die letzten Tage und Wochen waren für mich sehr stressig gewesen. Neue gesetzliche Vorgaben, die tief in den Ablauf eingriffen, waren umzusetzen gewesen, mehrere Wochenend- und Sonntagsdienste steckten mir in den Knochen und ich lag im Dauerclinch mit einer Mitarbeiterin, die alles besser wusste. Schon an den vorangegangenen Abenden war es mir nicht gut gegangen, aber ich hatte die Beschwerden weggewischt und gehofft, dass sich über Nacht, wie so oft, alles geben würde.

Nun aber hatte sich nichts gebessert, ganz im Gegenteil. Die Ärzte waren sich nicht einig, woran ich litt. Auf jeden Fall an einem heftigen Drehschwindel und einer Blutdruckkrise, gekoppelt mit totaler Überarbeitung. Zum ersten Mal seit 15 Jahren bemerkte ich, wie kurvig die Fahrt von der Apotheke über den Stuttgarter Westen nach Hause war. Ich übergab mich im Auto. Jetzt wusste auch mein Mann, wie kurvig die Heimfahrt war.

Endlich zu Hause angekommen, legte ich mich sofort wieder ins Bett. Mein Mann verabreichte mir brav die vom Neurologen verordneten Medikamente. Dreimal täglich drei verschiedene Tabletten.

Mein Unterbewusstsein registrierte zwei weiße und eine blaue Tablette, mehr aber nicht. Das Gehirn war abgeschaltet. Nach drei Tagen, mein Mann hatte seine eigene Arbeit wieder aufgenommen, taumelte ich zur Toilette. Wie im Vollrausch eckte ich am Sofa und an den Türrahmen an. Mein Apothekergehirn fing langsam wieder an zu arbeiten. Mich störte die blaue Farbe der Pillen. Ich torkelte in die Küche, wo die Tabletten für mich bereitlagen. Blaue Tabletten? Ich kannte nur Viagra, das war eher unwahrscheinlich, und Valium 10, ein sehr starkes Beruhigungsmittel. Tatsächlich entdeckte ich neben der Schachtel mit dem Blutdrucksenker und einem Mittel gegen zerebralen Schwindel die befürchtete ominöse Schachtel und erschrak. Die übliche Dosis von Valium 10 war täglich eine Tablette, da der Wirkstoff lange im Körper bleibt und nur sehr langsam abgebaut wird. Ich aber hatte mir seit mehreren Tagen drei Tabletten verabreichen lassen. Ausgerechnet mir, der Apothekerin! Mein Mann hatte lediglich befolgt, was ihm der Neurologe aufgetragen hatte. Ich müsse viel schlafen, hatte der gesagt.

Wütend ging ich zum Telefon. Nach etlichen Versuchen schaffte ich es, die richtige Zahlenkombination zu wählen. Dem Neurologen würde ich ordentlich die Meinung geigen. Aber ich hörte nur eine lallende Stimme. Das war ich selbst.

»Da ruft eine Besoffene an«, lachte die Arzthelferin und legte auf. Hilflos torkelte ich zurück ins Bett. Ich fluchte innerlich, konnte ich doch nichts tun als abzuwarten, bis mein Mann nach Hause kam. Ich erzählte ihm empört, was er mir drei Tage lang verfüttert hatte, obwohl er nichts dafür konnte.

Nach einer Woche Krankenstand mit deutlich reduziertem Valium 10 kehrten die Lebensgeister und die pharmazeutischen Kapazitäten allmählich zurück. Ich überlegte, dass mit meinem Gleichgewichtsorgan etwas nicht stimmen könnte. Das war noch gar nicht überprüft worden. Nur noch leicht lallend, aber ziemlich langsam rief ich beim Hals-Nasen-Ohren-Arzt an. Dort wurde ich erst nicht für voll genommen. Erst im zweiten Anlauf konnte ich mein Problem begreiflich machen und erhielt schließlich einen kurzfristigen Termin.

Ich bestellte mir ein Taxi. Als ich mich schwankend näherte, ließ der Fahrer die Scheiben herunter und winkte ab: »Besoffene nehme ich nicht mit« und brauste davon. Verstört und wütend blieb ich zurück und rief erneut in der Taxizentrale an. Erst dem zweiten Fahrer konnte ich erklären, dass ich nicht betrunken war, sondern an einem massiven Schwindel litt. Für ein dickes Trinkgeld begleitete er mich sogar in die Praxis.

»Warum kommen Sie erst jetzt?«, empörte sich der Arzt nach der Untersuchung. »Wir haben schon eine Woche verloren. Sie brauchen Infusionen.«

»Ich, aber«, setzte ich kaum hörbar an und wollte auf die Fehleinschätzung des Neurologen verweisen.

»Ich weiß nicht, ob wir das wieder hinbekommen«, unterbrach mich der Arzt. Ich war den Tränen nahe.

14 Tage lang erhielt ich Infusionen. Um nicht jedes Mal erklären zu müssen, dass ich nicht betrunken sei, buchte ich immer denselben Taxifahrer. Mein Zustand besserte sich nur langsam. An Arbeiten war nicht zu denken. Die Prognosen des Arztes waren vorsichtig pessimistisch.

Wie meine verzweifelten Kunden in der Apotheke, die ich immer wieder erlebt hatte, griff ich nach jedem Strohhalm. Ich hörte von einer chinesischen Akupunktur-Praxis und ließ mich dort behandeln. Nach zehn Sitzungen waren mein Schwindel und die Gangunsicherheit fast verschwunden. Der Taxifahrer, mit dem ich mich inzwischen angefreundet hatte, freute sich unbändig über jeden meiner Fortschritte. Erst nach einem Vierteljahr konnte ich wieder voll arbeiten. Auf meine Mitarbeiter und auf mein Team hatte ich mich in dieser Zeit verlassen können. Ich fand die Apotheke in gutem Zustand vor. Nur der Neurologe, der sonst immer in der Apotheke eingekauft hatte, war mir als Kunde verloren gegangen. Und ich ihm als Patientin.

29

E4 mit Potenzial

Die heranrasende, dunkle E-Klasse fuhr an einem Mittwochabend rasant über die Stuttgarter Straßen und kam abrupt vor meiner Apotheke zum Stehen. Kurz vor Feierabend betrat ein elegant gekleideter Herr, ich schätzte ihn auf 45, den Verkaufsraum. Er trug einen grau melierten Anzug, glänzende, polierte Schuhe und eine Krawatte mit dickem Knoten. Eine vornehme Dame im selben Alter, vermutlich seine Frau, folgte ihm.

Er komme gerade von der Notfallpraxis der Augenklinik, sagte er. Seine nachmittäglichen Augenprobleme hatten sich als Glaukomanfall erwiesen. Auf seinem Rezept, das er mir schnippisch über den Tresen warf, standen Tabletten und zwei Arten von Augentropfen, die ihm der Arzt zur sofortigen Anwendung verordnet hatte.

Alles war wie gewohnt vorrätig, bis auf eine Sorte der Augentropfen, die wir nur sehr selten benötigten. Ich musste sie erst bestellen. Da bekam der feine Herr einen Tobsuchtsanfall.

Er müsse zum Flieger, der ihn gleich nach Südamerika bringen würde. Ein wichtiger Termin warte. Das könne ja wohl nicht an popeligen Augentropfen scheitern. Was wir uns eigentlich erlaubten. Wenn er so arbeiten würde. Was uns überhaupt einfiele. Wir müssten doch wohl verordnete Medikamente dahaben. Was wir hier für ein Sauladen seien. Wen wir glaubten, überhaupt vor uns zu haben. Er sei nicht irgendwer. Er sei E4 beim Daimler.

Das klang ziemlich imponierend, dachte ich mir, E4 beim Daimler? Bestimmt ganz schön wichtig. Kein Wunder also, dass er auch in der Apotheke eine VIP-Behandlung erwartete. Ich nickte ihm freundlich zu. Dabei wusste ich, obwohl ich alteingesessene

Stuttgarterin war, über die Führungsebenen von Daimler nicht so genau Bescheid. Ein Bekannter klärte mich später auf: Der Mann von Mitte vierzig hätte es demnach zum Teamleiter gebracht. Für den Vorstand würde es wohl nicht mehr ganz reichen, grinste er und setzte noch eines drauf: Böse Zungen behaupteten, jeder bei Daimler werde früher oder später E4, der seine Stempelkarte senkrecht durch die Zeiterfassungsanlage schieben konnte und keine silbernen Löffel stahl. Er selbst zog es vor, den Bayern mit den drei Buchstaben zu fahren. Männer!

Seine Ehefrau versuchte, den E4 zu beschwichtigen, aber der Automanager mit dem dicken Krawattenknoten war außer sich. Ich telefonierte mit mehreren Kollegen, aber keiner hatte die Tropfen vorrätig. Als letzter Rettungsanker erwies sich meine Freundin aus der Krankenhausapotheke. Sie konnte kurzfristig aushelfen. Julia-Maria sagte zu, sich sofort ins Auto zu setzen, um die heiß begehrten Tropfen persönlich vorbeizubringen.

»Wie lange wird das wieder dauern?«, ätzte der Daimler-Mann mit angespanntem Blick auf die Uhr. Seine Gattin entfernte sich ein wenig von ihm und interessierte sich vordergründig für Kosmetik. Ihr war sein Verhalten sichtlich peinlich. Vermutlich erlebte sie solche Situationen nicht zum ersten Mal. Er solle die Reise nicht antreten, flehte sie. Die Ärzte in der Klinik hätten von diesem Fernflug nach Buenos Aires dringend abgeraten. Er habe keine Wahl, antwortete er. Immerhin wolle er noch E3, also Abteilungsleiter, werden. So viel Unvernunft und so ein Machogehabe mit einem nicht ungefährlichen Glaukomanfall, dachte ich mir. Er konnte sein Augenlicht riskieren, aber davon wollte er nichts wissen!

Dem Lufthansa Business Class Service teilte er mit, dass er in letzter Minute ankommen werde. Man solle ihn bitte privilegiert behandeln und auf ihn warten. Offenbar konnte ihn der Gesprächspartner aber nicht ganz zufriedenstellen, denn es sei nicht sicher, dass man seinen Wunsch berücksichtigen könne. Der wichtige E4 bekam einen erneuten Wutanfall und legte erzürnt auf.

Der Automanager schimpfte noch über die unzureichende Versorgung mit Arzneimitteln bei einem dringenden Notfall wie seinem, als Schwester Julia-Maria aus der Krankenhausapotheke angerast kam. Sie fuhr mit einem alten Golf und mit Gott. Es glich einem Wunder, dass sie noch nie in einen ernsthaften Unfall verwickelt war. Auch diesmal bremste sie scharf und stoppte mit quietschenden Reifen nur wenige Zentimeter hinter der neuen E-Klasse. Für einen Moment vergaß mein VIP-Kunde seine Augenschmerzen und seine Wut auf die Apothekerin. Er sorgte sich um seinen mühsam erarbeiteten Dienstwagen, der ihn doch von den Sachbearbeitern bei Daimler unterschied. Erleichtert stellte der E4 fest, dass seinem besten Stück nichts passiert war und zog den Krawattenknoten noch einmal nach.

Julia-Maria stürmte mit wehendem weißen Kittel in die Apotheke.

»Neue Rekordzeit«, rief sie und hielt triumphierend die Augentropfen in der Hand. In der Zwischenzeit hatte ich schon das Rezept quittiert und den Betrag kassiert. Nun riss er mir die Tüte aus der Hand, zog seine Frau vom Kosmetikregal weg und stürzte grußlos zu seinem Wagen. Ohne nach den Kosten zu fragen oder sich gar zu bedanken. Die Reifen des Mercedes quietschten, der Motor des Wagens heulte auf. Er raste los.

Schwester Julia-Maria rieb sich verdutzt die Augen und sah mich fragend an.

»Ein VIP-Kunde«, antwortete ich gelassen. »Ein E4, aber mit Potenzial.« Entspannt konnten wir über diesen Herrn lachen.

30

Brenner kriegt alles

Abgesehen von Pillen aß Paul Brenner nach eigenem Bekunden nichts. Ein Traumkunde für jede Apotheke. Doch wenn Brenner schon auf der anderen Straßenseite gesichtet wurde, eilten alle Mitarbeiter schnell nach hinten oder am besten in den Keller. Übrig blieb häufig nur noch ich in der Offizin, die sich um Brenner, den Albtraum eines jeden Bedieners, kümmern musste.

Der streitbare Rentner von 82 Jahren war einfach zu klein für sein Gewicht: Bei 100 Kilogramm Lebendgewicht maß er gerade 1,60 Meter. Brenner war Diabetiker, Hypertoniker, hatte also einen zu hohen Blutdruck, er hatte zu viel Cholesterin im Blut sowie Gicht und bereits zwei Schlaganfälle erfolgreich überstanden, sprich überlebt. Seine Prostata war vergrößert. Schlafen konnte er sowieso nicht. Diätpläne konnte er nicht einhalten, weil er erst um zwölf Uhr mittags aufstand und nachts um vier Uhr ins Bett ging. RTL2 und die Sendungen nach Mitternacht mochte der Rentner am liebsten.

Brenner schluckte täglich 14 unterschiedliche Medikamente. 14. Dauerthema war deshalb, ob nicht das eine oder andere von den 14 abgesetzt werden könnte, wann er die Pillen schlucken sollte und was er zu beachten hatte. Geduldig druckte ich ihm immer wieder die gewünschten Informationen zu den Medikamenten aus. Wenn er die Papiere nicht wegwarf, wovon ich insgeheim ausging, musste er schon mehrere Ordner voll haben.

Nach eigener Einschätzung verstand Brenner ohnehin viel von der Apothekerei. Vor 60 Jahren, als seine Mutter gestorben war, hatte er seinen Beruf als Buchhalter aufgegeben und die zuvor von ihr betriebene Drogerie übernommen. Mit viel Geschäftssinn hatte er sie zur Blüte getrieben. Er wusste sogar einige lateinische Namen von Teesorten, die er gerne zitierte. »Flores Chamomillae«, »Folia Salviae« und »Folia Sennae« machten aus Brenner quasi einen Apotheker. Er sah sich in der Lage, mit mir auf Augenhöhe zu disputieren, wobei er mir immerhin die Führungsrolle zuerkannte, indem er mich mit »Frau Chefin« ansprach.

An einem 23. Dezember, einen Tag vor Weihnachten, walzte er gegen Mittag über die verschneite Straße in die Apotheke. Brenner wedelte schon beim Hereinkommen strahlend mit einem ganzen Stoß von Rezepten. Meine Kolleginnen hatten plötzlich alle sehr viel zu tun und so bekam ich ihn wieder ab.

»Hallo, Frau Chefin, sehen Sie, wie fleißig ich war. Ich war gestern noch bei allen Ärzten. Wer weiß, ob ich im nächsten Jahr immer noch die Befreiung bei der AOK bekomme. Da beuge ich doch lieber vor«, freute sich der Rentner. Wie einen wertvollen Schatz überreichte er mir den Stapel. Den Gedanken, mir gleich etwas beim Bäcker zu holen, ließ ich fallen. Mein knurrender Magen konnte warten, zuerst musste der erwartungsvolle Kunde gebührend beachtet und bearbeitet werden.

»Bin gleich für Sie da, Herr Brenner«, sagte ich und eilte nach hinten. Brenner ließ sich in den Wartesessel plumpsen. Meine Kolleginnen wollten gerade in die Mittagspause gehen.

In letzter Sekunde konnte ich sie stoppen. »Jetzt wollten wir einmal gemeinsam auf den Weihnachtsmarkt gehen, und schon ist dieser blöde Rentner wieder hier«, sagte eine der schmollenden Mitarbeiterinnen. Ich sah sie streng an und erinnerte sie daran, wer ihr Gehalt zahlte. Es waren am Ende die Brenners dieser Welt. Mürrisch willigten die beiden ein und machten versetzte Mittagspausen.

Ich eilte zurück in die Offizin. Mit gestrafften Schultern und freundlichstem Lächeln begab ich mich wieder an die Front. Brenner hatte inzwischen seinen Mantel abgelegt, sich selbstverständlich einen bereitgestellten Becher Weihnachtstee eingegossen und machte sich genüsslich über die Dose voller Weihnachtsgebäck her. Er sei gerade erst aufgestanden, nuschelte er mampfend, und habe noch nichts gegessen. Woher das Zeug sei, wollte er wissen.

»Habe ich selbst gebacken«, antwortete ich.

»Was? Sie können backen?«, platzte es aus dem grinsenden Rentner heraus.

»Wollen Sie noch mehr? Hier ist ein Tellerchen, nehmen Sie sich ruhig aus der Blechdose noch ein paar heraus.«

»Aber gerne doch«, sagte Brenner und griff zu. Mit der halben Dose in der Hand nahm er zufrieden und gut versorgt wieder seinen Platz ein. »Bis Sie die Rezepte fertig haben, kann ich erst einmal in Ruhe frühstücken.«

»Obwohl das ja nicht das ideale Frühstück für einen Diabetiker ist.«

»Ach, Frau Chefin, jetzt seien Sie doch nicht päpstlicher als der Papst. Morgen ist Weihnachten und bei dem Weihnachtsgebäck kann ich einfach nicht Nein sagen.«

»Wie Sie meinen.«

»Wenn mir jetzt was passiert, ist die Hebamme auch nicht mehr schuld«, grölte Brenner los und sein Bauch hüpfte vor Lachen.

Zu Brenners üblichen Rezepten kamen diesmal noch jeweils eines vom Augen- und eines vom Ohrenarzt hinzu. Ich musste insgesamt 16 Medikamente einzeln am Computer aufrufen, da die AOK für fast alle gängigen Medikamente Rabattverträge mit den Arzneimittelherstellern ausgehandelt hatte. Ob es den Patienten passte oder nicht, wir mussten uns daran halten und das Vertragsmedikament oder die jeweils günstigste Alternative auswählen. Wenn die besuchten Ärzte, wie in Brenners Fall, kein Kreuz vor die jeweiligen Medikamente gesetzt hatten, mussten wir also das von der Kasse ausgehandelte Produkt liefern. Von Position zu Position wurde mir klarer, welche Diskussionen mir mit dem vom Weihnachtsgebäck gestärkten Brenner bevorstehen würden.

Inzwischen war der erste Schichtwechsel bei meinen Mitarbeitern erfolgt. Die Kunden strömten vor den Feiertagen noch einmal in Massen in die Apotheken. Beinahe verbissen bedienten die Kolleginnen rechts und links von mir die Kunden weg: »Schöne Weihnachten und hier noch unseren Jahreskalender.«

Ich war erst bei Medikament zwölf, als mein Computer begann, verrückt zu spielen. Eine Meldung nach der anderen ploppte auf: »Für Patienten über 65 Jahren nicht geeignet«, »Achtung, Verstärkung der Wirkung«, »Achtung, Wechselwirkung mit Medikament Soundso«. Immer musste ich die Meldungen wegdrücken, ich kannte sie ohnehin auswendig. Ich kämpfte mich durch die Rezepte.

Die Interaktionen und Wechselwirkungen hatte ich mit allen Ärzten von Brenner schon durch. Einer legte inzwischen einfach auf, wenn er erfuhr, dass es um den streitbaren Rentner ging. Ein anderer schrie ins Telefon, was Brenner überhaupt noch wolle. Er halte nur seine Sprechstunde auf, nerve die Helferinnen und gehe sowieso nicht mehr, bevor ihm alles verschrieben worden sei. Also wurde ihm einfach alles verschrieben. Ein dritter Arzt sagte nur, Brenner solle ihm den Buckel runterrutschen und am liebsten in Zukunft andere Kollegen beehren. Kein Arzt verschwendete auch nur eine Sekunde mehr als unbedingt notwendig mit meinem Premium-Kunden. Heute, einen Tag vor Weihnachten, brauchte ich es erst gar nicht mehr zu versuchen. Brenner war mein Problem.

Nach fast einer halben Stunde hatte ich endlich alle Päckchen sortiert auf die Rezepte gelegt. Der Tresen quoll fast über, sehr zur Freude des übergewichtigen Rentners. Er erhob sich strahlend. Sein Gesichtsausdruck sagte: »Alles meins.« Doch schon beim Näherkommen verdüsterte sich sein Blick wie befürchtet. Er sah die ungeliebten rot-weißen Packungen einer Generikafirma und fing an zu schimpfen. Beim einen Medikament seien ihm die Tabletten zu groß, die Tabletten in der anderen Schachtel könne man schlecht teilen.

»Was hat mir der Arzt nur wieder für einen Mist aufgeschrieben«, brüllte er, nahm eine Packung und warf sie wütend auf den Tisch. »Dieser Idiot! Aber mit mir kann er kein Kasperltheater spielen.«

»Herr Brenner, verstehen Sie doch«, versuchte ich, ihn zu beschwichtigen. »Wir haben keine andere Wahl. Die Krankenkasse bestimmt, was Sie zu schlucken haben. Nicht der Arzt oder ich.«

»Das ist eine Frechheit, was glauben Sie eigentlich, mit wem Sie es hier zu tun haben? Muss ich mir als armer, alter Rentner denn alles gefallen lassen?«

»Wenn der Arzt das Kreuz nicht setzt, sind mir die Hände gebunden.«

»Rufen Sie den Trottel sofort an. Er soll ein neues Rezept mit Kreuz schicken.«

»Ich kann es versuchen«, sagte ich. Inzwischen war es 13 Uhr vorbei und aus dem Hörer der ersten Praxis kam die freundliche Stimme der Helferin auf Band: »Unsere Praxis ist bis zum 6. Januar geschlossen. In dringenden Fällen …« So oder ähnlich verliefen alle Anrufe. Brenner führte sich auf wie Rumpelstilzchen, brüllte und schimpfte lautstark in der Offizin. Die Kolleginnen und die anderen Kunden sahen mich mitleidig und auch ein wenig amüsiert an.

»Lieber Herr Brenner«, beschwichtigte ich ihn. »Jetzt beruhigen Sie sich doch ein wenig. Wenn Sie so knapp vor Heiligabend zu den Ärzten gehen, stehen die Chancen natürlich schlecht, dass Sie den ganzen Tag dort noch jemanden erreichen.«

Aber Brenner wollte sich nicht beruhigen. Er wollte sich aufregen über diese Leute, die den hippokratischen Eid geschworen hatten und diesen seiner Ansicht nach mit Füßen traten. Über diese faulen, arroganten Säcke, die nur an ihr Geld und ihre Freizeit dachten, schimpfte Brenner im Originalton.

Im Computer sah ich, dass er dasselbe Programm schon vor drei Wochen bekommen hatte. Es musste sich lediglich um eine Bestellung handeln, mit der wieder der heimische Apothekenschrank auf

Vorrat gefüllt wurde. Vorsichtig wies ich ihn darauf hin, dass er zu Hause noch die meisten Medikamente haben müsste.

Brenner sah allmählich ein, dass es kein Vorankommen gab. Er setzte sich wieder in den Sessel, trank den Rest seines Tees und schob sich einen Zimtstern zwischen die Zähne, den er sorgfältig klein mahlte. Mampfend schimpfte er auf die Ärzte weiter, die wieder nicht gespurt hatten, allerdings schon ein wenig leiser. Schließlich gab sich der streitlustige Rentner großzügig. Mit einem Ruck sagte er: »Na gut, weil morgen Weihnachten ist. Packen Sie den ganzen Mist ein und schreiben Sie drauf, was ich wann nehmen soll.«

»Ja, mache ich«, antwortete ich erleichtert. Die Einnahmehinweise würden nichts helfen, aber was sollte es? Immerhin wäre dann dieser lange Vorgang abgeschlossen und die Aussicht, ihn in die Feiertage zu entlassen, groß. Mit zwei vollen Tüten links und rechts war er schon auf dem Absprung, bis ihm da ein weiterer Gedanke kam. »Frau Chefin, was gibt es eigentlich für mich zu Weihnachten? Und bitte, kommen Sie mir nicht mit einem popeligen Kalender, da habe ich schon fünf andere zu Hause.«

»Was darf es denn sein?«

»Lassen Sie sich halt mal was einfallen, für einen guten Stammkunden!« Ich nickte lächelnd und dachte, dass er wohl zu den nervigsten Stammkunden gehörte. Aber morgen war ja Weihnachten, Fest der Freude und der Liebe. Ich nahm die inzwischen halb leere Blechschachtel mit Weihnachtsgebäck, füllte sie großzügig auf, legte noch ein paar Zimtsterne oben drauf und überreichte sie ihm.

»Hier, Herr Brenner, alles für Sie. Aber bitte nicht alles auf einmal essen, Sie wissen schon.«

»Danke, Frau Chefin. Bis nächstes Jahr!«

Da lächelte er. Meine Mitarbeiterinnen sahen mich verdutzt an. Aber Brenner walzte frohen Mutes mit seinen Tüten voller Medikamente und dem Gebäck unterm Arm hinaus. Wenigstens das hatte den streitbaren Rentner einen Tag vor Weihnachten milde stimmen können.

31

Können Sie mal kurz auf den Kinderwagen aufpassen?

»Können Sie mal kurz auf den Kinderwagen aufpassen?«, rief die junge blonde Frau und hatte sich schon fast wieder zum Gehen umgedreht. »Ich muss nur kurz zum Arzt, bin gleich wieder da«, sagte sie noch und verschwand, bevor wir antworten konnten, durch die automatische Türe. Meine Kolleginnen und ich sahen uns verwundert an. Keiner kannte die Dame. Aber neben dem Regal im Eingangsbereich stand plötzlich ein frauenloser Kinderwagen. In der Apotheke herrschte Hochbetrieb. Ich musste den Kunden, den ich gerade bediente, um einen Moment Geduld bitten, und ging zu dem Kinderwagen. Vorsichtig sah ich hinein. Ein Baby in einem blauen Strampler schlief seelenruhig unter einer mit blauen Bärchen bedruckten Decke. Es sah friedlich aus.

Ich sah noch einmal nach draußen: keine Spur mehr von der jungen Frau. Sie musste es ziemlich eilig gehabt haben. Sicher würde sie jeden Moment zurückkehren. Ratlos schob ich den Kinderwagen samt schlummerndem Inhalt ins Backoffice. Neben dem Regal an der Türe konnte ich ihn unmöglich stehen lassen. Ich bat meine Apothekenhelferin, ein Auge darauf zu haben. Sie freute sich riesig, denn sie liebte Kinder. Ganz im Gegensatz zu Herrn Bauer, meinem Betriebswirt, der nur missbilligend den Kopf schüttelte, aber nichts sagte. Wir verstanden uns auch ohne Worte.

Es war halb vier, ich hatte noch flüchtig auf die Uhr gesehen, bevor ich in der Offizin wieder ins Geschehen eingriff. Mein

Kunde wartete bereits ungeduldig. Ich hoffte, dass die junge Frau demnächst wieder auftauchen würde, besonders als von hinten nach etwa einer halben Stunde die ersten krähenden Geräusche ertönten.

»Haben Sie Zuwachs bekommen?«, witzelten die Kunden amüsiert und versuchten, einen Blick ins Backoffice zu erhaschen.

»Nein, das nicht«, antwortete ich verlegen. »Wir sind gerade nur unfreiwillig zum Babyhort geworden.«

Das Krähen schwoll an und wurde immer fordernder. Der junge Mann hatte wohl Hunger! In der Apotheke wurde es ruhiger und ich ging nach hinten. Die Apothekenhelferin hatte das Baby derweil aus dem Wagen genommen, hielt es aber auf Abstand. Der Junge hatte sich pitschnass gepinkelt und schrie aus vollem Hals. Er strampelte empört mit Händchen und Beinchen. Mein Betriebswirt raufte sich die Haare. Er murmelte »wie soll man denn da arbeiten« und flüchtete sich mit einem Stapel Papiere unter dem Arm in sein zweites Büro im Keller.

Die Apothekenhelferin und ich sahen uns fragend an. Wir mussten etwas unternehmen. Im Kinderwagen war weder eine Trinkflasche noch eine Ersatzwindel. Wir kannten weder die Mutter noch das Kind. In unserer Not holten wir Handtücher und legten den Schreihals auf das Sofa im Nachtdienstzimmer. Aber er brüllte immer noch wie am Spieß.

Meine Apothekenhelferin organisierte schnell eine Musterwindel und Reinigungstücher aus unseren Beständen und dann noch einen neuen Schnuller. Unter dessen Protest und Geschrei wickelte sie den Kleinen frisch. Den Schnuller spuckte er empört wieder aus, nachdem nichts Flüssiges beim Nuckeln kam.

Er hatte einfach Hunger. Wir wussten natürlich nicht, was der junge Mann als Nahrung bekam. Aber nichts zu tun, ging auch nicht. Also präparierten wir einen Babytee und folgten unserem gesunden Menschenverstand. Der Kleine nahm einen Schluck, protestierte aber sofort wieder lautstark. Das war nicht, worauf

er gewartet hatte. Die Kolleginnen und die Kunden in der Offizin reagierten langsam genervt angesichts des steigenden Lärmpegels. Wir fanden noch eine kleine Flasche mit fertig zubereiteter Spezialbabynahrung für empfindliche Säuglinge, die eine Kundin nicht abgeholt hatte. Das sollte gehen, dachte ich mir. Das intensivierte Schreien bestärkte mich in dieser Annahme. Wir erwärmten die Flasche, schraubten einen Sauger darauf und der kleine Schreihals erhielt endlich, was er schon lange einforderte. Meiner Mitarbeiterin und mir standen die Schweißperlen auf der Stirn. Immerhin herrschte nun Ruhe und wir konnten vorerst aufatmen. Nach einem obligaten Bäuerchen schlief der Kleine erschöpft ein.

Mittlerweile war mehr als eine Stunde vergangen. Wo blieb die Mutter? Ich hoffte, dass das kein Trick gewesen war, ihr Kind länger oder gar für immer loszuwerden. In meiner Verzweiflung, ich hatte die Frau ja kaum gesehen, telefonierte ich alle umliegenden Arztpraxen mit meiner vagen Personenbeschreibung ab. Fehlanzeige.

Die Mutter tauchte nicht mehr auf. Der junge Mann musste noch einmal gewickelt werden, gab sich aber inzwischen mit Tee zufrieden. Um 19 Uhr schlossen wir wie immer die Apotheke. Ich suchte die Nummer der nächsten Polizeistation heraus und wollte gerade wählen, als die junge Frau atemlos gegen die geschlossene Türe hämmerte. »Mein Baby, mein Baby«, brüllte sie.

Genervt, aber auch erleichtert ließen wir sie herein.

»Wo ist mein Baby? Wo ist es?«, fragte sie panisch. Meine Apothekenhelferin hatte die aufgeregte Rückkehrerin gehört und den Kleinen wieder in den Kinderwagen gepackt. Sie schob ihn lächelnd nach vorne. Die Mutter stürzte sich auf den Kinderwagen und blickte auf ein friedlich schlafendes Baby. Uns schenkte sie keine Beachtung. Wo sie sich so lange aufgehalten hatte, verriet sie uns auch nicht. »Gell, der Kleine ist doch brav«, sagte sie aber noch im Hinausgehen.

32

Ich will heim

An einem wunderschönen, sonnigen Sommerabend, um Viertel vor sieben, ich hoffte auf einen Abstecher mit der Familie in den Biergarten am Stadtpark, betrat eine alte Dame in weißer Spitzenbluse, grauer Strickjacke und schwarzem Rock die Apotheke. Sie wirkte unsicher. Sie setzte sich in den Wartebereich auf einen Stuhl und umklammerte mit beiden Händen ihre alte Lederhandtasche. Ich ging zu ihr und fragte, was ich für sie tun könne. Sie sah mich etwas skeptisch an und sagte: »Ich will heim!« Ich war mir nicht sicher, ob ich richtig gehört hatte. »Ja wo ist denn Ihr Zuhause?«, fragte ich sie. Sie wiederholte: »Ich will heim!«

Jetzt war Fingerspitzengefühl gefragt. Vorsichtig zog ich einen Stuhl heran und setzte mich neben sie. »Wie ist denn Ihr Name?«, fragte ich sie freundlich. Die Antwort: »Ich will heim!«

Ich redete beruhigend auf sie ein und fragte sie, ob ich nicht einmal in ihre Handtasche schauen dürfe, vielleicht würde ich da ja einen Ausweis finden. Zunächst wich sie erschrocken zurück und klammerte sich noch mehr an die Handtasche. Ich konnte sie ja nicht zwingen! Meine Mitarbeiter begannen die Kassen abzurechnen und sahen besorgt zu uns hinüber. Ich bot der Dame ein Glas Wasser an, was sie in einem Zug leer trank. Dann kam es wieder wie von einer Schallplatte, die hängen geblieben war: »Ich will heim!«

Offensichtlich war die Dame verwirrt und fand nicht mehr nach Hause. Inzwischen hatten meine Kolleginnen in beiden Altersheimen in der Nähe angerufen. Aber es wurde niemand vermisst.

Der große Apotheken-Kriegsrat wurde einberufen, während es in kurzen Abständen aus der Warteecke kam: »Ich will heim!«

Es blieb uns nichts anderes übrig, als die Polizei anzurufen und diese um Hilfe zu bitten. Sieben Uhr war schon lange vorbei, als dann eine Polizistin und ein Polizist in Uniform bei uns auftauchten.

Als die Dame die beiden sah, bekam sie Panik und fing zu zittern an. Die Schallplatte lief weiter: »Ich will heim!«

Die Beamten waren auch nicht viel erfolgreicher als wir. Schließlich entwand die Beamtin der Dame entschlossen ihre Handtasche. Sie war leer bis auf ein sauber gebügeltes Spitzentaschentuch. Es gab keine andere Lösung, als dass die beiden die Dame zwischen sich nahmen und zum wartenden Polizeiauto führten.

Ein langer vorwurfsvoller Blick und das flehentliche »Ich will heim!« war das Letzte, was ich wahrnahm. Meine Lust auf einen Abend im Biergarten war verflogen.

FÜR IHRE HAUSAPOTHEKE
WIR EMPFELEN JETZT
SCHMERZMITTEL
ERKÄLTUNG GRIPPE
KOSMETIK
GELD HER!!!

33

Was hat sie angestellt?

»Geld her!« Ich sah verwundert auf. Es war kurz vor Ladenschluss, in wenigen Minuten würden wir den Feierabend einläuten. Wir bedienten zu dritt konzentriert die letzten Kunden. Ein geschwungener Handverkaufstisch half, Abstand zwischen den Kunden zu wahren. Diskretion ist ein wichtiges Gebot in der Apotheke.

»Los, sofort, Geld her«, zischte der junge Mann erneut. Ich sah dabei in die zitternde Mündung seiner Pistole und brachte kein Wort hervor.

Es gab Regeln für solche Fälle, eingeübte Verhaltensweisen. Doch ich realisierte die Situation nicht richtig. Ich reagierte impulsiv und stieß die Kassenschublade mit dem Bauch zu und rief: »Was wollen Sie überhaupt? Verschwinden Sie!«

Der Angreifer sah mich verdutzt an. Damit hatte er nicht gerechnet. Unsere Blicke trafen sich. Er war eine unscheinbare Gestalt um die dreißig, trug einen hellblauen Blouson und eine Einkaufstüte ums Handgelenk. Der Angreifer trug keine Maske. Er fuchtelte aufgebracht mit seiner Pistole umher, brachte aber keinen Satz hervor.

»Hauen Sie ab!«, schrie ich erneut, diesmal vernehmlicher.

Bislang war der Überfall unbemerkt geblieben. Nun aber wurden meine Kolleginnen und die Kunden aufmerksam. Der Angreifer starrte mich entgeistert an. Er hob seine Waffe bedrohlich an und senkte sie wieder ab. Und blieb sprachlos.

Er traf eine vermutlich ebenso impulsive Entscheidung wie ich mit meiner Gegenwehr zuvor: Flucht! Der junge Mann kehrte um und suchte schleunigst den Ausgang. Er rannte davon. Zwei tapfere männliche Kunden versuchten, sich ihm in den Weg zu stellen. Ein kleines Gerangel entstand, aber der adrenalingeladene Angreifer stieß die anderen Kunden mit Wucht beiseite und bahnte sich seinen Weg nach draußen. Er rannte wie um sein Leben, obwohl ihm niemand folgte. In der Apotheke herrschte derweil Ruhe. Entsetzen und Angst stand den Kunden, aber auch meinen Kolleginnen ins Gesicht geschrieben.

Ich sagte noch »der Nächste bitte«, bevor meine Knie weich wurden und ich zu zittern anfing. Eine Kollegin nahm mich sanft am Arm. Ich setzte mich auf den Sessel, der ansonsten den Kunden vorbehalten blieb. Mein Herz schlug bis zum Hals. Mit einem Mal wurden mir die brenzlige Situation und mein leichtsinniges Verhalten bewusst. Ich versuchte, tief ein- und auszuatmen und nicht daran zu denken, was hätte passieren können. Erst nach Minuten beruhigte ich mich ein wenig.

Alle redeten auf mich ein. Die Kunden, aber auch meine Mitarbeiterinnen sagten, man müsse sofort die Polizei rufen. Zunächst wollte ich nicht, denn niemand war zu Schaden gekommen und ich bezweifelte, dass man den Täter ermitteln können würde. Was sollte es also bringen? Dennoch ließ ich mich überreden. Ein Fehler, wie sich schon bald herausstellen sollte.

Nach meinem Anruf vergingen einige Minuten. Ich hatte mich wieder beruhigt und beobachtete von meinem Sessel aus, wie die Autos herbeirasten, eine Vollbremsung hinlegten und erst auf dem Trottoir zum Stehen kamen. Zwei Streifenwagen waren mit großem Getöse, Blaulicht und Sirene vorgefahren. Vier uniformierte Ordnungshüter stürmten mit gezogenen Waffen in die Apotheke.

Die wachsamen Anwohner, auf die in dieser Hinsicht immer Verlass war, sahen neugierig aus den Fenstern und beobachteten das Spektakel. Die Aufmerksamkeit des gesamten Viertels und das Gesprächsthema der nächsten Tage waren nun sichergestellt. Ich schlug die Hände vor dem Gesicht zusammen und atmete tief ein, weil ich schon Übles ahnte.

Dabei hatte ich vorhin am Telefon deutlich gesagt, dass der Täter längst über alle Berge entschwunden sein muss. Da standen sie, mit grüner Uniform und rotem Kopf, und sahen enttäuscht aus. Bevor sie Fragen stellten, rügten mich die Beamten, nicht schneller angerufen zu haben. Ich sollte ihnen den Tathergang nochmals im Detail schildern.

Einstweilen steckte auch der letzte Polizist, ein großer Uniformierter mit Stoppelhaaren, seinen Colt wieder in den Halfter. Er hätte ihn wohl zu gerne einmal wieder rauchen sehen. Die Enttäuschung stand dem Stuttgarter Sheriff ins Gesicht geschrieben. Die nächste Führerscheinkontrolle versprach weniger Action.

Dafür stand nun die langatmige Pflichtarbeit an: Papierkrieg. Die Beamten nahmen mich sofort mit auf ihre Wache. Ich wurde ein zweites Mal am selben Tag überfallen. Ich sollte in einem der Streifenwagen mitfahren. Sie verschwanden, so schnell sie gekommen waren, nur mit weniger Getöse. Die Dienststelle, ein 70er-Jahre-Bau, grau und trist, schien gebaut für ebensolche Menschen. Auf dem Flur saßen zwei Prostituierte, ein betrunkener, verwahrloster Mann und eine junge Familie. Die übel gelaunten Beamten ignorierten alle.

Sie brachten mich direkt in einen Verhörraum. Es sei Schichtwechsel, erklärten sie. Es könne etwas dauern. Von mehr als einer Stunde hatten sie nichts gesagt, aber so lange saß ich dort, auf einem unbequemen Hocker in einem muffigen Hinterzimmer, und wartete. Das Ganze erschien mir immer sinnloser.

Der Angreifer hatte mich nicht überrumpeln können, wohl aber die Polizisten. Nun saß ich ohne Handy, ohne Mantel, ohne Tasche und vor allem, ohne Absprachen mit meinen Kolleginnen getroffen zu haben, hier. Es war bereits nach 20 Uhr, die Apotheke hatte normalerweise schon lange geschlossen. Ich fühlte mich immer mehr wie der Verbrecher, denn wie die Zeugin.

Endlich kam jemand. Es war der große Glatzkopf von vorhin. Hätte es nicht einen Schichtwechsel geben sollen? Er roch nach

Kaffee, Zigaretten und Schweiß, als er seinen Namen und etwas von »wenig Zeit« nuschelte. Er begann, meine Personaldaten aufzunehmen, und wollte mit seinen Standardfragen beginnen. Ich unterbrach ihn und bat, zumindest kurz bei meiner Familie und in der Apotheke Bescheid geben zu dürfen.

Meine Kolleginnen hatten sich verantwortlich gezeigt und die Apotheke ordnungsgemäß geschlossen. Sie warteten nur noch auf meine Rückkehr. Ebenso wie meine Familie, die bereits von dem versuchten Überfall in zwei unterschiedlichen Varianten gehört hatte und die ich beruhigen konnte.

Der missmutige Beamte wartete schon ungeduldig. Er schlürfte einen Becher Kaffee und erklärte noch mal, er habe keine Zeit für Geratsche. Das Protokoll war recht zügig aufgenommen, viel sagen konnte ich ohnehin nicht.

»Sie können dann gehen«, murmelte der Beamte, ohne von seinem Protokoll aufzusehen oder sich gar zu bedanken. Nur unterschreiben müsse ich noch schnell.

Verdutzt und gereizt verließ ich den Verhörraum, indem ich die Türe hörbar zuwarf. Ich nahm ein Taxi von der Polizeistation zurück zur Apotheke. Meine Kolleginnen bezahlten den Fahrer, da ich kein Geld dabeihatte. Sie hatten bereits ungeduldig auf mich gewartet. Alle waren doch erleichtert, dass nichts Schlimmeres geschehen war.

Im Viertel brodelte derweil die Gerüchteküche. Die Apothekerin sei von der Polizei mit großem Tamtam abgeholt worden, hieß es. Was sie angestellt habe, darüber gab es unterschiedliche Mutmaßungen und Geschichten. Jedenfalls sei sie von acht Polizisten verhaftet worden. So was geschehe ja nicht ohne Grund.

Ab dem nächsten Morgen stand das Telefon nicht mehr still. Zur Verwunderung vieler Kunden hob ich selbst den Hörer ab.

»Sind Sie schon wieder draußen aus dem Knast?«, lautete die nächsten Tage und Wochen eine häufige, sicher nicht immer ernst gemeinte Frage.

Dreimal noch musste ich zur Polizeidienststelle fahren und Fahndungsbilder ansehen. Meiner Täterbeschreibung – blond, etwa 30 Jahre alt, deutsch – schienen die Beamten nicht ganz zu trauen. Vom 20-jährigen Araber bis zum 40-jährigen Schwarzen zeigten sie mir stundenlang ihre gesamte Kartei. Das Alter stimme ja so in etwa und deutsch seien sie alle, sagten sie.

Bis der letzte meiner Kunden erfuhr, dass nicht ich etwas angestellt hatte, sondern überfallen worden war, dauerte es noch Wochen. Wir hatten lange mit den Gerüchten zu kämpfen.

Der Täter wurde nie gefasst.

34

Schwäbischer Italiener

Gegen drei Uhr nachts betätigte ein dunkelhaariger, gut aussehender Mann die Nachtglocke meiner Apotheke. Er telefonierte währenddessen lautstark auf Italienisch. Sein Handy nahm er nicht vom Ohr, aber er unterbrach das Gespräch hin und wieder, um mir durch die Luke einige Anweisungen zu erteilen. Aspirin, Nasentropfen, Lutschtabletten und etliche andere Präparate. Scheinbar wahllos rief er mir seine Bestellungen zu. Ich rannte zwischen den Schubladen hin und her, aber dem Italiener, der astreines Schwäbisch sprach, fielen immer neue Wünsche ein. Ich kam mir vor wie sein Laufbursche.

Der Kunde telefonierte weiter, wortreich und lautstark. Sollte noch einmal jemand behaupten, Männer seien nicht multitaskingfähig! Per Handzeichen signalisierte er mir, dass er nun alles habe und bezahlen wolle. Er zog ein dickes Bündel Geldscheine aus der Hosentasche, das nur von einer goldenen Klammer mühsam zusammengehalten wurde.

Der Kunde redete ungerührt weiter, bis ich ihm wortlos den Kassenzettel zeigte: 26,96 Euro. Da stutzte der schwäbische Italiener plötzlich. Er unterbrach sogar sein Gespräch. »Das ist ja mehr, als ich sonst zahle.«

»Nachts müssen Sie zusätzlich die Notdiensttaxe von 2,50 Euro bezahlen.«

»Vergessen Sie es.« Er schüttelte den Kopf und erklärte: »So dringend ist das nicht. Ich war gerade auf dem Heimweg, da bot sich die Apotheke an. Aber unter diesen Umständen komme ich morgen wieder vorbei.«

Der Italiener, offensichtlich schon sehr gut ins Schwabenland und die sparsamen Gepflogenheiten integriert, drehte sich um und ging seiner Wege. Ich war sprachlos. Da stand ich mit der Tüte voller Medikamente und dem Kassenzettel vor der zugigen Notdienstklappe und musste die Artikel in der Kasse retournieren und wieder zurückräumen. Ich war wütend und kam mir vor wie ein Trottel.

Am nächsten Morgen, Punkt 8.30 Uhr zur regulären Öffnung der Apotheke, stand mein Kunde wieder mit dem Handy am Ohr vor der Türe und durfte diesmal in den Verkaufsraum hinein. Er wolle die Präparate abholen, sagte er zwischen einigen italienischen Sätzen, aber ohne Nachttaxe. Fröhlich und ausgeschlafen telefonierte er wieder und gab mir erneut seine Bestellung durch. Exakt dieselben Artikel.

24,46 Euro zeigte der neue Kassenbon, was von meinem Kunden mit einem zufriedenen Lächeln quittiert wurde. Kurz vor dem Verlassen der Apotheke drehte er sich um und fragte, zwischen ein paar anderen Sätzen, wie das eigentlich sei. Ich dürfe doch gar nicht nach dem Notdienst in der Nacht jetzt immer noch weiterarbeiten. Ohne meine Antwort abzuwarten, verließ er kopfschüttelnd die Apotheke, mit dem Handy am Ohr. Er murmelte noch etwas von der Gewerkschaft, glaube ich, dass sich die nicht einmal um so etwas kümmere.

35

Arme Erben

Die humorvolle Witwe eines unlängst verstorbenen Weinhändlers kaufte immer besonders großzügig ein. Der Betrieb war sehr gut gelaufen und hatte den Mann reich gemacht. Sie erzählte gerne von ihrem liebevollen Mann, mit dem sie eine gute Ehe geführt hatte. Mit seinem Ableben war sie nun reich geworden. Sie hatte ein großes Vermögen geerbt. Der erfolgreiche Weinhändler habe sie immer gemahnt, sagte sie, das Leben in vollen Zügen zu genießen. Und das habe sie auch vor.

Hin und wieder wurde sie von einem jungen Mann und einer jungen Frau begleitet. Mit ihrem Begleitschutz wirkte die Witwe immer etwas angespannt. »Brauchst du das wirklich?«, »Muss das denn sein?«, »Ist das nicht etwas teuer?«, wurde sie gefragt.

»Ja, brauche ich unbedingt, geht nicht anders und ist gar nicht so teuer«, antwortete die Dame pikiert und zwinkerte mir verschwörerisch zu.

Wenn sie alleine kam, war sie entspannter.

Sie kaufte immer die große Packung, etwas Kosmetik, etwas Ginkgo »fürs Gehirn« und auch sonst alles, was ihr einfiel. Als ich die Rechnung ausdruckte, zuckte ich selbst zusammen: 488,90 Euro. Die Witwe entnahm einen 500-Euro-Schein aus ihrer Geldbörse und legte mir beruhigend die Hand auf den Arm: »Stimmt so, der Rest ist für die Kaffeekasse. Machen Sie sich keine Gedanken, das zahlen alles meine Erben.«

36

Fast pleite

Dass Bruno Geiger, ein erfolgreicher Geschäftsmann, mich einmal an den Rand des Ruins treiben würde, hatte ich nie für möglich gehalten.

Der 40-jährige gut aussehende Messebauer fuhr mit seinem gelben Porsche zum Schrecken der Passanten halb auf den Gehweg vor der Apotheke. Das bot zwei Vorteile: Er musste nicht so weit zu Fuß gehen und meine jungen Mitarbeiterinnen, die mit ihm genauso gerne flirteten wie umgekehrt, wussten sofort, dass der schwäbische Brad-Pitt-Verschnitt gleich eintreten würde. Sie konnten es nicht eilig genug haben, nach vorne an den Tresen zu kommen, um den braun gebrannten und gut gekleideten Charmeur mit ihrem freundlichsten Lächeln zu begrüßen. Geiger hatte immer einen flotten Spruch auf den Lippen, schnittig wie sein Sportwagen. Dennoch hatte er sehr gute Umgangsformen und einen guten Auftritt. Meine hübschen Kolleginnen schmachteten den Casanova aus Stuttgart-Degerloch allesamt an.

Auf dem Weg ins Büro auf dem Killesberg legte er häufig einen Boxenstopp in der Apotheke ein. Geiger hatte seine erste Frau verloren, weil sie es nicht ertragen konnte, wenn er immer mit hübschen, jungen Frauen flirtete. Sie hatte sich scheiden lassen und war mit dem gemeinsamen zwölfjährigen Sohn ausgezogen. Dieser Einschnitt war tief und teuer für Geiger gewesen. Erst zwei große Messeaufträge beim Genfer Automobilsalon ließen sein Zahnpastawerbungslächeln wieder so richtig erstrahlen.

Geiger urlaubte in Thailand, auf den Malediven und in Florida. Er fuhr Ski in Kanada und St. Moritz. Der erfolgreiche Unternehmer erzählte meinen Mitarbeiterinnen von Traumstränden und Helikopter-Skiing. Nur habe er so wenig Zeit. Mehr als drei Wochen Urlaub im Jahr gönnte sich der Chef und kreative Kopf einer Messebaufirma nicht. Er hielt sich für unabkömmlich.

Aber er hatte inzwischen wieder geheiratet – sehr zum Missfallen meiner Mitarbeiterinnen –, eine gut aussehende Innenarchitektin, die ihn ein wenig zu zähmen verstand. Als ich nach einem Auftritt von Geiger in ihrer Begleitung äußerte, die beiden passten gut zusammen, trafen mich eisige Blicke.

Geiger war ein Kreditkunde, das heißt, er musste nicht bei jedem Einkauf bezahlen, sondern bekam eine Monatsrechnung. Er konnte schneller wieder mit seinem Flitzer das Trottoir räumen und zum Big Business düsen.

Mir fiel bei der Durchsicht seiner Rechnungen auf, dass er in letzter Zeit auffällig viel Aspirin und Erkältungsmittel gekauft hatte. Ich sprach ihn darauf an. Er selbst wusste nicht recht, woran es lag. Ob ich ihm einen sehr guten Arzt empfehlen könne, fragte er mich. Alle, die er bislang aufgesucht hatte, hätten nichts finden können und er fühle sich seit Wochen schlecht. Ich schrieb ihm ein paar Adressen von Fachärzten auf. In der Apotheke dürfen wir keinen einzelnen Arzt dezidiert empfehlen. Geiger wählte die Nummer einer Ärztin auf meiner Liste, die ihn gleich an die Tropenklinik nach Tübingen weiterverwies. Der Verdacht lag nahe, dass er sich bei seinen Fernreisen etwas eingefangen hatte. Die Ärzte drehten ihn von Kopf bis Fuß durch die Untersuchungsmühle, fanden aber weder Tropenkrankheiten noch sonstige Malaisen.

Nur wenige Tage später kam er mit ernster Miene in die Apotheke. Porsche-Bruno hatte keinen Blick für die hübschen Mädels hinterm Tresen. Nicht einmal ein Lächeln.

Er wolle mit mir sprechen, sagte er, unter vier Augen im Büro. Geiger ließ sich auf einen Stuhl fallen, fuhr sich mit beiden Händen durch das volle Haar und sah an die Decke. Langsam begann er, zu sprechen.

In der Tropenklinik hatten die Ärzte ihm mitgeteilt, das Einzige, was jetzt noch getestet werden könne, sei eine HIV-Infektion. Geiger hatte bestürzt reagiert und auch den Ärzten war ihr Vorschlag unangenehm. Aber sie hatten keine andere Idee mehr. Das Aids verursachende HIV-Virus ging schon damals um die Welt, war aber in Europa noch nicht so verbreitet. Geiger hatte einem Test mit einem mulmigen Gefühl notgedrungen zugestimmt.

Nach einer für ihn gefühlten Ewigkeit nun das Ergebnis: HIV-positiv mit bereits hoher Viruslast. Die bislang unbehandelte Krankheit hatte sich schon weit in seinem Körper ausgebreitet. Daher resultierten auch sein ständiges Unwohlsein und die Anfälligkeit für Erkältungen. Zu diesem Zeitpunkt waren HIV-Infektionen bei uns in Deutschland noch eine Seltenheit. Es gab nur ein Medikament auf dem Markt, gegen das die Viren aber schnell resistent wurden und das damit seine Wirkung verlor. Nur fünf bis zehn Jahre später konnte die HIV-Forschung große Erfolge verzeichnen, die das Leben der in der westlichen Welt Betroffenen wesentlich verlängerten. Wird die Krankheit heute rechtzeitig erkannt und mit modernen Methoden therapiert, geht das Todesgespenst nicht mehr so schnell um.

Geiger erinnerte sich an einen Asienurlaub auf Bali direkt nach der Scheidung von seiner ersten Frau. Peinlich berührt erzählte er mir davon.

Da hatte er das Singleleben in vollen Zügen genossen, dummerweise ohne Schutz. Seine neue Frau, die Innenarchitektin, war außer sich und befürchtete, sich ebenfalls infiziert zu haben. Sie wurde getestet, aber mit negativem Ergebnis. Sie hatte, wie durch ein Wunder, eine genetische Anlage, die sie vor einer Infektion durch das Virus schützte.

Geiger verließ geknickt mein Büro. Er hatte sich ausgesprochen, aber im Moment konnte ich nichts für ihn tun, außer ihm zuzuhören und ein wenig Trost zu spenden. Sein Leidensweg begann.

Er nahm tapfer seine Medikamente ein und verlor immer mehr an Gewicht, sodass seine elegante Kleidung schon bald an ihm schlabberte. Geiger erhielt zusätzlich künstliche Nahrung, um den rapiden Gewichtsverlust abzumildern. Seinen Porsche verkaufte er. Geiger kam weiterhin zu uns in die Apotheke, allerdings mit der U-Bahn. Die Messebaufirma verlor mit ihm den kreativen Kopf und schrieb mit der Zeit rote Zahlen. Die schreckliche Krankheit ergriff immer mehr Besitz von Geiger und seinem Leben.

Unsere Apothekenrechnungen ignorierte er länger als gewohnt und zahlte oft erst nach der zweiten Mahnung. Als privat Versicherter musste er die Rechnungen für Medikamente direkt an uns bezahlen und sie sich hinterher von der Krankenkasse wieder erstatten lassen. Und die Summen gingen mittlerweile in die Tausende. Wir räumten ihm Valuta ein, damit er sich das Geld zuerst von der Versicherung holen konnte, bevor er unsere Rechnungen begleichen musste. Geiger, ein tragischer Fall, aber letztlich einer von vielen Kunden.

Wie jedes Jahr im August fuhr ich mit meiner Familie in den Urlaub an den Bodensee. Ich bereitete dafür in der Apotheke alles vor. Teilte das Personal ein, organisierte meine Stellvertretung, gab Informationen weiter und ordnete die Buchhaltung.

Ich konnte mich drei Wochen lang entspannen, einmal so richtig abschalten und hörte nichts von der Apotheke. Gut erholt kehrte ich zurück. Mein Stellvertreter bugsierte mich gleich aufgeregt ins Büro.

»Setzen Sie sich lieber«, sagte er.

Mit gesenktem Haupt holte er Kontoauszüge, Rechnungen und Briefe hervor. Ungläubig sah ich auf den Kontostand: Das Konto war mit 75.000 DM in den Miesen. Ich konnte es nicht fassen, da mein Betriebskonto vor dem Urlaub mindestens um diesen Betrag im Plus gewesen war. Ich hatte es während meiner Abwesenheit sogar üppiger gedeckt als sonst, um die Umsatzsteuerzahlung, die Gehälter, die Miete und sonstige Rechnungen begleichen zu können. Wo war all das Geld hingekommen? Das Finanzamt hatte sogar eine Mahnung geschickt, weil die Umsatzsteuer von über 20.000 DM nicht mehr von der Bank eingezogen werden konnte. Mein Stellvertreter wand sich, er schien völlig überfordert. Er habe mich nicht im Urlaub anrufen wollen. Er wollte alles alleine managen und mich nicht stören. Ich verdrehte nur die Augen.

Er berichtete mir, Bruno Geiger ginge es inzwischen sehr schlecht. Er erhielt eine intensivierte Therapie mit Medikamenten, die in der Kühlkette angeliefert wurden und noch teurer waren. Diese und weitere Arzneimittel hatten sie jeden dritten Tag sofort zu Geiger nach Degerloch ausgeliefert. Der Hersteller lieferte jedoch nicht über den Großhandel, von dem wir eine Monatsrechnung erhielten, sondern nur direkt. Deshalb hatte mein Stellvertreter die Überweisungen fristgerecht getätigt. Leider war Geiger mit seinen Zahlungen im Verzug. Er schuldete uns fast 75.000 DM. Kleinlaut beichtete mein Stellvertreter, dass er bereits mehrfach bei Geigers Frau angerufen habe, die aber einfach aufgelegt habe.

Das Geschäftskonto der Apotheke war stark überzogen. Plötzlich war ich mit einem existenziellen Problem konfrontiert. Es kriselte, denn die Bank ließ mittlerweile alle Einzüge unerledigt zurückgehen. Um das akute Liquiditätsproblem zu lösen, rief ich bei meiner Hausbank an, dem Platzhirsch unter den Stuttgarter Geldinstituten. Der Sachbearbeiter erklärte mir kühl, dass es keine Kredite für Steuerschulden gebe. Auch ein genereller Überbrückungskredit sei nicht drin. Er fände das bedauerlich. Für Missmanagement sei der Ladeninhaber verantwortlich, erklärte er mir noch belehrend.

Also musste ich mir etwas einfallen lassen. Wenige Jahre zuvor hatten wir die Apotheke umgebaut. Der Kredit dafür war noch nicht ganz abgelöst. Bei den Banken hatte ich keine Chance, also musste ich mich direkt an Familie Geiger halten und landete schnell auf dem Boden der Tatsachen.

»Was sind Sie nur für ein gieriges Biest«, schrie mich Frau Geiger an. »Mein Mann liegt im Sterben und Sie denken nur an Ihr Geld.«

»Frau Geiger, hier geht es auch um meine Existenz«, antwortete ich sachlich.

»Ihr blöden Apotheker habt immer nur das Geld im Kopf!«

»Hat denn die Versicherung für die Medikamente noch nicht bezahlt?«, fragte ich nach.

»Doch, aber mein Mann hat ja kein Einkommen mehr. Wir haben das Geld halt privat ein bisschen ausgegeben. Wir müssen die letzten Wochen noch genießen.«

»Wir stehen hier kurz vor dem Bankrott.«

»Tja.«

»Mehr fällt Ihnen dazu nicht ein?«

»Das ist mir scheißegal. Ich habe meine eigenen Probleme«, sagte Frau Geiger und legte auf.

Damit war ich bedient. Ich fühlte mit der Familie, aber mir blieb dennoch keine Wahl, ich musste zu meiner Rechtsanwältin. Sie nahm sich der Sache sofort an. Derweil musste ich mich um Liquidität kümmern. Als letzte Rettung blieb unsere Privatwohnung. Ich diskutierte bis lange in die Nacht hinein mit meinem Mann. Er war nicht begeistert, weil wir bislang Geschäft und Privates strikt getrennt hatten. Aber die Apotheke stand kurz vor der Insolvenz. Mein Mann lenkte schließlich ein, nicht ohne auf meinen Leichtsinn und den dusseligen Stellvertreter zu schimpfen, der von betriebswirtschaftlichen Fragen keine Ahnung hatte.

Die Rechtanwältin nahm wie versprochen schnell Kontakt mit meinen Kunden auf. Sie handelten aus, dass die Ansprüche gegenüber der Versicherung für die Rezepte sofort an uns gingen, weil wir ansonsten nicht mehr liefern könnten. Familie Geiger unterschrieb, weil unter diesen Umständen wohl keine andere Apotheke die dringend benötigten Medikamente überhaupt noch geliefert hätte. Frau Geiger wurde auch meiner Anwältin gegenüber ausfällig. Das Geld, das ihr die Versicherung erstattet hatte, war längst auf den Kopf gehauen. Aber Bruno Geiger, mit letzter Kraft, brachte seine Lebensversicherung ins Spiel. Offensichtlich plagte zumindest ihn ein schlechtes Gewissen. Er schlug vor, dass die Schulden bei uns daraus dann zurückgezahlt werden könnten. Er besaß als Geschäftsmann noch den Anstand, einen anderen Betrieb, der ihm geholfen hatte, nicht mit in den Untergang zu ziehen. Es war eine unangenehme und makabre Situation, weil man ja niemandem den Tod wünscht. Er sah das sehr gefasst und sachlich und versicherte, dass seine Frau die Schulden bezahlen würde, sobald das Geld von der Lebensversicherung gezahlt werden würde.

14 Tage später starb er.

Nach sanftem Druck meiner Anwältin konnte sich Frau Geiger an die Zusage wieder erinnern und zahlte die Schulden in Raten ab. Ich atmete auf. Aber wir zogen daraus unsere Konsequenzen. Allen Privatversicherten mit hochpreisigen Rezepten boten wir in Zukunft an, direkt mit der Versicherung abzurechnen. Dieses Vorgehen sollte sich immer wieder bewähren. Das sparte den Kunden Arbeit und uns unangenehme Situationen.

37

Mutterliebe

Wenn nachmittags ein wenig Ruhe eingekehrt war, standen wir häufig in unserer Kaffee-Ecke. Das Team diskutierte über Erlebnisse mit Kunden, über Beratungsthemen und wie sich neue Medikamente bewährten. Gelegentlich auch darüber, was sich Menschen gegenseitig aus vordergründiger Liebe antun. Wir hatten gleich zwei Fälle in dieser Kategorie: Manfred Moller und Sabine Kaspar.

Beide waren selbst schon im Rentenalter, nicht verheiratet und pflegten ein betagtes Elternteil. Sabine Kaspar war nach wie vor des Vaters »Sabinchen«. Ihr Bruder hatte sich nicht festhalten lassen, auswärts studiert und eine eigene Familie gegründet. Sabine sollte eine besonders gute Partie für einen zukünftigen Ehemann abgeben. Aber dem Vater war keiner gut genug. Einer nach dem anderen wurde abgelehnt oder vergrault. Sabine Kaspar blieb alleine. Dennoch wirkte sie sanft und freundlich. Bei uns holte sie gerne ihre anthroposophischen Medikamente. Sie war Lehrerin an einer Waldorfschule geworden. Wenn wenig los war, setzte sie sich auf einen Stuhl und erzählte uns ihren ganzen Kummer. Aber als brave, angepasste Tochter hätte sie es nie gewagt, sich aufzulehnen.

Die Mutter starb, aber der greise, autoritäre Vater klammerte sich weiterhin an sie. Er überwachte ihr Kommen und Gehen minutiös. Als sie selbst wegen einer Operation längere Zeit ins Krankenhaus musste, schickten wir ihr Blumen und Genesungswünsche. Sie rief sofort in der Apotheke an und bedankte sich. Ihr ginge es gut. Sie sei so froh, einmal weg von zu Hause zu sein. Dort ginge es ihr so schlecht, klagte sie. Aber hier im Krankenhaus fühle sie sich wie im Urlaub. Als ich stutzte, ergänzte sie: Urlaub von der Hölle.

Meine Mitarbeiter in der Kaffee-Ecke lachten. Sogar mein Betriebswirt, der unserer Unterhaltung schweigend am PC gelauscht hatte, gluckste. »Vielleicht sollten wir den Laden hier in ›Apotheke zur Klagemauer‹ umtaufen«, sagte er.

Unser zweites, umklammertes Kind war mittlerweile auch schon knappe 65: Manfred Moller. Sein Vater war im Krieg gefallen. Die kleine Familie hatte im ausgebombten Stuttgart schwer zu kämpfen gehabt. Die Nachbarin hatte Manfred Moller versorgt, während seine Mutter sich das Notwendigste als Schreibkraft im Milchhof verdiente. Sie liebte den kleinen Manfred abgöttisch. Er war ihr Ein und Alles. Auch als er heranwuchs, zur Schule ging, seine Ausbildung absolvierte und eine Stelle bei der Stadt antrat, wollte sie ihn für sich alleine haben. Sie wohnten zusammen im vierten Stock einer Altbauwohnung im Heusteigviertel – seit jeher und noch immer. Keine Freundin von Manfred konnte der Mutter gut genug sein. Meistens waren sie schon beim »Vorstellungsgespräch« gescheitert oder hatten von selbst die Flucht ergriffen. Seine Mutter war mittlerweile fast 90 Jahre alt, er selbst in Rente. Noch immer ließ sie niemanden an ihren Sohn heran. Mutter Moller hatte seit Jahren die Wohnung nicht mehr verlassen. Nach eigenem Bekunden würde sie es erst wieder in einem Sarg tun. Damit war jede Unterbringung in einem Heim ausgeschlossen. Er kam fast jeden Tag in die Apotheke, um sich den Blutdruck messen zu lassen. Manfred Moller hatte mittlerweile herausgefunden, wann es in der Apotheke etwas ruhiger war. Er holte sich dann seine Streicheleinheiten neben dem Blutdruckmessen ab, die er sonst nirgends bekam. Bei uns konnte er sich aussprechen. Seine Mutter nörgle an allem herum und behandle ihn wie einen Leibeigenen, klagte er. Oft habe er schon überlegt, reinen Tisch zu machen. Aber wenn er am Bett seiner kranken Mutter stehe, traue er sich nichts mehr zu sagen. Dann sei er wieder der dumme Schulbub.

Ich hatte eine Aversion gegen seine Mutter entwickelt, ohne sie persönlich zu kennen. Manfred Moller kämpfte mit den Tränen.

Wie konnte sie ihn so binden, wenn sie ihn wirklich liebte? Sie müsste doch wollen, dass es ihm auch einmal gut geht? Aber diese Einsicht war nicht mehr zu erwarten. Moller blieb uns als täglicher Gast erhalten. Er ergab sich seinem Schicksal. Seine Mutter lebte noch drei Jahre. Ein halbes Jahr später starb Manfred Moller selbst an einem Krebsleiden.

38

Frau Mulde und ihre Fragen, die vierte

Ein Anruf aus der Todeszone. Frau Mulde versuchte es hartnäckig zum dritten Mal, obwohl Hochbetrieb in der Apotheke herrschte. Entnervt ging ich ran. Ohne ihren Namen zu nennen, setzte die rüstige Rentnerin an: »Ich hab da mal 'ne Frage.«

»Die Rheumasalbe, die Sie mir gebracht haben, ist ein schöner Mist. Mein Bekannter hat mich eingerieben. Die brennt ja wie Feuer. Ich sitze in der Badewanne unter dem kalten Wasser, aber es brennt trotzdem. Was soll ich denn tun?«

»Das Rheumapflaster ist der gleiche Mist. Das brennt und geht nicht mehr ab. Mein Bekannter wollte es entfernen. Der zog mir fast die Haut ab. Jetzt haben wir Krach und er ist gegangen. Kann jemand von Ihnen kommen und das ekelige Zeug wegmachen?«

»Mein Arzt hat mir ein Muster der Blutdrucktabletten mitgegeben. Davon soll ich eine halbe nehmen. Ich habe jetzt alle mit dem scharfen Küchenmesser halbiert. Das geht aber nicht, weil da eine Gelatineschale drum ist und der Inhalt ausgelaufen ist. Was soll ich denn tun? Können Sie für mich mal beim Arzt anrufen?«

39

Fragen Sie Ihren Arzt oder Apotheker

»Zu Risiken und Nebenwirkungen lesen Sie die Packungsbeilage oder fragen Sie Ihren Arzt oder Apotheker.« So enden die Werbespots für Arzneimittel im Fernsehen. Manchem Apotheker stellen sich an dieser Stelle regelmäßig die Nackenhaare zu Berge. Die werbetreibenden Pharmakonzerne sind zu diesem Text im Abspann gesetzlich verpflichtet.

Mit Werbung in Print, Hörfunk und Fernsehen machen sie wichtige Produkte der Allgemeinheit bekannt – schnell und flächendeckend. Dafür geben die Hersteller jedes Jahr Millionenbeträge aus. Mit dem einfachen Zusatz »fragen Sie Ihren Arzt oder Apotheker« schieben sie die Aufklärungsarbeit der Patienten den Heilberufen zu.

Die Kunden können sich oft den Namen des jeweiligen neuen Präparats aus der Werbung nicht merken, erinnern sich aber an einzelne Bilder oder an die Story. Und wehe, uns in der Apotheke ist die nicht geläufig! Das wirft schnell die Frage auf, ob wir überhaupt auf dem neuesten Stand sind. Wir müssen doch wohl die allerneueste Creme gegen Nagelpilz und das superschnell wirksame Nasenspray kennen!

In meiner Apotheke zeigte sich eine besonders fernsehaffine Mitarbeiterin freiwillig bereit, uns diesbezüglich auf dem Laufenden zu halten. Akribisch pflegte sie eine Liste mit den Medikamenten, die im Fernsehen beworben wurden. Sie liebte diese Aufgabe und den Fernsehmuffeln half zumeist ein gezielter Blick in ihr Protokoll, solche Kundenanfragen zu beantworten.

Doch längst nicht jedes beworbene Produkt ist für jeden Zuschauer gleichermaßen geeignet. Gerade rezeptfrei erhältliche Arzneimittel, Over-The-Counter (OTC)-Präparate genannt, suggerieren dem Verbraucher absolute Harmlosigkeit. Die Schattenseiten werden in Werbespots und Hochglanzanzeigen natürlich nicht beleuchtet. Daher kämpfen wir oft in den Apotheken, wie in der Werbung vorgeschlagen, die Risiken und Nebenwirkungen darzulegen, die die wenigsten Kunden hören möchten. Was ohne Rezept erhältlich ist, so die geläufige Meinung, kann nicht kritisch sein.

Das trifft auf viele Medikamente zu, aber längst nicht auf alle. Expertenkommissionen entscheiden darüber, welche Wirkstoffe in der Apotheke mit und welche ohne Rezept verkauft werden dürfen. Sie gehen vom »bestimmungsmäßigen Gebrauch« aus. In meiner jahrelangen Erfahrung habe ich feststellen müssen, dass sich Ärzte häufig mit freiverkäuflichen Arzneimitteln nicht besonders gut auskennen. Für den nachfragenden Patienten liegt das Standardsprüchlein »lassen Sie die Finger davon, das nützt nur dem Hersteller und dem Apotheker« in mehreren Variationen bereit, begleitet von hämischem Lachen in nur einer Variante. Die Götter in Weiß mögen es einfach. Der Patient ist nach solchen Reaktionen verunsichert und eingeschüchtert. Er fragt lieber nicht mehr den Arzt, sondern nur noch den Apotheker, der die letzte Anlaufstelle in Sachen Aufklärung ist. Er hat schließlich jahrelang Pharmazie studiert und alles über Medikamente gelernt. Er kennt die Zusammensetzung, die Arzneiform, die Wirkungen und Nebenwirkungen und eben auch, welches Arzneimittel sich mit welchem verträgt oder nicht.

Besonders erklärungsbedürftige Kandidaten sind zum Beispiel Schmerzmittel, Abführmittel, Appetitzügler, Erkältungspräparate und die vielen Kombipräparate. Vor allem Erkältungsmedikamente setzen sich häufig aus vier oder fünf Bestandteilen zusammen, von denen jeder für sich genommen ein hochpotentes Arzneimittel ist.

Ein absoluter Renner zum Beispiel ist MediNait, ein viel beworbener Erkältungssirup für die Nacht. Dieses Medikament enthält Paracetamol, ein Fieber- und Schmerzmittel, Dextromethorphan, einen Hustenstiller, Doxylamin, ein müde machendes Antiallergikum, und Ephedrin, ein mit der Zeit abhängig machendes Aufputschmittel, das jedoch die Nasenschleimhaut abschwellen lässt. Der Cocktail wird gekrönt durch einen 18-prozentigen Alkoholanteil. Pharmakologen laufen seit Jahren Sturm gegen die Kombination, aber dem Verkauf des Präparats wollen alle Bemühungen keinen Abbruch tun. Die Werbung verspricht den Erkälteten einen erholsamen Schlaf. Das klappt. Wen wundert's, bei dieser Zusammensetzung?

Das Fachchinesisch auf dem Beipackzettel wird ohnehin kaum gelesen und auch viele Apotheker betonen beim Verkauf des Medikaments die Nebenwirkungen nicht ausreichend. Die Anweisung, einen Becher des Sirups vor dem Schlafengehen einzunehmen, ist eindeutig. Doch wann der Anwender zu Bett geht und wann er wieder aufsteht, ist unterschiedlich. Die Einzelbestandteile, insbesondere das müde machende Doxylamin, brauchen mit einer Halbwertszeit von acht bis zehn Stunden sehr lange, um in der Wirkung nachzulassen. Morgens frisch aufzuwachen dürfte für viele Patienten da schwierig sein. Und die wenigsten wissen, dass sie unter Einwirkung von MediNait nicht fahrtüchtig sind, was vor allem für Berufsfahrer relevant ist, und auch keine Maschinen bedienen sollten. Gerade die bei Männern verbreitete Devise »viel hilft viel« kann zu einem gefährlichen Überhang des Gebräus führen und die Anwender zu einem Risikofaktor im Straßenverkehr werden lassen. Immer wieder weisen ADAC und andere Verbände darauf hin, wie gefährlich Verkehrsteilnehmer unter Medikamenteneinfluss sein können. Dennoch häufen sich Unfälle, bei denen Arzneimittel eine unrühmliche Rolle spielen.

Das Fatale bei MediNait ist, dass das Werbeversprechen, gut zu schlafen, erfüllt wird. Daher greifen jeden Winter Legionen von

Verbrauchern zu dem »bewährten« Sirup. Dem Hersteller kann hingegen nicht vorgeworfen werden, auf dem Beipackzettel nicht auf alle möglichen Risiken und Nebenwirkungen hingewiesen zu haben. Außerdem gibt es ja noch den Arzt oder Apotheker.

Ein weiterer, viel beworbener Renner ist Aspirin Complex. Das Schmerzmittel per se, Aspirin, gleichzeitig eine Weltmarke, wurde mit dem harmlos anmutenden Anhang »Complex« als wirksames Mittel gegen Schnupfen beworben. Auch hier ist der Wirkstoff Ephedrin das zugefügte Wundermittel, das den Schnupfen über Nacht vertreiben soll. Für kreislaufempfindliche Menschen ist es schon schwierig, nach der abendlichen Einnahme einen ruhigen Schlaf zu finden, wiewohl der Beipackzettel natürlich auf dieses Problem hinweist.

In einer Erkältungssaison hatte ich ein besonderes Erlebnis mit Aspirin Complex. Die Geschäfte der Stadt waren gut gefüllt und kein Kaufhaus schätzte es, wenn seine Verkäufer ihre Erkältung genau in dieser Zeit zu Hause auskurierten. Die ganze Woche über war das Medikament von den Kunden verlangt worden. Bei jeder Abgabe sagten wir unser Sprüchlein auf, wie Aspirin Complex anzuwenden sei und mit welchen Wirkungen und Nebenwirkungen man rechnen könne. Bis eine mir bekannte Verkäuferin vom Kaufhaus gegenüber in die Apotheke kam. Die Dame, kurz vor der Rente, nahm bereits jede Menge Arzneimittel ein, besonders verschiedene Blutdrucksenker für ihren schwer einstellbaren Bluthochdruck.

»Jetzt will ich auch das Wundermittel für Hochleistung, das sich alle meine Kollegen geholt haben.«

Ich sah sie verwundert an.

»Na das, mit dem man gleich doppelt so viel leisten kann. Das brauche ich jetzt auch. Irgendwas mit Complex.«

Sofort war ich hellwach. Auf einmal wurde mir klar, weshalb der Verkauf in den letzten Tagen so stark zugenommen hatte. Die gesamte Verkaufsabteilung des Kaufhauses hatte sich mit dem

Präparat eingedeckt und bei unseren Hinweisen nur milde gelächelt. Die Verkäufer hatten keinen Schnupfen, sondern dopten ihre Kondition.

»Ich kann Ihnen das nicht verkaufen«, erklärte ich. »Das *Wundermittel* verträgt sich nicht mit Ihrer ohnehin schon üppigen Medikation.«

Enttäuscht sah mich die altgediente Verkäuferin an. Nach einigen näheren Erläuterungen gab sie sich schließlich einsichtig. Für sie hatte es sich bewährt, wie aus der Werbung bekannt, beim Apotheker nachzufragen. Viele ihrer Kolleginnen dürften unsere Warnungen ignoriert haben.

40

Schlecht versichert

Auf den Bildern, die uns Gerd Leitner stolz zeigte, legte sein Chef den Arm um ihn und prostete ihm mit einem Glas Champagner lächelnd zu. Er selbst hielt die Trophäe für den besten Versicherungsvertreter der Region Stuttgart in den Händen. Beide trugen feine Anzüge und verstanden sich prächtig. Die umstehenden, überwiegend männlichen Kollegen sahen sie anerkennend an. Sie zollten Leitner für seine vielen Abschlüsse Respekt, dem Chef, weil er der Chef war. Die schwere bronzene Statue, die einen muskulösen Bogenschützen, den Bogen gespannt bis zum Anschlag, den Pfeil kurz vor dem Abschuss, nachbildete, schlug den Prämierten zum Versicherungs-Ritter. Und Gerd Leitner hatte die Trophäe nun bereits zum zweiten Mal in Folge erhalten.

Er wolle den Hattrick schaffen, sagte er zu uns, als er die Bilder von der Preisverleihung herumzeigte. Mindestens einmal pro Woche stand der erfolgreiche Versicherungsmann und Familienvater in der Apotheke, um irgendwelche Globuli abzuholen. Das glückliche Ehepaar wie aus der Illustrierten lebte mit den beiden kleinen Kindern in einem neu gebauten Haus etwas außerhalb von Stuttgart. Gerd Leitner und vor allem seine Frau schworen auf alternative Medizin. Sie gaben viel Geld dafür aus. Zwischen seinen Terminen oder auf dem Heimweg schneite Leitner oft gut gelaunt in die Apotheke, um die Präparate abzuholen.

Er arbeitete seit über zwölf Jahren für die A...-Versicherung. Vom Azubi über den normalen Versicherungskaufmann hatte Leitner sich zu einem der erfolgreichsten Vertreter hochgearbeitet. Die Arbeit im Vertrieb war sein Leben. Damit hatte er sich den

Traum vom Häuschen im Grünen erfüllen können. Der Versicherungsmann hatte es weiter gebracht als die meisten seiner Schulfreunde und ehemaligen Weggefährten. Seine beiden Söhne sollten es besser haben als er selbst, der in einem Ostheimer Mietshaus aufgewachsen war. Im Garten seines Eigenheims hatte er Spielgeräte aufgebaut und mit seinen Buben zusammen sogar ein Baumhaus gezimmert. Davon schwärmte Leitner. Alles lief bestens.

Er kaufte weiterhin harmlose Alternativmedizin, doch plötzlich kamen ganz andere Rezepte für ihn selbst hinzu. Sein Hausarzt hatte ihm ein Mittel gegen Schlaflosigkeit verschrieben. Leitner erklärte mir, er habe gerade viel um die Ohren und könne abends nicht mehr abschalten. Ich wies ihn darauf hin, dass das auf Dauer problematisch sein kann, weil man sich sehr schnell daran gewöhnt. Das sei ja nur vorübergehend, versicherte er.

Er verkaufe in letzter Zeit so wenig, gestand Leitner. Zwar erziele er im Vergleich zu den Kollegen noch immer die besseren Abschlüsse, aber durch die Finanzkrise hätten die Kunden weniger Vertrauen in Versicherungen. Viele könnten die Prämien nicht mehr zahlen, würden sogar Policen kündigen. Zu allem Übel machte negative Berichterstattung in den Medien selbst ihm, dem prämierten Super-Verkäufer, das Leben schwer. Neue Verträge an Land zu ziehen koste sehr viel Überzeugungskraft. Manchmal komme er sich wie ein Drücker vor. Aber durch sein niedriges Festgehalt sei er auf die Provisionen angewiesen. Seine Hausbank warte jeden Monat auf die Rate für das Eigenheim, bei dem noch ein üppiger Batzen abzuzahlen war.

In ihm arbeitete es gewaltig. Das spürte ich. Aber noch lächelte Leitner siegesgewiss. Er werde einfach härter arbeiten. Wie früher wieder Sonderschichten einlegen. Als zweimaliger Gewinner des Bogenschützen werde er demnächst wieder Volltreffer landen, sprach er sich selbst Mut zu.

Nach einigen Wochen wurden aus den Schlafmitteln Antidepressiva. Ich klärte ihn über die Wirkungen und Nebenwirkungen von Mitteln gegen Depressionen auf. Sie brauchen einige Zeit, bis sie die volle Wirkung zeigen, und beim Absetzen muss man sie vorsichtig wieder ausschleichen. »Wenn es so weit ist«, sagte ich, »helfe ich Ihnen gerne mit einem Einnahmeplan.«

Leitner nickte. »Es läuft nicht mehr«, sagte er. Gerade stand sonst niemand in der Offizin und er nutzte die Gelegenheit, mir von seinen Schwierigkeiten zu erzählen.

»Ich verkaufe einfach immer weniger. Langsam mache ich mir echt Sorgen um meine Existenz.«

»Das wird schon wieder«, munterte ich ihn auf.

»Hoffentlich. Aber meine Frau versteht das alles nicht. Sie macht mir Vorwürfe, weil ich zu Hause auf die Ausgabenbremse treten muss. Ständig hängt deshalb der Haussegen schief. Aber ich kann ihr beim besten Willen nicht mehr so viel Haushaltsgeld geben wie früher. Ständig gibt es Streit wegen dem lieben Geld.«

Leitner wirkte verzweifelt. Das neueste Antidepressivum, ein Stimmungsaufheller, von dem er gleich die große Packung mitnahm, kann ihm eigentlich auch nicht helfen, dachte ich mir. Der Arzt hatte ihm das zwar verordnet, aber bei solch existenziellen Problemen half auch eine rosarote Brille nicht. Immer wieder stellte ich fest, dass Menschen lieber Pillen schlucken und auf ein Wunder hoffen, statt sich um die Ursachen zu kümmern. Die Medikamente werden schon helfen, die Probleme zu lösen, sagen sie sich. Wenn nicht, zumindest beim kurzzeitigen Verdrängen.

»Nur mal nebenbei«, sagte Leitner und knipste sein Verkäuferlächeln an, das ihm wohl maßgeblich zu seinen bisherigen Erfolgen verholfen hatte. »Sind Sie als selbstständige Geschäftsfrau eigentlich in der heutigen, unsicheren Zeit genügend abgesichert?«

»Ja, eigentlich schon«, antwortete ich. Dieses aus Höflichkeit dahergesagte »eigentlich« ließ den zweifach prämierten Schützen routiniert seinen Bogen spannen.

»Haftpflicht?«

»Habe ich.«

»Unfallversicherung?«
»Auch.«
»Kfz?«
»Habe ich.«
»Glasversicherung?«
»Brauch ich nicht.«
»Lebensversicherung?«
»Schon vorhanden.«
»Lebensversicherung für Ihren Sohn?«
»Der ist gerade mal 13 Jahre alt.«
»Das ist doch genau richtig«, freute sich Leitner und spannte den Bogen ein Stück weiter. »Bei einem so frühzeitigen Versicherungseintritt ist die Prämie unschlagbar niedrig. Da kann ich Ihnen ein top Angebot machen!«

»Nein, danke«, sagte ich nun in aller Deutlichkeit. »Tut mir leid, Kundschaft.«

Zu meiner Erleichterung betrat ein italienisches Ehepaar, das wild diskutierte, die Apotheke. Der versierte Versicherungsmann sah ein, dass seine Mühen zu keinem Ergebnis führten. Er entspannte den Bogen. Leitner steckte den »Abschluss-Pfeil« wieder in den Köcher, ich das Antidepressivum und ein paar Bonbons in die Tüte. Er verließ missmutig die Apotheke.

Wie verzweifelt muss er sein, dachte ich, wenn er mir als seiner vertrauten Apothekerin nach all den Jahren plötzlich eine Versicherung aufschwatzen will. Diesen Versuch hatte er bis dahin noch nie unternommen.

Vier Wochen später stand der bedrückte Leitner wieder in der Apotheke. Das Mittel gegen Depressionen hatte sein Problem nicht lösen können. Im Gegenteil, er fühlte sich noch schlechter. Leitner war völlig niedergeschlagen. »Ich möchte mich von Ihnen verabschieden«, sagte er. »Ab nächster Woche arbeite ich in München.«

»Weshalb das denn?«, fragte ich erstaunt.

»Mein Chef hat gesagt, es gibt zwei Optionen: Entweder ich werde entlassen oder nach München versetzt. Meine Abschlüsse seien zu niedrig. Zwar immer noch über einigen Kollegen, aber er könne mich nicht mehr in Stuttgart halten.«

»Und da haben Sie einfach zugestimmt?«

»Erst war ich natürlich schockiert. Aber dann habe ich angefangen zu kämpfen. Ich dachte an meine Familie und an mein Haus. Das muss ich ja irgendwie abbezahlen.«

»Aber der A…-Versicherung geht es doch gut«, wunderte ich mich. »Ich habe erst neulich in der Zeitung gelesen, dass sie wieder einen Milliardengewinn gemacht hat.«

»Tja, Frau Wahl, was heißt das schon. So habe ich früher auch gedacht. Aber mein Chef sagte, ich läge hinter den Erwartungen des Konzerns zurück. Ich würde nicht mehr so gut performen. Sie müssten umstrukturieren und sich verschlanken, um den Dividendenerwartungen der Aktionäre gerecht zu werden.«

»Was ist mit Ihren ganzen Verdiensten, den beiden Prämierungen?«, fragte ich bestürzt nach. Leitner hatte sich für seinen Arbeitgeber ein Bein ausgerissen, jahrelang gekämpft und geschuftet.

»Die interessieren jetzt nicht mehr«, antwortete er, den Tränen nahe. »Unsere Schuld ist beglichen, hat mein Chef gesagt. Ich hätte schließlich mein Geld erhalten. Jetzt muss ich für ein niedrigeres Grundgehalt nach München und sehe meine Familie nur noch ganz selten.«

»Und das war's?«

»Unterschreiben Sie hier für die Versetzung nach München, sagte mein Chef zum Abschied. Die Firma hat kein Gedächtnis.«

41

Die kleinen Helfer

Psychische Leiden werden zunehmend zur Volkskrankheit. Burnout und Depression führen zu vermehrten Krankheitstagen in Betrieben und Kosten für die Krankenkassen. Als Betroffener darüber zu sprechen, ist heute keine Schande mehr. Die Arzneimittelausgaben für diese Indikationen sind mittlerweile in allen Statistiken auf den oberen Rängen zu finden, wohingegen sie vor Jahren noch eine eher untergeordnete Rolle spielten.

Der schnelllebigen Zeit mit ihren wachsenden Anforderungen und einer Vielzahl von Unsicherheiten fühlen sich viele Menschen nicht mehr gewachsen. Schneller, höher, weiter – den Zielen und Idealen der westlichen Welt hecheln sie erfolglos hinterher. Das Hamsterrad dreht sich schneller und gelegentlich steigt einer atemlos aus – sei es, um ausgeruht wieder mitzurennen, oder mit solchen Schäden, dass er nie wieder verwendbar ist.

Im Berufsleben haben Rationalisierung und Automation die Produktionshallen menschenleer gefegt. Computer und Maschinen übernehmen Arbeiten, die zuvor von Menschen erledigt wurden. Ist das zu teuer, werden einfache Tätigkeiten so weit wie möglich in Billiglohnländer verlagert.

Aber was tun die »Blaukittel«, die diese Arbeiten erledigt hatten? Vielen bleiben schlecht bezahlte Servicejobs, ein Leben am Rande des Existenzminimums oder gleich Hartz IV.

Zu meinen Kunden zählte beispielsweise eine Familie, bei der sich die Arbeits- und Perspektivlosigkeit bereits über drei Generationen erstreckte: Großvater, Vater, Sohn – alle ohne Arbeit, aber inzwischen mit gutem Durst. Auf Kosten der Allgemeinheit lebten sie seit Langem ohne jegliches Ziel in den Tag hinein. Sie waren angeblich nicht mehr vermittelbar. Sie sahen den ganzen Tag fern und tranken Alkohol. Wenn ihnen die Decke auf den Kopf zu fallen drohte und die Haushaltskasse leer war, arbeiteten sie schwarz. Das kleine Zubrot zur Stütze wurde schnell wieder in der gut frequentierten Eckkneipe versoffen und verraucht oder in ein kurzes Vergnügen mit einer der Straßennutten im Leonhardsviertel investiert. Sie gönnten sich ja sonst nichts.

Der Vater, der Mittlere sozusagen, das Sensibelchen im Trio der Asozialen, drehte irgendwann durch. Er wurde psychiatrisch behandelt, aber ohne Erfolg. Warme Worte halfen nichts. Also sollte er Antidepressiva schlucken, die ihm sein Leben ohne Inhalt und Sinn wenigstens schönfärben konnten. Die Pille für die rosarote Brille.

Er stand häufig angetrunken in der Apotheke, um sich mit dem Nachschub zu versorgen, der sein Leben erträglicher erscheinen lassen sollte. Das einzige Problem bestand in den Nebenwirkungen, die auftraten, weil sich die Medikamente nicht besonders gut mit Bier und Schnaps vertrugen. Und natürlich der Realität, die sich nicht ändern wollte und selbst durch die am stärksten getönte Brille hindurchblinzelte. Moderne Präparate mit weniger Nebenwirkungen sind kostspielig. Kommen Krankenhausaufenthalte hinzu, wird es noch teurer für die Solidargemeinschaft. In solchen Fällen wie dem asozialen Trio war ich am Ende mit meinem Latein. Hoffnungslos, bei allem Verständnis und Mitgefühl.

Ich habe aber die Erfahrung gemacht, dass die meisten Menschen, im Gegensatz zu dieser Familie, die über Generationen vom Staat lebte und sich damit arrangiert hatte, sich mit ihrer Arbeit in die Gesellschaft einbringen möchten. Sie möchten nützlich sein, von ihrer eigenen Hände Arbeit leben und nicht von der Produktivität anderer. Sie reißen sich in mehreren Jobs die Beine aus und kommen trotzdem nur knapp über die Runden. Es darf dann nichts außer der Reihe passieren, sonst gerät alles in Schieflage.

So reihen sich weniger Qualifizierte heute oft in die schlecht bezahlten Heerscharen von Dienstleistern ein, die ihnen ein Leben knapp über dem Existenzminimum ermöglichen. Wer sich dort beschwert, fliegt raus. Der Nächste, der Hartz IV entfliehen möchte oder von einem schlecht bezahlten Job zum anderen hüpft, steht schon bereit. Sei es bei Reinigungsfirmen, Discountern oder bei Paketdiensten. Aus letzterem Bereich erhalten Apotheken häufig Zulauf. Die Fahrer, aber auch die höher gestellten Mitarbeiter haben oft ein immenses Arbeitspensum abzuleisten: Von frühmorgens bis tief in den Abend oder gar in die Nacht sind sie für einen mickrigen Lohn im Einsatz. Sie schleppen schwere Pakete treppauf und treppab. Auf Dauer sind solche 12-bis-14-Stunden-Tage kaum zu leisten. Kleine Aufputschmittel und andere Helferlein aus der Apotheke sind in diesem Bereich nach Berichten Betroffener weit verbreitet.

Nicht nur niedrige Paketkader, auch Top-Manager greifen zu Mittelchen, wenn ihr Top-Körper den Top-Anforderungen für Top-Kräfte nicht mehr genügt: Cool, relaxt, souverän, dauerbelastbar, permanent erreichbar, flexibel und immer gut drauf sollten sie schon sein. Da werden gerne Zusatzreserven mobilisiert, um nicht von der Überholspur auf das Abstellgleis zu geraten. Familien zerbrechen, die Scheidungsraten klettern und die Kleinen, die das nicht verkraften, werden häufig mit einer Aufmerksamkeitsdefizitstörung (ADS) medikamentös gleich mitbehandelt. Diagnosestellungen in diesem Bereich nehmen erschreckend zu. Alle sind sie gute Kunden von uns Apothekern. Es ist der Wahnsinn unserer Zeit, immer funktionieren zu müssen. Zu allem Übel gibt es für und gegen alles eine Pille.

Die schluckt sich gut. Das ist so schön schnell und einfach.

Schon 1965 sangen die Rolling Stones in *Mother's Little Helper* von überforderten Müttern, die vom Arzt Pillen verschrieben bekamen, um mit ihren halbwüchsigen Kindern fertigzuwerden. Heute haben die »kleinen Helfer« ihren Siegeszug quer durch die Gesellschaft angetreten.

Selbst in höchsten Kreisen sind sie angekommen. Das geflügelte Wort »vor Gericht und auf hoher See sind wir in Gottes Hand« habe ich mit einer Apotheke in der Nähe des Gerichtsviertels hautnah erleben können. Auch Richter, Menschen mit besonderen Befugnissen und höchster Autorität, sind nur aus Fleisch und Blut. Der Bürger darf von ihnen eine neutrale und unparteiische Rechtsprechung erwarten. Sicher trifft das in den meisten Fällen zu. Wer mit einem Richterspruch nicht einverstanden ist, kann zudem Revision einlegen und das Verfahren wieder aufrollen lassen. Deshalb streben Richter am liebsten einen Vergleich an. Damit reduzieren sich der zeitliche Aufwand und die Schreibarbeit für den jeweiligen Fall.

Die meisten Richter waren als Kunden der Apotheke höflich distinguiert, mit einer kleinen Neigung zur Dominanz. In ihrem Alltag sind sie devotes Verhalten, nicht aber Widerspruch gewohnt. So auch Dr. Steinbrink. Der Norddeutsche sprach für uns ein ungewohnt korrektes Deutsch. Obwohl der knapp 40-jährige Familienvater schon seit zehn Jahren in Stuttgart lebte, hatte er Probleme mit dem schwäbischen Dialekt und vor allem mit unserem Humor. Er nahm alles sehr persönlich und wörtlich. Womöglich rechnete er bei Schwaben einfach nicht mit Witz. Er blieb distanziert und für uns ein »Naigschmeckter«, der nicht richtig ankommen wollte im Schwoba-Ländle.

Ich wusste nicht viel über ihn, was weniger sprachlichen Barrieren als seiner kühlen Haltung geschuldet war. Bis er einmal kurz vor Ladenschluss in die Apotheke drängte. Dr. Steinbrink wirkte gehetzt. Er brauche dringend ein Schlafmittel für die Nacht und einen Wachmacher für den Tag, erklärte er in hastigem Hochdeutsch. Ich war erstaunt und bat ihn in die Beratungsecke, da ich mich nach den näheren Umständen erkundigen musste, um ihn beraten zu können. Das Team war schon mit dem Kassenschluss beschäftigt. Auch ich sehnte den Feierabend herbei, doch Dr. Steinbrinks Problem war nicht in zwei Minuten zu lösen. Er erzählte mir seine Geschichte und ich erkannte, unter welchem Druck er stand.

Seit einiger Zeit bearbeitete Dr. Steinbrink ein neues, zusätzliches Rechtsgebiet. Obwohl er als Richter auch von zu Hause arbeiten konnte, bevorzugte er sein Büro im Gerichtsgebäude. Daheim bei seinen zwei kleinen Kindern, einem Hund und einer Katze war der Geräuschpegel so hoch, dass er keinen klaren Gedanken fassen konnte. Er verbrachte immer mehr Zeit im Gericht, sehr zum Ärger seiner Ehefrau. Doch die Akten stauten sich bei ihm. Eine Flut von komplexen Fällen bedeckte seinen Schreibtisch und wollte nicht abebben. Der gründliche und gewissenhafte Mann erstickte fast daran.

Je mehr Fälle es wurden und je höher sich die Papierberge stapelten, desto mehr scheute er sich, Entscheidungen zu treffen. Er fühlte sich nie richtig eingearbeitet, nicht ausreichend informiert. Der Gerichtsdiener musste ständig neue Akten bringen, durfte aber nur wenige wieder mitnehmen. Der Aktenstau blieb dem vorgesetzten Richter von Dr. Steinbrink nicht unbemerkt. In einem eindringlichen Vier-Augen-Gespräch mahnte er ihn, seine Fälle zügiger abzuschließen.

Der ansonsten zurückhaltende Richter sprach erstaunlich offen mit mir. Ich überlegte, woran seine plötzliche Entscheidungsschwäche liegen konnte, kam aber zu keinem Ergebnis. Wir besprachen alles ausführlich, aber mehr als die Vermutung, sein Zeitmanagement könnte nicht optimal sein, brachten wir nicht zustande. Meine Mitarbeiter hatten sich schon in den Feierabend verabschiedet. Allmählich wurde ich zu Hause erwartet.

Ich lieh Dr. Steinbrink ein paar Entspannungs-CDs, die er vor dem Zubettgehen hören sollte, und verkaufte ihm ein harmloses, aber wirksames pflanzliches Beruhigungspräparat. Und ich bot ihm an, bei Problemen gerne für ihn da zu sein. Aber mit Blick auf die Uhr, die Apotheke war offiziell schon seit einer halben Stunde geschlossen, nicht mehr heute. Richter Steinbrink bedankte sich und verließ erleichtert die Apotheke. Drei Monate lang funktionierte alles. Der Richter arbeitete noch härter als zuvor und schaffte einige Akten von seinem Tisch, indem er Fälle mit einer klaren Entscheidung abschloss, die er schon Wochen und Monate vor sich hergeschoben hatte. Sein vorgesetzter Richter war zufrieden.

Dann landete ein großer Fall auf Steinbrinks teilentleertem Schreibtisch: eine komplizierte Ausgangslage, ein Promi involviert und großes Interesse seitens der Medien. Jeder seiner Kollegen war froh, dieses Verfahren nicht bearbeiten zu müssen.

Von der Situation völlig überfordert, fiel Richter Steinbrink in sein altes Muster zurück. Er wälzte Akten von links nach rechts und von rechts wieder nach links, aber nichts ging voran. Termine mussten verschoben werden, die Anwälte des Promis gängelten ihn, Journalisten fragten ständig nach und sein Vorgesetzter erhöhte den Druck. Es durften keine Fehler unterlaufen in diesem Fall.

Wieder stand er in der Apotheke und erklärte mir, dass er jetzt »etwas Stärkeres« brauche. Ich konnte ihm den Wunsch nicht erfüllen, schon gar nicht ohne Rezept.

Dr. Steinbrink suchte einen Psychiater auf, der ihm die gewünschten Medikamente verordnete. Ich war alles andere als glücklich, als ich die Rezepte sah.

Gerade jetzt, wo er einen wichtigen Fall zu bearbeiten hatte, auf den alle Augen gerichtet waren, schienen mir Präparate, die massiv in die Psyche und das Wesen eines Menschen eingreifen, nicht sonderlich geeignet. Der Psychiater hatte ihm die Wirkung viel positiver dargestellt, als sie sich in der Realität üblicherweise einstellte.

Aber Dr. Steinbrink war wild entschlossen, diesen Weg zu beschreiten. Ich ließ es mir dennoch nicht nehmen, ihm jedes Medikament einzeln zu erklären und ihm zu verdeutlichen, dass in den ersten Wochen der Einnahme eher die Nebenwirkungen denn die erwünschten positiven Effekte zu spüren sein würden. Aber er klammerte sich an die kleinen Helfer.

Das geriet zum Fiasko. Er fühlte sich schlecht und musste immer wieder zu Hause bleiben. Seine Schriftsätze waren weniger genial als erhofft. Sogar die Sekretärinnen hatten Schwierigkeiten, seine Schriftsätze zu schreiben, da ihnen auf einmal Fehler auffielen. Die Anwälte der streitenden Parteien machten ihm das Leben zur Hölle, als sie bemerkten, dass Richter Steinbrink schwächelte. Auch im Kreise seiner Kollegen sprach sich herum, dass mit ihm etwas nicht stimmte. Aber sie hielten sich zurück.

Dr. Steinbrink verfuhr nach der alten Bauernregel »viel hilft viel«. Was sich schon beim Düngen von Feldern als fatal erweisen kann, ist in der Anwendung von Psychopharmaka nicht besser. Er dosierte die Medikamente viel zu hoch.

Als dann auch noch eine Dienstaufsichtsbeschwerde gegen ihn erhoben wurde, erlitt er einen Nervenzusammenbruch. Er musste in die Klinik und erst einmal entzogen werden. Sein Körper war regelrecht vergiftet. Der kniffelige Fall, wie auch alle anderen, wurden ihm entzogen und auf seine wenig begeisterten Richterkollegen verteilt.

Nach vier Monaten stand ein neuer, aufgeräumter Dr. Steinbrink in der Apotheke. In der Klinik hatte er eine Gesprächstherapie bekommen und gelernt, sich zu entspannen. Er wusste jetzt, wann eine Pause nötig war. Regelmäßig führte er Entspannungsübungen durch und wenn er bei der Arbeit ins Stocken geriet, ging er um den Anlagensee ganz in der Nähe des Gerichtsgebäudes spazieren. Von starken Psychopharmaka wollte er nichts mehr wissen. Sie hatten eine katastrophale Wirkung auf ihn und seine richterlichen Entscheidungen gehabt. Er war kuriert.

Steinbrink lächelte und verließ die Apotheke. Er marschierte freudig in Richtung Gerichtsgebäude und verkündete seine Urteile wieder im Namen des Volkes, ohne Unterstützung der Pharmaindustrie.

42

Unter dem Mantel

Hermann Polindzky stellte sich am liebsten als Manu vor. Als polnischem Juden war es ihm unerträglich, denselben Vornamen wie der schreckliche Nazipolitiker Göring zu tragen, der so viel Leid über Millionen von Juden gebracht hatte. Seinen Nachnamen konnte im Viertel keiner aussprechen, geschweige denn schreiben. Also nannte man ihn »das Schneiderlein«.

Er betrieb ein Schneideratelier, daher »Schneider«. Seine Körpergröße betrug 1,50 Meter, höchstens, daher »lein«. Das Schneiderlein also, obwohl in dem kleinen, unvorteilhaft proportionierten Mann ein fähiger Handwerker steckte. Als Kind war er mit seinen Geschwistern und der Mutter gerade noch rechtzeitig von Polen in den Westen geflohen, wo die Familie von Freunden versteckt worden war. Für den Vater war es zu spät gewesen. Die Nazis hatten ihn ermordet.

Mittlerweile um die 60 Jahre alt, zählte das Schneiderlein seit Jahren zu unseren Stammkunden. Polindzky grüßte freundlich, war stets zu einem Scherz bereit, den er mit herzhaftem Lachen begleitete, ansonsten verhielt er sich unauffällig. Er stand früh auf und kümmerte sich um seine Mutter, die er auf das Sofa im Hinterzimmer seiner Schneiderei bettete, um ihr nahe zu sein. Die anderen Geschwister lebten weit entfernt, waren verheiratet und hatten ihre eigenen Familien. Polindzky konzentrierte sich ganz auf sein Handwerk und auf seine alte, gebrechliche Mutter, die er über alles liebte. Wohl auch, weil er keine Frau fand. Wer will einen Krüppel wie mich, sagte er selbst immer. Echte Freunde hatte er keine in Stuttgart. Nur hin und wieder, erzählte Polindzky, besuche ihn sein alter Bekannter Robert. Der wohne jedoch weit weg und habe selten Zeit.

Die Apotheke betrat er immer als einer der ersten Kunden. Kurz nach Öffnung schneite er gut gelaunt und stets vornehm gekleidet herein. Er trug selbst geschneiderte, dreiteilige Anzüge mit einer passenden Krawatte. In Jeans oder im Freizeitoutfit sah ich ihn nie. Polindzky führte eine braune Umhängetasche mit sich, die er über einen Mantel mit Samtbesatz hängte. Das Schneiderlein hatte Stil.

Und er war eine feste Größe im Viertel, für seinen skurril-eleganten Auftritt gleichsam geachtet wie belächelt. Sein Atelier, wie er das Eckräumchen nannte, war dekoriert mit schweren Samt- und Brokatvorhängen. An den Wänden hingen goldgerahmte Spiegel und dunkle Gemälde. Mich erinnerte es an eine kleine Bühne. Hier, in diesem kleinen Laden, passiert etwas Großes, sollte dem Besucher vermittelt werden. Aber das Ambiente wirkte auch seltsam morbid.

Wenn ich ein neues Kleidungsstück bei ihm bestellte, ging das nicht einfach so. Ein Termin musste vereinbart werden, mehrere Besprechungen fanden statt, ich wurde penibel vermessen, wir suchten gemeinsam den richtigen Schnitt und den Stoff aus und ich musste mehrmals vorbeikommen, um das Kunstwerk zu probieren. Bei der letzten Anprobe und Abholung würdigte ich das neue Kleidungsstück mit langem Drehen um die eigene Achse vor dem Spiegel, begleitet von vielen »Ahs« und »Ohs«. Das Schneiderlein sah sich als Künstler. Am liebsten fertigte er etwas Elegantes, etwas Neues.

Doch die übermächtige Konkurrenz bekam Polindzky schon lange zu spüren. Große Markenhersteller und schicke, moderne Kaufhäuser setzten ihm zu. Sie produzierten schneller und günstiger. Und leider oft genug auch besser. Mit modernen Schnitten und Farben, Erlebniseinkäufen und Rund-um-glücklich-Service konnte der kleine Handwerker nicht mithalten. So nähte Polindzky vermehrt auch Knöpfe an, kürzte und verlängerte Säume oder setzte Flicken auf abgewetzte Knie- oder Ellenbogenstücke der weniger betuchten Kundschaft. Mit den kleinen Änderungs- und Reparaturarbeiten hielt er sich über Wasser.

In einer Nacht von Sonntag auf Montag, die im Regelfall viel ruhiger verlief als die beiden vorangehenden, passierte es. Ich hatte Notdienst, da stand er plötzlich um vier Uhr morgens vor der Apotheke. Das Schneiderlein klingelte heftig. Ich war aus dem Schlaf gerissen worden und noch etwas benommen zur Notdienstklappe geeilt, durch die mir ein scharfer Geruch von Alkohol entgegenschlug. Ich traute kaum meinen Augen. In einem schlabbernden, längs gestreiften Schlafanzug und in ausgelatschten Hausschuhen stand Polindzky vor mir. Er schwankte heftig. Lallend verlangte er nach Schlaftabletten. Er brüllte immer lauter. Ich kam nicht zu Wort. Er habe sich bereits eine Flasche Schnaps »reingekippt«, sagte er. Aber die habe auch nichts geholfen.

»Her mit den Tabletten«, nuschelte er durch die Notdienstklappe.

»Sie brauchen Hilfe von einem Arzt und keine Schlaftabletten«, versuchte ich, Polindzky zu beschwichtigen, woraufhin er erst richtig wild wurde. »Blöde Schlampe, her mit den Dingern«, brüllte er wankend.

»Bitte gehen Sie nach Hause. Sie können hier nicht betrunken im Schlafanzug durch Stuttgart laufen.«

Das Schneiderlein war außer sich, schlug mit der Faust gegen die Türe und beschimpfte mich weiter. Ich sei eine dumme Apothekerin, eine blöde Schlampe, die ihn nicht verstehe. Jeder habe das Recht auf Medikamente, dafür sei der Notdienst da. Er wolle jetzt sofort seine Schlaftabletten haben.

»Gehen Sie, oder ich rufe die Polizei«, drohte ich.

Sein Ton wurde weinerlicher, aber er schlug weiter gegen die Scheibe. Für einen Moment überlegte ich tatsächlich, die uniformierten Ordnungshüter zu alarmieren. Aber ich hatte Polindzky noch nie so erlebt. Und ich wusste, dass er nicht krankenversichert war, weil er sich das nicht leisten konnte. Schon zu lange blieben die großen, lukrativen Aufträge in seinem Atelier aus. Einen Notarzteinsatz hätte er nicht akzeptiert und schon gar nicht bezahlen können. Guter Rat war teuer.

Ich konnte unmöglich die Apotheke verlassen, um ihn nach Hause zu bringen. Also redete ich beruhigend auf ihn ein und forderte ihn immer wieder auf, nach Hause zu gehen. Am nächsten Morgen würde ich vorbeikommen und nach ihm sehen. Polindzky stieß wütende polnische Flüche aus, von denen ich froh war, sie nicht zu verstehen, und hämmerte gegen die Scheibe. Mir wurde es zu viel und ich schloss die Notdienstklappe. Mit schlechtem Gewissen ließ ich ihn zurück. Ich entfernte mich, sah aber durch die Scheibe in meinem Büro. Der kleine Mann im Schlafanzug stand ratlos vor der Apotheke. Kurz darauf schwankte Polindzky auf Polnisch schimpfend davon.

Ein paar Mal hatte ich schon den Hörer in der Hand, um die Polizei zu rufen. Ich fand keine Ruhe. Aber ich verkniff es mir doch. Kinder und Betrunkene haben, einer bekannten Redewendung zufolge, einen Schutzengel. Ich hoffte, dass das in dieser Nacht zutreffen würde.

Gleich am nächsten Morgen, sobald die Frühschicht in der Apotheke eingetroffen war, begab ich mich zum Schneiderlein. Sein Atelier war nicht wie gewöhnlich beleuchtet. Ich war in großer Sorge. Vorsichtig versuchte ich, die Türe zu öffnen. Sie gab meinem sanften Druck nach. Ich rief seinen Namen. Keine Antwort. Ich rief erneut. Wieder keine Antwort. Langsam ging ich in den Laden. Schon im Vorraum bemerkte ich einen starken Geruch nach Alkohol. Aber da war noch etwas anderes. Es roch nach Urin. Ich ahnte nichts Gutes.

Ich öffnete die Türe zum Atelier, wo sich mir ein erbärmlicher Anblick bot. Polindzky hing schlapp in seinem vornehmen, mit Samt bezogenen Kundensessel, den Kopf nach hinten gelehnt, die kurzen Beine über die Lehne hängend. Er trug noch immer seinen

längs gestreiften, inzwischen beschmutzten Schlafanzug. Er hatte sich in die Hose gepinkelt. Polindzky hielt eine Schnapsflasche in der Hand, offenbar mindestens die zweite, und lallte wirres Zeug. Vor ihm kniete seine alte, gebrechliche Mutter.

»Manu, Manu, du darfst nichts mehr trinken«, jammerte sie. »Warum hast du das getan? Manu, Manu, was ist los mit dir?«

Mit einem Räuspern machte ich mich bemerkbar und half der alten Dame aufzustehen. Ich setzte sie in den zweiten Besuchersessel. Polindzky erkannte mich. Er machte Anstalten, sich aus dem Sessel zu schwingen, schaffte es aber nicht. Er knurrte nur noch böse und lallte wieder von »blöder Schlampe« und »dummer Apothekerin«, was seiner Mutter sichtlich peinlich war.

Mit zitternder Stimme berichtete sie mir vom Alkoholproblem ihres Sohnes. Seit Jahren war er trocken, hatte keinen Tropfen mehr angefasst. Aber bei Vollmond könne er nicht schlafen. Da wandle er durch die Stadt, auf der Suche nach Alkohol. Seither sei er immer nüchtern wieder nach Hause gekommen. Aber seit einigen Tagen habe an der Hauptstraße die Tankstelle auch nachts geöffnet. Dort hatte er sich erst Bier, später Schnaps besorgt, mit dem er sich hoffnungslos besoff. Ich erfuhr, dass die Geschäfte des Schneiderleins schlechter gingen als angenommen. Er konnte kaum mehr die Miete und die Stromrechnungen bezahlen. Ein vernünftiges Auskommen habe er schon lange nicht mehr.

Der elegant gekleidete, vornehme Schneider war pleite. Ich fühlte einerseits mit ihm, auf der anderen Seite war ich erstaunt, wie lange jemand ein solches Zerrbild vor sich und vor anderen aufrechterhalten konnte. In dieser einen Nacht war alles herausgebrochen. Mit dieser einen Eskalation, mit dem Besäufnis, war das gesamte Kartenhaus seiner Scheinwelt zusammengefallen.

Da Polindzky keinen Hausarzt hatte, rief ich den für solch einen Fall verständnisvollen Dr. Johannson an und Robert, Polindzkys einzigen Bekannten. Er entpuppte sich als ehrenamtlicher Betreuer der Anonymen Alkoholiker. Beide versprachen, so schnell wie möglich vorbeizukommen. Es war eine rundum heikle Mission, denn welcher Arzt tut sich freiwillig solch einen neuen Patienten an. Polindzky wurde zunächst ins Krankenhaus eingeliefert, aus dem er aber aus Kostengründen gleich am nächsten Tag wieder ausbüxte. Sein am nächsten wohnender Bruder, der nicht sonderlich erfreut wirkte, kümmerte sich vorübergehend um die Mutter.

Zusammen mit dem Betreuer der Anonymen Alkoholiker und dem Arzt entwickelten wir einen außergewöhnlichen Therapieplan, unseren »Schlachtplan Polindzky«. Wir zogen schließlich eine konzentrierte, ambulante Entziehungskur über ein paar Wochen hinweg durch. Polindzky bekam keine Packung, sondern drei Mal am Tag eine einzelne Tablette verabreicht, sofern er ohne Alkoholfahne in die Apotheke kam. Abends und am Wochenende übernahm Robert, der zunehmend zu einem Freund wurde, die Vergabe der Tabletten. Polindzky wurde wieder trocken, gab aber sein Geschäft auf. Ein Entschuldungsverfahren wurde eingeleitet, die Stadt stellte ihm eine Einzimmerwohnung und er bestritt sein Leben von Sozialhilfe. Die Mutter kam ins Altenheim. Er besuchte sie fast jeden Tag. Mit kleineren Näharbeiten für Nachbarn verdiente sich Polindzky noch ein paar Euro hinzu und erfüllte sich seinen größten Herzenswunsch: eine Reise nach Jerusalem. Von dort schickte er mir eine Postkarte, in der er sich überschwänglich für alles bedankte und die Beschimpfungen zutiefst bedauerte. »Schalom!«, schrieb er. Polindzky wurde nie wieder rückfällig.

43

Die Geburtstagskarte

Ein nahe gelegenes Männerwohnheim verschaffte meiner Apotheke regelmäßig Kunden. Paul Schmitz war einer von ihnen. Der ältere, hagere Mann löste immer die Rezepte für seine Herz- und Lungenkrankheiten bei uns ein. Er sah viel älter aus, als wir durch die Angaben des Geburtsdatums auf den Rezepten ausgerechnet hatten. Er hatte in einem Bergwerk gearbeitet, ohne großen Schutz für die Atmung. Wer zu seinen aktiven Zeiten ausfiel, war entlassen und der Sozialhilfe überstellt worden.

Die Rente, die Schmitz erhielt, war zu wenig zum Leben und zu viel zum Sterben. Er landete schon vor Jahren in dem trostlosen Männerwohnheim wenige Querstraßen weiter. Es war alt, heruntergewirtschaftet, laut und schlecht betreut, mit Gewalt und Kriminalität an der Tagesordnung. Etliche Bewohner waren Alkoholiker und Drogenabhängige. Sie scherten sich nicht um Sauberkeit und Hygiene. Es roch nach Fäkalien. Überall war Dreck und Verwahrlosung, mitten in Stuttgart. Regelmäßig kam es zu Ausschreitungen. Die Polizei kannte die Adresse aus vielen Einsätzen in- und auswendig. Die Zustände waren katastrophal. Paul Schmitz hatte, wie die meisten Bewohner, niemanden mehr. Er war alleinstehend, ohne Kinder, und ohne Kontakt zu Freunden oder Bekannten.

Trotzdem passte Schmitz nicht recht in diese Welt des Männerwohnheims. Er nutzte jede Gelegenheit, ihr zu entfliehen. Der gebrechliche Herr war sanft und gutmütig. Wenn er mehrere Rezepte vom Arzt bekam, löste er jedes einzeln an einem anderen Tag ein, um ein wenig Ansprache und Zuwendung zu erhalten.

Kurz vor seinem 70. Geburtstag fiel einer Mitarbeiterin das Datum auf. Sie hatte die Idee, ihm eine Karte zu senden. Das gesamte Team unterschrieb.

Einige Tage später stand der gerührte Paul Schmitz mit einem neuen Rezept in der Apotheke. Er bedankte sich und schenkte uns Pralinen. Wir wollten sie erst gar nicht annehmen, aber er bestand darauf. Er hatte die Karte über sein Bett im Männerwohnheim gehängt. Die Blumen auf der Karte brachten Farbe in sein kleines Zimmer. Er freue sich jeden Tag aufs Neue darüber, sagte Schmitz. Es war seine erste Geburtstagskarte seit über 20 Jahren. So lange hatte niemand mehr an ihn gedacht.

44

Die PKA zur PTA

»Endlich Pause, voll der Stress heute.«

»Ja, wie immer halt.«

»Was ist das für ein Blumenstrauß?«

»Kommst du nie drauf.«

»Woher haben wir den?«

»Haben wir von der alten Dame mit dem gebrochenen Arm gekriegt.«

»Die neulich vor dem Edeka gestürzt ist?«

»Ja, genau.«

»Warum werden die eigentlich immer zu uns gebracht? Alles, was im Umkreis von 100 Metern stürzt oder hinfällt, landet bei uns.«

»Die Leute sagen: ›Die in der Apotheke wissen sicher, was zu tun ist‹ und fühlen sich dann, als hätten sie was Gutes getan, so eine pfadfindermäßig gute Tat. Und wir haben dann das Problem am Hals.«

»Warum wurde sie nicht in den blöden Edeka gebracht, vor dem sie gestürzt war? Die haben doch bestimmt auch Ersthelfer.«

»Vielleicht traut man uns mehr zu in Sachen Gesundheit.«

»Deswegen der Blumenstrauß? Der war bestimmt nicht billig.«

»Ihr Arm war ziemlich geschwollen. Die Chefin wollte sofort den Notarzt anrufen und sie ins Krankenhaus bringen lassen. Aber die Alte wollte erst nach Hause, ihre Einkäufe abstellen, ihre fertig gepackte Tasche fürs Krankenhaus holen und ihren Vogel versorgen.«

»Die hatte wohl einen Vogel.«

»Aber hallo. Wir haben sie dann erst mal mit Kühlkompressen und einem Dreieckstuch für den Arm notversorgt. Der störrische, alte Gaul sagte immer wieder: kein Notarzt, kein Krankenwagen, mein Vogel, meine Einkäufe!«

»Was habt ihr dann gemacht?«

»Die Chefin mal wieder, mit ihrem guten Herzen. Sie hat die alte Dame in ihr Auto gesetzt und sie heimgefahren. Die Alte mit dem Arm in der Schlinge, die Chefin mit ihren Einkaufstüten hinterher, anscheinend in den fünften Stock, ohne Aufzug. Den Vogel bei der Nachbarin abgegeben, die gepackte Reisetasche geschnappt und ins Elisabethenhospital gedüst. Da hat die Chefin ja gute Kontakte. Wie ein richtiger Krankenwagen ist die Wahl auf die reservierte Rampe gefahren, wo schon ein Pfleger und eine fahrbare Trage warteten.«

»Unglaublich.«

»So eine First-Class-Behandlung hat die Alte als AOK-Versicherte wahrscheinlich noch nie erlebt.«

»Wie lange haben wir eigentlich noch?«

»Elf Minuten.«

»Die Pause ist immer so kurz.«

»Aber ein schöner Blumenstrauß ist das.«

45

Interne Ermittlungen

Ein gutes Team ist die Erfolgsgrundlage jeder Apotheke. Wenn sich die Kollegen aufeinander verlassen und sich gegenseitig vertrauen können, läuft der Laden.

Trotz sorgfältiger Vorgespräche mit den Bewerbern und Probearbeiten in der Apotheke ohne Chef, um das ungefilterte Feedback des Teams zu bekommen, rutschte hin und wieder jemand durch, den ich besser nicht eingestellt hätte. Bei Personalentscheidungen hatte mein Team ein großes Mitspracherecht. Ich boxte niemanden im Alleingang durch, was sich meist bewährt hatte. Wir hatten über Jahre Glück und einen gelungenen Personalmix von Männern und Frauen und von jungen und älteren Mitarbeitern.

Nur in einem Fall musste ich hart durchgreifen. Von einer Mitarbeiterin, die immer wieder über Kunden lästerte und intrigierte, musste ich mich trennen. Sie war ein »Scheidungskind« und von beiden Elternteilen sehr verwöhnt worden. Sie ließen ihr sowohl eine unangemessene Ausdrucksweise als auch egoistisches Verhalten durchgehen. Sie titulierte Kunden teilweise als »blöde Kuh« oder sagte zum Beispiel: »Was will der Alte denn?« Zudem lästerte sie über ihre »biederen Kolleginnen«, die wegen ihrer frechen Auftritte langsam vor ihr Angst bekamen. Als sie dann auf die Bitte einer älteren Apothekerin mit Kniearthrose, ihr etwas aus dem Keller zu holen, antwortete: »Das soll die blöde Kuh doch selber machen!«, hörte ich das zufällig. Jetzt ist Schluss mit lustig, dachte ich mir. Sie hatte sich wiederholt fehlverhalten und die Stimmung im Team ruiniert. Abmahnungen liefen an ihr herunter wie Wasser. Ich musste Konsequenzen ziehen und stellte sie, wie ich es bei einem Seminar für Arbeitgeber gelernt hatte, ganz im Stil der großen Unternehmen, sofort von heute auf morgen frei. Allerdings mit guten finanziellen Rahmenbedingungen, sodass sich ein Arbeitsgerichtsprozess erübrigte und die Gefeuerte in Ruhe nach einer neuen Stelle suchen konnte.

Seitdem hatte sich das Betriebsklima wieder erholt und alle arbeiteten harmonisch miteinander. Eines Abends stellten wir bei Kassenschluss fest, dass Geld fehlte. Ein glatter größerer Betrag, der nicht mehr auftauchen wollte. In den nächsten Wochen häuften sich solche Differenzen. Zuerst waren es niedrige Beträge, um die wir uns nicht weiter kümmerten, obwohl bis dahin die Kassen oft auf den Cent genau gestimmt hatten. Mein Bauchgefühl sagte mir, dass hier etwas nicht stimmte. Zumal immer Geld fehlte und nie zu viel in der Kasse war. Ich glaubte immer an das Gute in den Menschen und redete mir ein, die Häufung sei ein Zufall. Doch die Kassendifferenzen wurden noch häufiger und die Fehlbeträge stiegen. Zuletzt vermissten wir oft glatte 50 Euro bei der allabendlichen Abrechnung.

Wir begaben uns auf Fehlersuche. Möglicherweise trickste uns ein Kunde aus. Trickbetrüger waren in den Geschäften keine Seltenheit. Ich wies alle Mitarbeiter an, beim Herausgeben von Scheinen besonders sorgsam zu arbeiten, und führte beim Wechseln das Vier-Augen-Prinzip ein. Alle Geldbestände zählten wir täglich dreimal nach, sahen jeden Kassenstreifen auf Fehlbuchungen durch und kontrollierten die Wechselgeldkasse, aber nichts. Wir teilten bestimmten Mitarbeitern nur noch bestimmte Kassen zu, um genauer eingrenzen zu können, wo das Geld verschwand. Die Stimmung im Team wurde immer gereizter. Wurde eine Kasse zum Beispiel versehentlich nicht sofort geschlossen, gingen die Kolleginnen wie bei einem Hahnenkampf aneinander hoch.

Doch trotz aller Maßnahmen bestand das Problem fort.

Bei einer Inventur stellten wir zudem fest, dass Kosmetikartikel fehlten. Vor allem eine teure, bei jungen Frauen angesagte

Gesichtspflege wies erhebliche Fehlmengen auf. Wir ordneten die Verkaufsregale für die Bediener besser einsehbar an. Jeder Kunde wurde skeptisch beäugt, aber auch intern brodelte es gewaltig. Hatten wir einen faulen Apfel in der Kiste? Dieser Gedanke wollte nicht mehr aus meinem Kopf.

Es wurde unerträglich.

An einem Samstagmittag, es war Monatsende, rief mich meine Stellvertreterin aufgeregt zu Hause an. Sie fragte mich, wo ich das Couvert mit dem Geld für die Putzfrau abgelegt habe. Am üblichen Platz sei es nicht auffindbar. Ich instruierte sie telefonisch noch einmal genau, doch das Geld blieb verschwunden. Die Aushilfe erhielt frisches Geld, aber nun war endgültig klar, dass wir ein internes Problem hatten. Ich hatte das Couvert in ein Regal im Backoffice gelegt, wo nur Mitarbeiter Zugang hatten. Wir beratschlagten uns noch lange am Telefon.

Das Wochenende verbrachte ich mit dunklen Gedanken. In der Nacht auf Montag schlief ich fast gar nicht. Ich überlegte immer und immer wieder, wer es sein könnte. Zutrauen wollte und konnte ich es keiner Person im Team. Und doch bestand seit dem Vorfall mit dem verschwundenen Couvert Gewissheit, dass ein Mitarbeiter unehrlich war.

Gleich am Montagvormittag trommelte ich das ganze Team zusammen. Ich hielt eine Rede, die mich sehr viel Überwindung kostete. Ruhig und auf jedes Wort konzentriert erklärte ich ihnen meinen Verdacht. Endlich war offen ausgesprochen, was ohnehin schon die meisten vermutet hatten. Es herrschte betretenes Schweigen. Ich sagte, dass jemand aus dem Team wohl in großen finanziellen Schwierigkeiten stecken müsse, und setzte ein Ultimatum bis nächsten Montag. So lange erhielte derjenige die Möglichkeit, sich bei mir zu melden und darüber zu reden. Andernfalls würde ich zur Polizei gehen. Keiner sagte ein Wort. Die Mitarbeiter gingen wieder an ihre Arbeit. Ich hoffte inständig, dass sich der Übeltäter melden würde. Andernfalls müsste ich wirklich zur Polizei gehen, um nicht unglaubwürdig zu werden. Zusammen mit meiner Stellvertreterin und meinem Betriebswirt erstellte ich eine Liste der festgestellten Fehlbeträge nach ihrem zeitlichen Verlauf und der fehlenden Kosmetika. Unser Verdacht konzentrierte sich auf drei Mitarbeiter, die jeweils an diesen Tagen anwesend gewesen waren und die Möglichkeit hatten, zuzugreifen.

Die Woche verging, aber nichts geschah. Niemand meldete sich bei mir. Ich musste, ob ich wollte oder nicht, zur Polizei. Dort schilderte ich den Fall und erstattete Anzeige gegen Unbekannt. Mit den Beamten besprach ich das weitere Vorgehen. Wir loteten Wahrscheinlichkeiten aus, doch gelangten zu keinem Ergebnis.

Eine unsägliche Situation. Als am nächsten Tag zwei Polizisten in der Apotheke erschienen, war die Stimmung beim Personal eisig. Meine Stellvertreterin hatte einen Besprechungsraum im ersten Stock in eine Art Vernehmungszimmer umfunktioniert. Ein Mitarbeiter nach dem anderen wurde von den Beamten befragt. Die drei Hauptverdächtigen wurden von den Polizisten in einer zweiten Vernehmungsrunde noch einmal eingehender befragt. Alle leugneten vehement. Nur eine der Hauptverdächtigen konnte schließlich noch ausgeschlossen werden, weil sie an einem Tag, an dem abends Geld gefehlt hatte, kurzfristig einen Tag Sonderurlaub wegen einer Beerdigung genommen hatte, der im Arbeitsplan nicht richtig vermerkt gewesen war.

Als letzte Maßnahme mussten die zwei übrig gebliebenen Hauptverdächtigen mit auf das Revier. Ich erhob Einspruch, aber die Beamten sagten mir zu, dass den beiden nichts passieren werde. Aber sie hätten die Erfahrung, dass die fremde Umgebung einer Polizeiwache selbst bei Menschen, die hartnäckig lügen, früher oder später wirken werde. Sie hätten schon fast jeden geknackt. Mit gemischten Gefühlen stimmte ich zu und bat die beiden Mitarbeiterinnen, mit auf die Wache zu gehen. Die anderen waren froh, nicht mehr zum Kreis der verdächtigen Personen zu gehören.

Alle wollten, dass der Fall endlich abgeschlossen und wieder Ruhe ins Team einkehren würde. Ich selbst fühlte mich hundeelend.

Nach gut zwei Stunden erhielt ich den erlösenden Anruf.

»Die Azubine hat alles gestanden«, sagte der Beamte. Aber nur das, was wir ihr beweisen konnten. Sie war ein harter Brocken.«

»Das glaube ich jetzt nicht, oder?«, fragte ich geschockt nach.

»Doch, sie hat es zugegeben. Aber so dreist und hartnäckig hat hier schon lange niemand mehr gelogen. Haben Sie denn nie etwas bemerkt?«

»Nein, sie war doch immer so freundlich«, fasste ich mich. Ausgerechnet der Lehrling! Die pummelige junge Frau stammte aus einfachen Verhältnissen. Der Vater arbeitete bei der Stadt, die Mutter als Kassiererin. Sie waren dankbar, dass ich ihrer Tochter trotz mittelmäßiger Schulzeugnisse eine Chance auf diesen Ausbildungsplatz zur PKA gegeben hatte. Sie war fleißig und hatte immer gut mitgearbeitet, wenngleich sie hin und wieder die Berufsschule geschwänzt hatte. Da sie volljährig war, habe ich das von den Lehrern erst lange, nachdem sie weg war, erfahren.

»Warum hat sie das getan?«, fragte ich nach.

»Mit dem Geld und mit den Kosmetikartikeln hat sie sich Freunde gekauft. Das hat sie jedenfalls bei uns gesagt. Sie hat sich immer ausgeschlossen gefühlt. Als sie plötzlich alle verwöhnen konnte und spendabel wurde, stieg sie auf in der Hierarchie.«

Ich war enttäuscht. Ich hatte mir mit ihr immer so viel Mühe gegeben, versucht, ihr alles beizubringen, und bis zuletzt hatte die Auszubildende einen loyalen Eindruck erweckt.

Die Polizei brachte sie direkt nach Hause. Die Eltern waren schockiert und wütend. Der Ausbildungsvertrag wurde von meiner Seite noch am selben Tag fristlos gekündigt. Ihr Bruder holte peinlich berührt ihre verbliebenen Sachen in der Apotheke ab. Die Azubine wurde verdonnert, zumindest den Betrag zurückzuzahlen, den wir ihr nachweisen konnten. Später stellten wir fest, dass sie wohl noch viel mehr hatte mitgehen lassen. Mit der Zeit hatte sie ihre Methode verfeinert und über trickreiche Buchungen am Computer die Fehlbestände zunächst ausgeglichen. So kam erst bei der Jahresendinventur das ganze Ausmaß ihrer Unehrlichkeit zum Vorschein. Die Computer-affine Elster hatte sich ein trickreiches System erdacht, um die Apotheke zu erleichtern und dankbare Freunde und Abnehmer zu gewinnen. Aber sie war mit den zahlreichen Griffen in die Kasse und letztlich mit dem Umschlag für die Putzfrau zu gierig geworden.

Sie betrat nie wieder die Apotheke. Zufällig erfuhr ich, dass sie nur wenig später bei Schlecker an der Kasse gesichtet wurde. Manchmal geht das Schicksal eigentümliche Wege. Aber das war nicht mehr unser Problem. Ob sie für die spätere Pleite des Drogeriekonzerns verantwortlich war, entzieht sich meiner Kenntnis.

46

Frau Mulde und ihre Fragen, die fünfte

Ein langes, langes Klingeln. Die ebenso bekannte wie gefürchtete Nummer leuchtete auf. Die Kundin des Grauens hatte wieder eine unausweichliche, dringende Frage, war ich mir sicher. Sonst würde sie ja nicht anrufen. Wie von Geisterhand gesteuert, hatten alle Mitarbeiter plötzlich unglaublich viel zu tun. Sie waren so beschäftigt, dass sie keinesfalls ans Telefon gehen konnten. Auch ich zögerte noch ein paar Sekunden. Tatsächlich stoppte das Klingeln. Erleichtert atmete ich auf. Möglicherweise hatte sich die Frage von selbst erledigt. Doch nur eine Minute später zerbarsten alle Hoffnungen, sie war wieder in der Leitung. Da Frau Mulde ohnehin nicht aufgeben würde, nahm ich den Anruf an:

»Warum gehen Sie erst jetzt ran?«, sagte sie, ohne ihren Namen zu nennen. »Ich soll die Tabletten, die Sie mir gebracht haben, unter die Zunge legen. Ich habe aber oben und unten ein Gebiss. Das funktioniert so nicht. Was soll ich denn tun?«

»Ich habe drei Blutdruckmessgeräte. Eines für den Oberarm, eines fürs Handgelenk und ein altes von meiner Mutter. Die zeigen alle einen anderen Wert an. Ist es okay, wenn ich das mit dem niedrigsten nehme?«

»Sie haben mir die von meinem Arzt verschriebenen Zerbeißkapseln gebracht. Gott, schmecken die ekelig, habe sie sofort wieder ausgespuckt. Will der mich umbringen? Haben Sie für mich nichts anderes, die nehme ich nicht mehr!«

47

Katze tot

Meine politische Tätigkeit forderte mich mehr und mehr auch in zeitlicher Hinsicht. In war oft tagelang in Sitzungen und Besprechungen, während meine Mitarbeiter die Apotheke alleine schmissen. Auf mein Team konnte ich mich verlassen. Das zeigte sich auch an einem Mittwochmorgen.

In Stuttgart gingen die Hausfrauen zum Wochenmarkt, schwatzten und erledigten ihre Besorgungen. Eine Kundin um die 50 mit erkennbar dieser Absicht trug einen leeren Flechtkorb, als sie um zehn Uhr die Apotheke betrat. Sie verlangte Herz-Kreislauf-Tropfen.

Meine Stellvertreterin, die sie bediente, musterte die pummelige, klein gewachsene Frau. Sie sah in ein blasses Gesicht und hatte ein ungutes Gefühl. Sie bot der Kundin an, in unserer Sitzecke Platz zu nehmen. Meine Mitarbeiterin stellte die Tropfen und Würfelzucker bereit, wollte sich aber versichern, dass dies die richtige Maßnahme wäre. Also bat sie, der unbekannten Kundin einmal den Blutdruck messen zu dürfen. Allerdings erwies sich der Oberarm der Dame als so umfangreich, dass meine Stellvertreterin gar nicht richtig messen konnte. Die Kundin erzählte, dass sie gerade vom Tierarzt komme. Ihre Katze, die »Miezi«, die sie seit 20 Jahren treu begleitet hatte, treuer als jeder Mann, hatte eingeschläfert werden müssen. Tränen flossen. Taschentücher wurden gezückt.

»Meine Katze, meine Katze, meine Miezi«, schluchzte die Dame immer wieder. »Ohne die Miezi ist doch alles sinnlos.«

Eine Kollegin holte derweil ein Stethoskop mit extrabreiter Manschette und maß den Blutdruck erneut: Er war bedrohlich hoch. Die Dame klagte über Übelkeit und rieb sich mit der rechten Hand über die Herzgegend und den Arm. Sie wurde immer blasser.

»Geben Sie mir die Tropfen, die helfen immer«, sagte sie zu meinen Mitarbeitern. »Ich muss noch auf den Markt.«

»Sie sehen nicht gut aus. Wer ist denn Ihr Hausarzt?«, erkundigte sich meine Stellvertreterin.

»Ich habe noch keinen Hausarzt. Bin doch erst vor ein paar Wochen hierhergezogen. Und jetzt auch noch das mit meiner Katze«, jammerte die Dame und wischte sich wieder ein paar Tränchen aus dem Gesicht. »Die Miezi ist tot, die Miezi ist tot.« Sie atmete schwer ein und aus.

»Wir müssen einen Arzt verständigen.«

»Ich will jetzt auf den Markt.« Die Dame versuchte aufzustehen und schnappte nach Luft. Meine Mitarbeiterin drückte sie sanft auf den Stuhl: »Bitte warten Sie, ich rufe kurz an.«

Der benachrichtigte Arzt ordnete sofort an, dass die Dame mit einem Taxi in seine nahe gelegene Praxis gefahren werden solle. Er könne im Moment unmöglich weg. Ein eilendes Taxi fuhr mit der Dame und einer Apothekenhelferin als Begleitung zum Arzt. Auch der Taxifahrer wusste bald von der toten Miezi und dass die Dame zum Markt müsse – mehr Details, als er hören wollte. Er gab jedenfalls Gas.

Ich erfuhr erst zwei Tage später, als ich aus Berlin zurückgekehrt war, von dieser Geschichte und war wahnsinnig stolz auf meine Stellvertreterin und das Team. Wie sich herausstellte, hatte die Dame einen Herzinfarkt erlitten, der sich bei Frauen oft anders als bei Männern zeigt. Der aufgesuchte Arzt hatte sie erstversorgt und sofort mit einem Rettungswagen in die Klinik bringen lassen. Das beherzte Verhalten meiner Stellvertreterin hat der dicken Katzenliebhaberin vermutlich das Leben gerettet.

Sie wurde nach ihrer Entlassung aus dem Krankenhaus eine der treuesten Kundinnen. Aus dem Tierheim holte sie sich eine neue Katze, der sie sich schon bald ebenso verbunden fühlte wie der vorherigen. Die Dame war, wie sich herausstellte, eine ausgezeichnete Bäckerin. Normalerweise profitierte sie hauptsächlich selbst davon. Aber am Jahrestag der Einschläferung ihrer Katze und ihres dadurch ausgelösten Herzinfarkts, den sie als »Extra-Geburtstag« bezeichnete, brachte sie seither einen leckeren Kuchen für das Rettungsteam aus der Apotheke vorbei.

48

Nicht schon wieder

Nicht schon wieder, dachte ich mir, als Gudrun Häberle kurz vor Geschäftsschluss in die Apotheke stürmte und sich umbringen wollte. Ausgerechnet an einem sonnigen Faschingsdienstag. An einem Tag, den ich bei strahlend blauem Himmel mit meinem Sohn beim Umzug der Narren durch Stuttgart verbringen wollte. An einem Tag, an dem die Kleinen wie die Großen in ihren bunten Kostümen durch die Stadt zogen. An einem Tag, an dem die Anhänger des Faschings ausgelassen auf den Straßen feierten und sich die Muffel in der Unterzahl daheim verkrochen. An einem Tag, an dem meine Mitarbeiterinnen bereits gegangen waren und fast alle Geschäfte geschlossen hatten. An einem Tag, an dem ich gut gelaunt mit einer Tüte Berliner in der Hand die Apotheke abschließen wollte.

Diesen Tag hatte sich Gudrun Häberle ausgesucht, um sich umzubringen. Mal wieder.

Die 30-jährige Frau drängte in meine Apotheke und wollte Schlaftabletten kaufen. Mit aufgedunsenem Gesicht verlangte sie nach der großen Packung. Gudrun Häberle schluckte ohnehin Tabletten wie andere Menschen Tic Tacs. Nur mit dem Unterschied, dass sich ihr Medikamentencocktail weniger gut mit dem Alkohol vertrug, den sie dazu reichlich konsumierte. Das enge Kleid, von dem ich mich fragte, welcher hinterhältige Verkäufer es ihr angedreht hatte, spannte unfreiwillig am ganzen Körper und betonte ihre ohnehin unvorteilhaft ausladende Figur. Aus Häberles blauen Schweinsäuglein flossen die Tränen wie der Neckar bei Hochwasser. Meine Gratis-Tempos mussten herhalten. Sie setzte sich ohne mein Zutun auf das Sofa für Kunden, warf den mit blonden Locken im Afrolook bedeckten Kopf theatralisch zurück und schluchzte, dass ihr ausladender Busen bebte.

Gudrun Häberle, ein naives Landei aus Remmingsheim bei Rottenburg am Neckar, ließ sich auf der Dorfkirmes von einem jungen Burschen schwängern. Sie servierte dem Blasmusiker als Bedienung die Getränke und nach dem vierten Bier gab es hinter dem Festzelt kein Halten mehr. Sie wollte zwar nicht so richtig, aber er war eben in Fahrt. In einer so erzkatholischen Gegend, dass sich sogar der Bischof neben Stuttgart dort noch einen Zweitsitz gönnte, sahen beide Familien ihren Ruf in Gefahr. Gudrun war 17 und der Bursche 20. Unter dem Druck der Eltern und vor allem der Leute im Allgemeinen heirateten sie schnell. Alles andere wäre eine Schande gewesen. Was hätten die Leute sonst denken sollen.

Beide hatten keinen Schulabschluss, geschweige denn eine Berufsausbildung. Aber sie rauften sich zusammen. Im vom heimischen Remmingsheim nur wenige Kilometer entfernten Rottenburg fanden sie eine bezahlbare Bleibe im Wohngebiet Kreuzerfeld. Gudrun Häberle arbeitete als Putz- und Bügelfrau bei wohlhabenden Privatpersonen, er als ungelernter Arbeiter auf dem Bau. Wenn er frustriert nach Hause kam, konnte er sich über Kleinigkeiten aufregen und ausrasten. Dann schlug er sie. Aber Häberle erduldete es.

Mit dem Baby kamen die Eltern nicht zurecht. Vor allem die junge Mutter war restlos überfordert. In ihrer Familie litten mehrere Mitglieder an Psychosen, die Großmutter an Schizophrenie. Aber das hielten sie unter dem Deckel der heilen Welt. Was hätten die Leute denken können. Trotzdem hatte Gudrun Häberle einiges in dieser Hinsicht geerbt. Unter den belastenden Umständen bildeten sich immer mehr Wahnvorstellungen heraus. Einmal sprang sie aus dem Fenster im ersten Stock. Da dachte sie, sie sei eine Taube.

Dem jungen Vater wurde alles zu viel. Er zog zurück zu seinen Eltern nach Remmingsheim und ließ seine Frau sitzen. Das Sorgerecht für den Kleinen bekam er, weil die Mutter ja spinne und sich unmöglich um ihn kümmern konnte. Nach der Urteilsverkündung in Rottenburg weinte Gudrun Häberle viele Tränen. Sie ging die wenigen Meter vom Gerichtsgebäude zum Neckar und saß stundenlang auf einer Parkbank an dessen Ufer. Sie starrte gedankenleer auf das vorbeifließende Wasser.

Ihr ganzes Leben war verkorkst. Nicht einmal um ihren einzigen Sohn durfte sie sich kümmern. Häberle sah keinen Sinn mehr in ihrem Dasein. Keine Perspektive, wie es jemals wieder besser werden könnte. Also ging sie ins Wasser. Sie konnte nicht schwimmen. Das Huhn vom Land wäre normalerweise ohne großes Gackern ertrunken. Selbst routinierte Schwimmer verunglückten schon tödlich in den unterschätzten Strömungen des schwäbischen Flusses. Aber Häberles Rock verhedderte sich im Gestrüpp am Ufer und verhinderte, dass sie unterging. Sie hatte den Absprung nicht geschafft. Ein am Neckar entlangradelnder wachsamer Mitbürger erfasste die Situation und rettete Häberle. Der kräftige Mann zog das todesmutige Huhn wie ein Hochseeangler am Rock aus dem Fluss. Häberle überlebte.

Sie kam im Rottenburger Krankenhaus wieder zu sich und wurde wenig später in die geschlossene Abteilung nach Tübingen eingewiesen. Dort erhielt sie sowohl eine medikamentöse als auch eine Beschäftigungstherapie. Malen nach Zahlen war ihr zu kompliziert, aber töpfern konnte sie ganz gut.

Erst nach einem halben Jahr und vielen nutzlosen Tonschalen wurde sie entlassen. Man empfahl ihr, nach Stuttgart zu ziehen. Das sei für einen Remmingsheimer weit weg und da werde sie auf andere Gedanken kommen. Häberle fand einen Job in einem Hotel Garni mit Gaststätte im Bohnenviertel, einer ziemlichen Spelunke. Seither kannten wir sie als Kundin. Dort putzte und bügelte sie tagsüber, abends bediente sie die Gäste und sich selbst an der Bar. Die vielen Männer auf Montage, die in dem Hotel abstiegen, fanden in der drallen Blondine vom Land eine Abwechslung für Zwischendurch. Sie Ablenkung. Das hatten die Ärzte ja empfohlen.

Vom Betreiber des Hotels wurde die ungelernte Kraft ausgenutzt. Er bezahlte sie schlecht, sie bekam nur einen Tag frei und »durfte« in der kleinen Mansarde unter dem Dach übernachten, einem Raum mit wenig Tageslicht.

Häberle sehnte sich nach einem männlichen Beschützer, aber die meisten Reisenden wollten nur kurzfristige Unterhaltung. Die Gäste wechselten und mit ihnen Häberles Kurzzeitpartner. Sie konnte vielen Menschen ihre Geschichte erzählen. Spätestens wenn sie über ihren verlorenen Sohn jammerte und das Bild von ihm, das sie um den Hals in einem Amulett trug, nicht mehr losließ, wussten die meisten Männer, was sie von der Hotelangestellten zu halten hatten und dass ihre Reise ohne sie weiterginge.

Zweimal versuchte sie zwischenzeitlich erneut, sich umzubringen. Einmal besoff sie sich restlos mit Wodka und hoffte, daran zu sterben. Häberle wurde aber noch rechtzeitig mit einer Alkoholvergiftung ins Krankenhaus eingeliefert. Ein anderes Mal nahm sie Schlaftabletten, aber viel zu wenige. Ihr Chef fand sie in der Wäschekammer liegend und brachte sie ins Krankenhaus, wo ihr der Magen ausgepumpt wurde. Zwei Tage später arbeitete sie weiter. Sie blieb in psychiatrischer Behandlung, die ihr half, mit ihren Lebensumständen einigermaßen zurechtzukommen. Häberle stabilisierte sich.

Schließlich erwirkte sie, ihren Jungen einmal im Monat sehen zu dürfen. Dem Remmingsheimer Exmann, der noch immer bei seinen Eltern wohnte, gefiel das gar nicht. Er beeinflusste den Sohn, wo es nur ging, und hetzte ihn gegen die Mutter auf.

Der Junge war nun 13 und sie 30. Einmal im Monat kam er mit dem Zug zu ihr nach Stuttgart. Gudrun Häberle holte ihn am Hauptbahnhof ab und die beiden verbrachten die Zeit zusammen.

Wie an diesem Faschingsdienstag. Es hätte ein schöner Tag werden sollen. Er wollte mir ihr reden, sie besser kennenlernen.

Aber Häberle ging mit ihrem Sohn durch die Kaufhäuser der Stadt und der Junge entwickelte viele Wünsche. Sie erfüllte mit dem mühsam zusammengesparten Geld fast jeden. Aber nach McDonald's und dem letzten Big Mac ging Häberle das Geld aus. Sie erklärte ihm, dass sie nicht wüsste, was sie jetzt noch unternehmen könnten.

»Du alte, hässliche Schlampe«, schrie ihr Sohn plötzlich. Einige Gäste sahen von ihren Cheeseburgern mit Pommes auf. »Ich will mit dir reden! Aber du bist nicht ganz dicht und lässt mich alleine mit dem gewalttätigen Arsch, der sich mein Vater nennt.«

Häberle starrte ihn aus blauen, hohlen Augen an und fand keine Worte. Die anderen Gäste widmeten sich wieder ihren Chicken Nuggets. Ihr Sohn ließ die Einkaufstüten stehen und stürmte zum Bahnhof. Heulend und keuchend, mit den Tüten in der Hand, rannte sie ihm nach und versuchte, ihn aufzuhalten. Er drehte sich nicht einmal mehr um.

Sie wusste, dass dieser Auftritt Probleme mit dem Vater bereiten würde. Er würde viele Fragen haben und am Telefon ausrasten, wenn der Sohn ungeplant so früh zurückkäme. Die Streitereien um das Besuchsrecht begännen möglicherweise von Neuem. Aber vor allem die verächtlichen Beschimpfungen, von ihrem eigenen Fleisch und Blut entgegengeschleudert, verletzten Gudrun Häberle tief. Eine weitere Welt brach in ihr zusammen. Sie hatte ihren Sohn ein zweites Mal verloren.

Die vielen glücklich und ausgelassen feiernden Menschen am Faschingsdienstag gaben ihr den Rest. So viel Freude konnte sie in dieser Situation nicht auch noch ertragen. Sie sah keinen Sinn mehr weiterzuleben und beschloss, sich diesmal erfolgreicher umzubringen.

Auf dem Heimweg sah sie noch Licht in meiner Apotheke und stürzte in den Laden. Ich servierte dem Häufchen Elend in der Sitzecke einen Kaffee. Häberle schlürfte zwei Tassen und aß ein Stück Kuchen, das wir noch übrig hatten. Irgendetwas in ihr wollte doch noch nicht sterben. Ich bemerkte den Blick aus ihren verheulten Augen in Richtung der Berliner, die ich eigentlich für daheim vorgesehen hatte. Sie aß drei Stück davon. Tränenleer füllte die Beinahe-Selbstmörderin zumindest ihren Magen und erzählte ihre Geschichte.

Der behandelnde Arzt, den wir anriefen, war nicht erreichbar. Er feierte Fasching. Häberle versprach mir, von ihrem Plan Abstand zu nehmen und mich abends noch einmal anzurufen, was sie einhielt. Sie klang ein wenig angetrunken, aber nicht nach Selbstzerstörung. Gleich am nächsten Morgen stand sie erneut in der Apotheke, diesmal um sich zu bedanken. Sie hatte sich wieder gefangen. Immerhin musste ich nicht in den kalten Neckar springen, um sie zu retten. Drei Berliner hatten gereicht.

49

Apotheke geschlossen

Zu meiner Zeit als Standesvertreterin der Apotheker gehörten Presseanfragen und Interviewtermine zur Normalität. Als Präsidentin der Landesapothekerkammer musste ich meine Kollegen aus dem Ländle repräsentieren. Es lohnte sich, für die Medien ein offenes Ohr zu haben, um dadurch auch unsere Sicht der Dinge vermitteln zu können. Für eine Minute im Fernsehen konnte die Apotheke durchaus für eine knappe Stunde lahmgelegt werden. Bis sich das Fernsehteam eingerichtet, alles getestet, meine Antworten und die Antextbilder im Kasten und sich wieder verabschiedet hatte, war diese Zeit schnell um. Die Mitarbeiter agierten während der Dreharbeiten verunsichert und viele Kunden flüchteten, um nicht von den Kameras erfasst zu werden.

Angenehmer und weniger zeitaufwendig waren im Normalfall Gespräche mit Zeitungsjournalisten. In einem Interview ging es, wie so oft, um den Bestand deutscher Apotheken. Politiker waren der Meinung, dass es viel zu viele gebe, und hatten zu Lasten der Apotheker mal wieder Kürzungen vorgenommen. Dabei traf es Stadt- und Landapotheken, die sehr unterschiedlich strukturiert sind, in verschiedenem Ausmaß. Stadtapotheken mit gemischtem Umsatz arbeiten vielfach leichter als Landapotheken, die überwiegend Rezepte beliefern. Für die einzelne Apotheke erfolgsrelevant, gleich wo, ist das Umfeld von Frequenzbringern. Dazu zählen vor allem große Supermärkte, Shoppingcenter, Postfilialen, Banken oder Arztpraxen.

Das Interview war sehr harmonisch verlaufen und versprach, einen sachlichen Bericht zu ergeben. Nach Auffassung des Journalisten fehlte allerdings noch ein optischer Blickfang für die Geschichte, die am nächsten Tag auf der Titelseite erscheinen sollte. Wir hatten eine Idee. Gemeinsam druckten wir auf ein Papier in großer, fetter Schrift: »Apotheke geschlossen, wir danken Ihnen für die Treue.« Wir hängten es innen an die Türe, der Journalist zückte seine Kamera und schoss Bilder. Klick-klick, die Fotos waren ruckzuck im Kasten.

Einige Kunden passierten in dieser kurzen Zeit sehr verwundert die Apotheke. Ein paar stürmten herein und fragten mich bestürzt: »Was? Sie müssen schließen?« und »Das kann doch gar nicht sein! Warum das denn?«. Lachend gab ich Entwarnung und erklärte ihnen, dass es sich lediglich um ein Fotoshooting für die Zeitung handle. Aber schneller als jede Tageszeitung verbreiteten sich Gerüchte im Bohnenviertel. Bald kursierte die Nachricht vom Ende meiner Apotheke. Noch über Monate hinweg dauerte es, bis die letzten Ausläufer des Gerüchts verscheucht waren.

50

Risiken und Nebenwirkungen

Wo Menschen aus Fleisch und Blut arbeiten, können Fehler unterlaufen. Das gilt für eine Klinik, Arztpraxis oder Apotheke genauso wie für jeden anderen Betrieb. Wo gehobelt wird, sagt der Volksmund, fallen Späne. Wobei die Späne im Gesundheitsbereich für die von den Fehlern Betroffenen oft weitreichende Konsequenzen nach sich ziehen. Deshalb gibt es dort zahlreiche Vorkehrungen und Sicherungsmaßnahmen.

Und dennoch passieren die Fehler.

Schon bei der Einstellung von neuen Mitarbeitern wies ich darauf hin, dass in einer – und vor allem in meiner – Apotheke besonders sorgfältig gearbeitet werden müsse. Wir trugen Verantwortung für Menschen. Ich erklärte das immer an einem Beispiel: »Wenn eine Käseverkäuferin einem Kunden irrtümlich Gouda statt Emmentaler einpackt, ist das zwar ärgerlich, aber nicht gefährlich. Wenn ein Apotheker einem Kunden etwas Falsches mitgibt, kann das sogar tödlich sein.«

Deshalb beschäftigte ich ausschließlich qualifizierte und erfahrene Mitarbeiter. Praktikanten wurden gut eingeführt und von festen Ansprechpartnern betreut. Damit die Mitarbeiter nicht unter extremem Stress arbeiten mussten, setzte ich im Normalfall mehr Personal ein, als unbedingt notwendig und von meinem Betriebswirt empfohlen. Mein Team war mein ganzer Stolz.

Ich hatte wie vorgeschrieben eine Haftpflichtversicherung abgeschlossen und als vorsichtiger Mensch für eine hohe Deckungssumme auch höhere Beitragszahlungen in Kauf genommen. Das erdenklich Mögliche, um meine Apotheke sicher zu führen, war getan.

Und doch passierte er. Der eine, folgenschwere Fehler.

Nach fast 25 Jahren problemloser Selbstständigkeit erhielt ich, während ich gerade an einer Besprechung außer Haus teilnahm, einen aufgeregten Anruf. Ich solle sofort kommen, es sei etwas schiefgelaufen, sagte meine aufgebrachte Stellvertreterin. An ihrer Stimme bemerkte ich den Ernst der Lage und eilte ohne große Nachfragen in die Apotheke zurück.

Ich fand ein Team vor, das aufgebracht und in einer Lautstärke, die ich sonst nicht gewohnt war, durcheinanderredete. Am Rand, alleine, saß eine Mitarbeiterin, die heftig schluchzte. Ich nahm meine Stellvertreterin beiseite. Im Büro erklärte sie mir, was passiert war.

Die weinende Mitarbeiterin hatte wenige Tage zuvor offenbar ein falsches Medikament an einen Kunden abgegeben. Sie hatte zwei Packungen, die sich ähnlich sahen und sogar ähnliche Namen trugen, schlicht verwechselt. So einfach war das. Und so folgenschwer.

Niemand in der Apotheke hatte das Malheur bemerkt. Der Kunde ebenso wenig. Er hatte sogar noch mehr Kapseln eingenommen als eigentlich empfohlen, weil sie zunächst keine Wirkung gezeigt hatten. Er war bewusstlos geworden und wurde erst einige Zeit später aufgefunden. Der Kunde war schnell ins Krankenhaus gebracht worden. Es stand nicht gut um ihn. Die Behörden waren eingeschaltet.

Erst Tage später, heute, wurden wir informiert. Ein Schock für meine Mitarbeiter und mich, die wir über Jahre zuverlässig gearbeitet hatten. In diesem Moment wurde mir klar, dass nichts mehr so sein würde, wie es einmal war. Meine Stellvertreterin und ich sahen uns lange schweigend an.

Wir verließen das Büro und kehrten zu den übrigen Mitarbeitern zurück, die noch immer betroffen und wütend miteinander diskutierten. Sie bombardierten die weinende Kollegin mit Vorwürfen und Anschuldigungen. Sie hatte uns blamiert und drohte den mühsam aufgebauten guten Ruf mit einem Handstreich zu zerstören.

Ich versuchte, soweit es möglich war, einen kühlen Kopf zu bewahren und Ruhe in die Belegschaft zu bringen. Die Verursacherin des Problems noch weiter fertigzumachen nützte niemandem. Sie selbst machte sich die größten Vorwürfe. Ich tröstete sie und wir alle hofften, dass es für den Kunden noch einmal glimpflich ausgehen würde. Meine Mitarbeiterin konnte sich den Patzer, gerade wegen ihrer langjährigen Erfahrung, nicht erklären. Sie wisse nicht weshalb. Sie habe keine Ahnung, wie das passieren konnte, wiederholte sie immer wieder.

Dennoch musste der Schadenfall geregelt werden. Ich informierte die Versicherung. Die Polizei nahm ein Protokoll auf. Wir verbesserten apothekenintern unsere Sicherheitsmaßnahmen noch weiter und führten ein Qualitätsmanagement-System ein. Der Zwischenfall prägte das gesamte Team. Ein solcher GAU sollte nie wieder vorkommen. Die Mitarbeiterin, der der Fehler unterlaufen war, schied wenig später auf eigenen Wunsch aus. Sie wollte nicht mehr in meinem Team arbeiten und ergriff die erstbeste Chance, als sie einen neuen Job in einer anderen, weiter entfernten Apotheke fand.

Der Kunde überlebte glücklicherweise. Die Versicherung, die den Fall, ohne mich einzubeziehen, abwickelte, ließ viel Geld fließen. Nach seinem Krankenhausaufenthalt kam der Kunde in eine Rehaeinrichtung und konnte so gut hergestellt werden, dass er ein Jahr später wieder selbst einkaufen konnte. Seine Medikamente holte er jedoch nicht mehr bei uns, sondern in einer anderen Apotheke ab. Ausgerechnet in derjenigen, in der nun meine ehemalige Mitarbeiterin, die ihn fast umgebracht hätte, ihren Dienst verrichtete. Entsetzt kündigte sie auch dort und arbeitete nie mehr in einer Apotheke.

51

Tod eines Apothekers

Auch Heinz Bär betätigte sich lange Jahre als Standesvertreter der Apotheker in einer überschaubaren schwäbischen Region. Alles andere war ihm zu viel Aufwand. In jungen Jahren, das musste also schon lange her sein, war er mangels Alternativen gewählt worden und seither in seinem Amt geblieben. Pattex-Bär, nannten wir ihn deshalb liebevoll. Zu seinen Aufgaben gehörte, neben vielen lästigen Sitzungsterminen, die Pflicht zur Repräsentation, was ihn besonders viel Überwindung kostete.

Beim hundertjährigen Jubiläum einer Apotheke, bei Neueröffnungen, bei Preisverleihungen wie zum Beispiel der Auszeichnung eines Kollegen mit dem Bundesverdienstkreuz, aber auch beim Ableben wichtiger Apotheker musste er Flagge zeigen. Wie bei einem Kollegen im ländlichen Raum, der mehr als 50 Jahre Mitglied im Apothekerverband gewesen war. Bär hatte ihn nie besonders leiden können. Er rechnete mit dem Schlimmsten: einer großen, langwierigen Beerdigung. Denn der Land-Apotheker war Mitglied in nahezu jedem denkbaren Verein gewesen und hatte dort ehrenamtliche Funktionen innegehabt. Böse Zungen behaupteten, dies habe der Kundengewinnung gedient, weil die Apotheke ansonsten nicht gut lief. Bär behauptete das, zum Beispiel.

Obwohl es Heinz Bär gleichsam gleichgültig war. Er murrte, wegen der langen Fahrt aufs Land und weil er eine Grabrede im Namen des Apothekerverbandes halten musste. Eine Mitarbeiterin der Stadt-Apotheke bestellte in der örtlichen Gärtnerei einen Kranz und erteilte den Auftrag, diesen direkt ans Grab zu legen, sodass Bär nicht auch noch schwer schleppen musste. Sie trug die Eckdaten des Verstorbenen, die in der Geschäftsstelle des Verbandes vorlagen, in das Formular ein. Bär hatte eine Standardtrauerfallansprache entwickelt, kurz und prägnant, und musste jeweils nur den Namen, das Sterbedatum, die Mitgliedschaftsdauer und den Ort anpassen. Die besonderen Verdienste waren immer dieselben.

Zu diesen Anlässen trug Bär seinen guten schwarzen Standardpolyesterbeerdigungsanzug, ein weißes Hemd und eine schwarze Krawatte. Bei 1,80 Meter Länge und mindestens 120 Kilogramm Lebendgewicht hinterließ er so einen gewichtigen Eindruck. Er paffte gemütlich noch eine Zigarre und las die *Bild*, bevor er die ersten Regentropfen fallen sah und rechtzeitig losfuhr. Unpünktlichkeit hasste er.

Grimmig sah er durch die Frontscheibe seines Wagens auf den schwarzbewölkten Himmel, aus dem es goss wie aus Kübeln. Eigentlich regnete es bei Beerdigungen grundsätzlich, dachte Bär und brummte etwas Unfreundliches über Petrus durch seinen dichten, etwas angegrauten Vollbart.

Der Friedhof im ländlichen Bereich hatte zu wenige Parkplätze für eine solche Jahrhundertbeerdigung und so musste Bär weit vom Eingang entfernt an der Straße parken. Missmutig ging er ohne Schirm durch den Regen. Seinen schwarzen Trenchcoat ließ er im Auto. Immerhin, sagte er sich, musste er nicht auch noch den Kranz schleppen.

Die Honoratioren hatten sich bereits versammelt, die Blaskapelle, der Kirchenchor, die freiwillige Feuerwehr und der Schützenverein standen bereit, und alles, was Rang und im Grunde auch keinen Namen hatte, drängte sich auf dem kleinen Friedhof. Die Trauergemeinde ging an den Hinterbliebenen vorbei, schüttelte Hände, überreichte diskret Couverts und murmelte ihr »herzliches Beileid«. Manche wischten ein Tränchen aus dem Augenwinkel. Bär beobachtete das Spektakel gelangweilt, zündete sich ein Zigarillo an und war froh, dass es nur noch tröpfelte. Die Schlange nahm kein Ende und sogar der Pfarrer wurde allmählich ungeduldig. Kurzerhand ließ er die Glocken läuten, sodass die Zeremonie beginnen und er den Verstorbenen in seiner Rede als guten und verdienten Christenmenschen loben konnte. Lieder wurden inbrünstig gesungen, der Kirchenchor übertönte sie alle. Alle waren sehr gerührt und brauchten ihre Taschentücher. Selbst Kollege Bär zückte seines, um sich ein paar Regentropfen aus dem Gesicht zu wischen.

Der lange Trauermarsch folgte schließlich den Sargträgern aus dem Vogelschutzverein, die ihr ehemaliges Mitglied zu transportieren hatten, quer über den Friedhof zum offenen Grab, der letzten Ruhestätte des Apothekers. Im dichten Kreis standen Hunderte Menschen um das offene Grab. Nach den üblichen Riten und einigen kurzen Ansprachen senkte der Vogelschutzverein den ehemaligen Kollegen in die Tiefe, begleitet vom Lied vom »alten Kameraden«, das ein Mitglied des Schützenvereins nach bestem Wissen und Gewissen trompetete.

Nun begannen die Grabreden. Angesichts der Dauer dieser Zeremonie hatten die Angehörigen der Witwe einen Rollstuhl besorgt. Bär beneidete sie ein wenig um ihre Sitzmöglichkeit. Sie starrte gedankenverloren auf das von Blumen und Kränzen umringte Grab. Ein älterer Herr aus dem Kaninchenzüchterverein flüsterte dem Apothekervertreter beeindruckt etwas von einer »schönen Leich« zu und schnäuzte bekräftigend in sein Taschentuch. Heinz Bär nickte nur und zündete sich ein Zigarillo an. Jede, wirklich *jede* Organisation, in der der Verstorbene Mitglied gewesen war, ließ einen Redner lobende und einfühlsame Worte sagen.

Bär überlegte sich, wie wohl seine eigene Beerdigung aussehen würde. Vermutlich etwas kleiner. Er war in keinem einzigen Verein Mitglied und nicht gerade bei jedem beliebt. Aber, tröstete er sich in Gedanken, egal wie eckig und kantig die Menschen in ihrem irdischen Leben gewesen sein mochten, sie verließen die Erde alle als leuchtende weiße Engel.

Nacheinander hatten schon der Bürgermeister, der Oberkommandant der freiwilligen Feuerwehr sowie die Vorstände des Schützen-, des Alb- und des Tischtennisvereins gesprochen. Ihnen allen war ein rechtschaffenes, verdientes und engagiertes Mitglied dahingerafft worden. Heinz Bär hatte die Zeit genutzt, seine Rede kurz zu überfliegen und sich noch einmal den genauen Namen des Toten einzuprägen. Nun war er als sechster von acht Rednern an der Reihe. Dem Programm entnahm er, dass nach ihm noch der Kaninchenzüchtervereinsvertreter und als Krönung die Vogelschützer, die mit einem erfahrenen, klage- und redefreudigen Rechtsanwalt ihren besten Redner auffuhren, folgen sollten.

Bär nahm seinen Spickzettel vorsichtshalber in die Hand. Er war kein talentierter Redner, aber lobte den Verstorbenen unter dem bestätigenden Schweigen der Trauergäste in hohen Tönen. Wie gewohnt kam er zügig zum Punkt und beendete seine Ansprache. Bär wollte noch die Schleife des neben dem Grab liegenden, repräsentativen Kranzes zurechtzupfen, als er plötzlich mit einem durchdringenden Schrei verschwunden war und ein polterndes Geräusch ertönte. Die Blaskapelle, die gerade mit dem nächsten Lied beginnen wollte, setzte wieder ab. Ein Raunen ging durch die Trauergemeinde.

Von Bär war nur nichts mehr zu sehen. Er hatte nicht zu Boden geblickt und war in seiner typischen Art geschlurft. Auf einem um das Grab ausgelegten Tannengrün, das vor dem feuchten, lehmigen Boden schützen sollte, war er ausgerutscht, in das Grab geglitten und auf dem hölzernen Sargdeckel aufgeschlagen. Panik ergriff ihn und die Trauergemeinde. Unter leichten Schmerzen stemmte er sich auf. Von Bär war nur der aus dem offenen Grab ragende Kopf zu sehen. Er rief wütend um Hilfe und versuchte, sich wieder an die Oberfläche zu kämpfen. Aber aus dieser nassen, erdigen Umgebung konnte er nicht mehr alleine entfliehen. Zwei beherzte Helfer der freiwilligen Feuerwehr sprangen herbei, um dem Unglücklichen zu helfen. Aber mit bloßen Händen konnten sie den schweren

Bären, der schimpfend auf dem Sarg seines Kollegen stand, nicht mehr herausziehen. Beinahe wäre einer der Helfer noch mit in die Grube gefallen. Geistesgegenwärtig intonierte die Blaskapelle schnell den abgebrochenen Choral. Die Sargträger vom Vogelschutzverein eilten mit Seilen und zwei weiteren starken Armen an den Rand des Grabes. Mit vereinten Kräften zogen sie Bär wieder ans Tageslicht und holten ihn zurück zu den Lebenden. Einige Trauergäste in den vorderen Reihen schnäuzten noch intensiver in ihre Taschentücher, um den Anflug von Heiterkeit zu verbergen. Die Trauernden auf den schlechteren Plätzen weiter hinten reckten neugierig die Hälse nach vorne und wollten wissen, weshalb es eine Unterbrechung gab und was sie verpasst hatten.

Schwer atmend, nass und mit Erde verschmiert, nahm Bär auf einem bereitgestellten Stuhl neben der Witwe Platz. Am liebsten wäre er im Erdboden versunken, aber das war er ja gerade schon einmal. Wie peinlich, dachte sich der Standesvertreter der Apotheker und sah zu Boden. Sein schöner Polyesterbeerdigungsanzug war hinüber.

Er spülte seinen Ärger später mit einer Flasche Trollinger beim Leichenschmaus hinunter. Die letzten beiden Honoratioren hielten sich vom Grab ein wenig fern, konnten daher auch mit Bärs Performance nicht mithalten. Selbst dem weltgewandten Starredner vom Vogelschutzverein hatte er die Show gestohlen.

52

Der Abschied

Eine Großkundin, Katrin Gutbrod, lebte die Rolle der fürsorglichen Mutter. Sie hatte neun Kinder großgezogen und kümmerte sich mittlerweile um dreizehn Enkel und zwei Urenkel. Ihr Mann verbrachte seine Zeit erst auf dem Rasen und später nicht minder engagiert an dessen Rand. Der Fußballnarr betreute die Jugend, trainierte zwei Mannschaften und hatte wenig Zeit für die Familie. Mittlerweile lag er in Frieden unter dem Rasen. Ein Autounfall auf der Rückfahrt von einem verlorenen Auswärtsspiel hatte ihn das Leben gekostet.

Seither fühlte sich Katrin Gutbrod noch mehr für das gemeinsame Wohlergehen aller Familienmitglieder verantwortlich. Die ruhige, besonnene Frau mit blonden Haaren und blassem Teint tat alles für die Familie und die Nachbarschaft. Sie schaffte es, alle zusammenzuhalten. Am Wochenende trafen sich Kind und Kegel in ihrer großen Altbauwohnung im Bohnenviertel zum Kaffee. Gutbrod servierte Kuchen und für jede Situation einen Ratschlag.

Da sie sich um das Wohl der Großfamilie kümmerte, war sie eine Großkundin meiner Apotheke. Sie versorgte alle ihre Angehörigen mit Medikamenten und Mittelchen, wenn sich Krankheiten auch nur andeuteten. Sie bat mich häufig um Rat, wenn sie selbst einmal nicht weiterwusste oder in eigener Sache Hilfe benötigte. Wir kannten und schätzten uns seit Jahren.

Seit einiger Zeit fühlte sich Frau Gutbrod nicht mehr wohl. Sie klagte immer wieder über Schmerzen. Nach einem Arztbesuch erhielt sie die vernichtende Diagnose: Bauchspeicheldrüsenkrebs, zu dieser Zeit ein Todesurteil. Ich war schockiert und traurig.

Aber nun gaben die Kinder, Enkel und Urenkel all die Liebe und Fürsorge, die sie so lange Zeit erhalten hatten, wieder zurück. Die Großfamilie organisierte eine Betreuung rund um die Uhr. Im Schichtdienst wechselten sich die Angehörigen unter der Woche ab. An den Wochenenden kamen sie zusammen, beteten und scharten sich um das Krankenbett, das in der Mitte des Wohnzimmers aufgestellt war. Gutbrod bekam von alldem wenig mit, denn sie erhielt starke Schmerzmittel verabreicht und schlief viel.

An einem frühlingshaften, sonnigen Samstagnachmittag, ich wollte gerade ins Wochenende und mich um meine eigene, häufig vernachlässigte Familie kümmern, stürzte eine Tochter von Frau Gutbrod mit geröteten Augen in die Apotheke. Ihre Mutter leide unter starken Schmerzen. Der Notarzt sei bereits gekommen und habe ihr Medikamente verordnet, die sie unbedingt noch besorgen solle.

Auf der Verordnung, einem sogenannten Betäubungsmittelrezept, standen starke Schmerzzäpfchen, die wir nicht vorrätig hatten. Eigentlich war die Sendung für diesen Tag schon durch, aber mit einem Anruf direkt beim Großhandel konnte ich das Medikament doch noch beschaffen. Ich wartete in der Apotheke, bis der übel gelaunte Fahrer mit der Sonderbestellung eintraf, quittierte den Erhalt und brachte die Zäpfchen selbst bei Gutbrods vorbei. Im Stechschritt ging ich die wenigen Meter zu Fuß.

Ein junger Mann, wohl einer ihrer vielen Enkel, öffnete mir mit verweinten Augen die Türe und bat mich herein. Das Wohnzimmer war abgedunkelt und die ganze Familie saß um das Bett der schneeweißen, schlafenden Mutter der Nation.

Man wisse nicht, wie lange es noch ginge, erklärte mir eine ihrer Töchter. Sie bat mich ans Krankenbett. Da öffnete Katrin Gutbrod die Augen, nannte mich beim Namen und sagte, dass sie sich freue, mich noch einmal zu sehen, um sich zu verabschieden. Ich hielt ihre Hände, die sie mir entgegenstreckte, und vergaß meinen Frust. Dieser Moment war ergreifend. Ich kämpfte mit den Tränen.

Und doch war er friedlich und würdevoll. Nach einiger Zeit verabschiedete ich mich. Den Familienmitgliedern drückte ich jedem einzeln stumm die Hand. Der Kundin streichelte ich über das Gesicht. Sie lag entspannt und lächelnd in ihrem Bett.

Am Montag erfuhr ich, dass sie noch am selben Abend friedlich entschlafen war.

53

Schlechte Prognose

Eine ältere Dame schlurfte geknickt in die Apotheke und klagte mir ihr Leid. Sie komme gerade vom Arzt, der ihr die niederschmetternde Diagnose Brustkrebs mitgeteilt habe. Leider nicht sehr einfühlsam. Auf ihre Frage, wie lange sie noch zu leben habe, hatte er unwirsch geantwortet: »Vielleicht ein paar Wochen, vielleicht ein paar Monate, was weiß ich. Machen Sie sich einfach mal darauf gefasst.«

Er hatte ihr noch kurz die Hand geschüttelt und war ins nächste Sprechzimmer geeilt. Demnächst hätte er eine Patientin weniger in seiner Kartei.

Ich überlegte gerade, wie ich in dieser schwierigen Situation reagieren sollte. Ich wollte die Kundin auf keinen Fall schnell abwimmeln. Da kam mir eine andere Kundin unerwartet zu Hilfe. Sie hatte das Gespräch mitgehört und sagte fröhlich: »Entschuldigung, wenn ich mich einmische. Aber mein Frauenarzt hat mir vor zehn Jahren die gleiche Diagnose gestellt. Er räumte mir noch ein halbes Jahr zum Leben ein. Und sehen Sie, ich lebe immer noch! Wissen Sie was? Seit acht Jahren lege ich ihm jedes Jahr an seinem Geburtstag eine Rose aufs Grab.«

HIER
RUHT
PROF. DR. MED.
WERNER
MÜLLER
1938 - 2005

54

Frau Mulde und ihre Fragen, die sechste

Das Telefon klingelte. Die Mitarbeiter warfen einen vielsagenden Blick erst auf das Display, dann auf mich. »Bitte Chefin, gehen Sie ran«, sollte er sagen. Die wissbegierigste aller Kundinnen mit dem grenzenlosen Vertrauen in die Apotheke rief mal wieder an.

Entnervt und auf alles vorbereitet nahm ich den Hörer ab. Frau Mulde, ohne sich mit »Mulde« oder sonst irgendwie zu melden, schoss mit verzweifelt klingender Stimme los:

»Mein Hund hat meine Blutdrucktablette gefressen. Was soll ich jetzt tun?«

»Der Arzt hat mir gegen meinen Nagelpilz einen Lack verschrieben, den ich abends zweimal in der Woche auf die Nägel pinseln soll. Ich habe meine Fußnägel aber rot lackiert. Wie soll ich das jetzt machen?«

»Wie Sie wissen, kann ich schlecht schlafen. Mein Arzt hat mir jetzt Schlaftabletten verschrieben. Wenn ich die um acht nach der *Tagesschau* einnehme und dann ins Bett gehe, bin ich nachts um drei Uhr wieder wach. Gibt es nicht richtig gute Schlaftabletten?«

55

Traurige Witwe

Herr Bernhard liebte seine Frau über alles. Der gut aussehende, sportliche Mann war in gehobener Stellung beim großen schwäbischen Elektro-Konzern Bosch beschäftigt. Mit seinen 58 Jahren wollte er sich demnächst in den wohlverdienten Vorruhestand verabschieden. Das hatte ihm sein Arbeitgeber angeboten.

Seine Frau, 20 Jahre jünger als er, spielte viel Golf. Leidenschaftlich gerne sogar. Arbeiten musste sie nicht. Das Ehepaar hatte keine Kinder, lebte in der noblen Stuttgarter Halbhöhenlage und nannte eine Villa mit Pool, einen großen Garten, eine Jacht und drei Luxuskarossen ihr Eigen. Vier Angestellte sorgten sich um ihr Wohl und hielten alles in Schuss.

Haus, Pool, Boot – der Bosch-Manager hatte alles. Seine Gattin liebte er abgöttisch. Sie waren sich gegenseitig der Lebensmittelpunkt, dachte Bernhard.

Sein persönliches Vergnügen war es, samstags über den Markt in der Stadtmitte zu schlendern. Auf dem Weg dorthin suchte er regelmäßig die Apotheke auf, um für seine Frau teure Kosmetika zu kaufen. Bernhard wirkte immer ausgeglichen und gut gelaunt. Ich redete gerne und lange mit ihm. Über Politik, Reisen, Kultur, Finanzen – er genoss es anscheinend, mit einer Frau über all das diskutieren zu können.

Seine Ehefrau sah ich nur wenige Male: eine attraktive, gepflegte Erscheinung. Frau Bernhard trug die Nase vornehm hoch und sprach kaum mit mir, wirkte fast schüchtern. Sie golfte lieber. Oder ging mit Freundinnen zum exquisiten Shoppen in die Boutiquen der Stadtmitte und zum nahe gelegenen Breuninger Kaufhaus.

An einem Samstag im November betrat Herr Bernhard in gedrückter Stimmung die Apotheke.

Er berichtete mir, dass er sich seit einiger Zeit nicht mehr so wohl fühle. Nachts wache er oft vor Schmerzen, die in den Rücken ausstrahlten, auf. Er vermutete Rückenprobleme. Aber er hatte schon eine Lösung parat: Er werde sich eine neue Matratze kaufen. Ich solle ihm ein Schmerzmittel und eine Salbe zum Einreiben mitgeben.

Mir kam das nicht geheuer vor. Ich befragte ihn eingehender und glaubte immer weniger an ein orthopädisches Problem. Als Apothekerin darf ich natürlich keine Diagnose stellen oder einen Verdacht äußern. Aber unter seiner gebräunten Haut sah Bernhard müde und blass aus. Ich konnte ihn überreden, sich gleich nächste Woche einmal vom Arzt eingehend untersuchen und Aufnahmen des Bauchraumes anfertigen zu lassen.

Nur eine Woche später ließ sich Bernhard mit gesenkten Schultern auf den Stuhl am Beratungsplatz fallen. Das hatte er noch nie getan. Seine Körpersprache ließ nichts Gutes erahnen. Ich eilte besorgt zu ihm.

»Frau Wahl, Sie hatten recht«, platzte es aus dem Bosch-Manager heraus. »Es ist nicht die Bandscheibe, es ist etwas anderes. Ich habe Bauspeicheldrüsenkrebs.«

Seine Stimme zitterte und die Augen wurden feucht. Ich ergriff spontan seine Hand und drückte sie. Herr Bernhard sah mich verzweifelt an. Er benötigte einen Moment, bis er sich wieder gefangen hatte.

»Was hat der Arzt sonst noch gesagt?«, fragte ich besorgt.

»Noch ein paar Wochen oder Monate habe ich. Der Tumor liegt ungünstig und kann nicht operiert werden. Ich habe ja schon länger Probleme. Aber natürlich habe ich das nicht ernst genommen.«

Ich sah ihn traurig an. Über die Jahre hatte ich Herrn Bernhard nicht nur als Kunden, sondern auch als Menschen zu schätzen gelernt.

»Ich bitte Sie, Frau Wahl, ich bin Sportler. Hart im Nehmen und doch kein Weichei«, sagte er, wie zur Rechtfertigung und um sich selbst Mut zuzusprechen.

Der Arzt hatte ihn gleich zu einem Onkologen geschickt, berichtete mir Herr Bernhard. Die Chemotherapie würde schon bald beginnen. Ich sprach ihm Mut zu und versicherte, jederzeit für ihn da zu sein. Sei es für Gespräche oder für Ratschläge. Ich erklärte ihm sachlich, wie die geplante Chemotherapie üblicherweise abläuft und wie der Wirkstoff helfen soll. Für sein alltägliches Leben gab ich ihm noch einige Ernährungstipps und empfahl, ab sofort keinen Alkohol mehr zu trinken.

Er bedankte sich herzlich bei mir, blieb aber sitzen. Ich spürte, dass er noch etwas auf dem Herzen hatte, und sah ihn fragend an.

»Ich mache mir solche Sorgen um meine Frau«, begann er. »Sie ist doch absolut hilflos ohne mich. Sie hat keine Ahnung von den schriftlichen Dingen, das habe alles immer ich erledigt. Ich habe jetzt noch so viel zu regeln. Bitte, Frau Wahl, kümmern Sie sich um meine Frau, wenn mir etwas passiert.«

Überrascht von diesem eindringlichen Appell nickte ich und versprach, sowohl für ihn als auch für seine Frau da zu sein. In allen Fragen und Anliegen. Ich gab ihm entgegen meiner Gewohnheit meine private Telefonnummer. Mein eigener Mann würde wieder schimpfen. Er war kein Fan von »Apotheke jetzt auch zu Hause«.

Die Wochen vergingen und Herr Bernhard kam weiterhin eisern jeden Samstag in die Apotheke. Er besprach mit mir alles, was er auf dem Herzen hatte. Er vertraute mir und ich ihm. Nach anfänglichen Erfolgen der Chemotherapie trat schließlich keine Besserung mehr ein. Seine Schmerzen nahmen zu. Er erhielt starke Medikamente. Aber er kämpfte.

Bernhard klammerte sich an jeden Strohhalm, den er finden konnte. Mal hörte er etwas von Bekannten, mal las er von neuen Möglichkeiten im Internet. Manchmal musste ich ihn sogar überzeugen, nicht alles zu bestellen, was er an Neuem fand. An Geld hätte es ihm schließlich nicht gefehlt.

Obwohl er litt wie ein Hund, bewahrte er sich bis zum Ende sein sportliches Auftreten, das jedoch nicht darüber hinwegtäuschen konnte, wie gezeichnet er mittlerweile von der Krankheit war. Abgemagert und schwach bat er mich am letzten Samstag, an dem ich ihn lebend sehen sollte: »Bitte, Sie kümmern sich um meine Frau.«

Ich wusste nicht, wie ich das machen sollte, sicherte aber jede mögliche Unterstützung zu. Bernhard nahm mich in den Arm und drückte mich, so fest er konnte.

»Danke für alles«, sagte er noch im Hinausgehen. Ich glaube, er weinte. Auch ich musste mir die Tränen aus den Augen wischen. Seither hörte ich nichts mehr von ihm.

Drei Wochen später erschien eine dunkel gekleidete, elegante Dame in der Apotheke. Ihr Mann sei tot, eröffnete Frau Bernhard nüchtern. Ihr Mann war im Krankenhaus verstorben, hatte aber bereits alles organisiert, inklusive der Musik auf seiner eigenen Beerdigung. Für die Frau blieb nichts mehr zu tun. Die Nachricht schockierte mich und ich musste kämpfen, ruhig zu bleiben. Doch entgegen allen Erwartungen brach Frau Bernhard nicht orientierungslos zusammen, sondern wurde immer selbstbewusster. Sie wusste ganz genau, was sie wollte. Und kam noch immer regelmäßig in die Apotheke, allerdings um ganz andere Artikel zu kaufen, als ihr Mann immer für sie besorgt hatte. In einem schwachen Moment gestand sie mir, von seiner Liebe erdrückt worden zu sein. Nun sei sie frei, könne tun und lassen, was sie wollte. Finanziell war sie unabhängig, ihr Mann hatte gut vorgesorgt. Nur einen Monat nach seinem Tod trat sie eine schon länger geplante Reise, eine Kreuzfahrt, an.

Der Golflehrer begleitete sie. Den liebte sie bereits seit einiger Zeit.

56

Jürgen Müller auf Brautschau

Unabhängiger Bon-Vivant sucht attraktive & gebildete Partnerin. Kontaktfreudiger Mann von Welt sucht attraktive Sie für prickelnde Stunden und gemeinsame Unternehmungen. Bin gut aussehend, finanziell unabhängig und lebe in geordneten Verhältnissen. Aussagekräftige Zuschriften bitte nur mit Bild.

Nichts davon war gelogen, aber ich musste dennoch schmunzeln. Denn so warb Jürgen Müller regelmäßig für Jürgen Müller. Er inserierte im *Wochenblatt*, da ihm die *Stuttgarter Zeitung* »z'deier« war. Den Text änderte Müller in jeder alle paar Monate stattfindenden Werberunde nur minimal, alles andere wäre »z'viel Gschäft«.

Stolz präsentierte er mir die Anzeige, als er wieder einmal für seine Mutter Medikamente abholen musste. Der rüstige Endfünfziger wohnte noch bei Mama. Die behielt mit ihren über 80 Jahren noch gerne die Kontrolle. Und sie führte ein strenges Kommando.

Ihre anderen Kinder waren schon längst ausgezogen und in die Selbstständigkeit geflüchtet. Nur der liebe Jürgen konnte sich nicht so recht von ihr trennen.

Sie waren aber auch ein gut eingespieltes Team, das Mutter-Sohn-Gespann. Sie putzte, wusch, bügelte und kochte. Er kaufte ein, denn die hypochondrisch veranlagte Mama Müller verließ nur ungern das Haus.

Daher rief sie immer in der Apotheke an und ließ sich zu allen Wehwehchen beraten. Das »Ja, aber«-Spiel beherrschte sie perfekt. Was auch immer ich ihr vorschlug, die Antwort begann mit »Ja, aber«. Sie habe dies gelesen, jenes gehört. Eine Freundin habe das eine erzählt, eine Bekannte habe etwas anderes berichtet. Nach jedem wortreichen Gegenstatement wartete sie auf einen neuen Vorschlag von mir.

Meine Kolleginnen, sobald sie bemerkten, dass ich Mama Müller an der Strippe hatte, schoben mir grinsend einen Stuhl hin und verdrehten die Augen. Ich hatte mehrere Ideen für die Beendigung des »Ja, aber«-Spiels, sah es aber als sportlichen Parcours, den ich zu bewältigen hatte. Und ich wollte der alten Dame ihr Vergnügen nicht nehmen. Nach etwa einer halben Stunde Telefonat hatten wir in der Regel einen Kompromiss gefunden: eine natürliche, günstige und wirksame Arznei. Das Gespräch endete mit den Worten »mein Jürgen holt's dann heute Abend ab«.

Mürrisch, aber zuverlässig betrat ihr Bub abends die Apotheke.

»I soll äbbes abhola«, sagte er. Seine Mama habe ihn wieder im Dienst angerufen.

Jürgen Müller arbeitete bei der Post am Schalter. Die Anrufe seiner Mutter waren ihm peinlich, aber für die Schalterkollegen eine schöne Abwechslung.

Wir hatten bereits alles für Mama Müller vorbereitet und in einer Tüte verpackt, inklusive der *Apotheken Umschau*, der beliebten »Rentner-Bravo«. Doch Jürgen Müller suchte seinerseits das Gespräch, vielleicht um nicht so schnell bei Mama antreten zu müssen. Er habe viel zu tun und seine Geschwister besuchten ihn so selten, klagte er. Er fühle sich alleine gelassen mit »der Alten«. Seine Mutter behandle ihn wie einen Arbeitssklaven.

»Hat sie denn nicht vor, irgendwann in ein Altersheim zu gehen?«, merkte ich vorsichtig an.

Jürgen Müller sah mich bestürzt an. »Ha, noi, noi, des will doch koiner! Außerdem kenne mir ons des doch gar net laischda«, empörte er sich. Die Wohngemeinschaft habe ja ihre Vorteile. Er verdiene wenig bei der Post, aber seine Mutter beziehe eine schöne Rente und bezahle die Miete, die Nebenkosten und den Lebensunterhalt.

»Wisset se, i will jo au no a bissle leba«, erklärte er mit leuchtenden Augen. Er habe doch sein eigenes Zimmer. Sein kleines Gehalt könne er als Taschengeld für sich behalten und am Wochenende schön ausgehen.

Seit Jahren sei er schon auf der Suche nach einer passenden Frau. Schließlich müsse er vorsorgen für den Fall, dass seine Mutter eines Tages nicht mehr leben werde. Leider habe er nur noch nicht die Richtige gefunden. Was für ein Macho, dachte ich mir. Aber ich entgegnete ihm nichts und lächelte nur. Meine Belustigung überwog. Jürgen Müller präsentierte mir regelmäßig die wechselnden Damen in der Apotheke. Während die Kurzzeit-Auserwählte das Kosmetikregal bestaunte, hatte er ein paar Bonbons gekauft – aber nur bei der Chefin. Er prahlte mit seinen guten »Konnäktschens« zur Inhaberin. Müller auf Brautschau wollte mit Blick auf die Neue diskret meine Meinung hören:

»Was moinet Se?«

»Wie fendet Se dui?«

»Was haltet Se von dera?«

»Net schlecht«, antwortete ich lächelnd, ganz Fachfrau. Jedes Mal. Die Frauen schmachteten ihn an, er blickte weltmännisch umher. Mit seiner untergehakten Errungenschaft und einer Packung Bonbons verließ er die Apotheke. Kondome kaufte er nie.

»Warum finden Sie denn nie die Richtige?«, fragte ich ihn neugierig in einem ruhigen Moment. In der Apotheke war gerade wenig Kundschaft und Zeit für ein Schwätzchen.

»Des isch gar net so oifach, au wenn i a Profi ben«, kam Jürgen Müller in Fahrt. Er erklärte mir, wie der Hase läuft. Die Bewerberinnen durchliefen bei ihm ein ausgeklügeltes, mehrstufiges Auswahlverfahren.

Alle innerhalb der ersten Woche eingehenden Zuschriften, das waren »an Haufa«, berücksichtige er. Es gebe viele einsame Frauen. Wer von denen zu lang zögere, meine es nicht ernst mit ihm. Mit den interessanten Bewerberinnen nehme er zunächst Briefkontakt auf, um eine engere Auswahl treffen zu können. Die drei »Beschde« lade er zu einem Date ein. Müller bestelle sie sonntags ins Café im Königsbau in der Stadtmitte. Schnell könne er die Spreu vom Weizen trennen. Mit dem »Kruscht« gebe er sich nicht lange ab. Der müsse seinen Kaffee und Kuchen dann auch selbst bezahlen. Die Besseren lade er anfangs ein, in der Hoffnung auf eine lohnende Investition.

Mir fiel es mittlerweile schwer, ernst zu bleiben.

»Se muss guat ausseha, guate Figur ond guate Kloider sen des Mindeschde«, erklärte mir Jürgen Müller die Auswahlkriterien für die Aspirantinnen im Brustton der Überzeugung. Gut situierte oder gar wohlhabende Frauen seien natürlich »em Vorteil«. »A bissle vornehm« möge er es schon.

Müller kratzte sich am Kopf. Hier liege auch ein kleines Problem. Er habe ja nur den Hauptschulabschluss und die eine oder andere Bildungslücke, sodass er bei manchen Themen schnell aussteigen müsse. Zudem habe er keine eigene Wohnung und ein niedriges Einkommen, was für eine gedeihliche Zukunft nicht optimal sei.

»Dia Weiber werdet emmer oschbruchsvoller«, sagte er. Sobald sie nach dem zweiten oder dritten Treffen, sofern es so weit kam, davon hörten, dass er noch bei seiner Mama wohne, ergriffen etliche die Flucht. Viele wollten ins Theater oder gar ins Musical. Das sei aber »z'deir«, immerhin wisse er nicht, ob sich die Anlage lohnen werde. »Sehet Se, des isch gar net so oifach.«

Der Sohn von Mama Müller sah mich betroffen an. Der Arme tat mir fast ein wenig leid. Dieses Dilemma! Mit den Medikamenten für Mama und der aktuellen Wochenzeitung wollte Jürgen Müller die Apotheke verlassen. Er sah deprimiert aus.

»Sie finden schon noch eine Frau«, munterte ich ihn auf.

Da funkelten seine Augen plötzlich und er setzte ein charmantes Lächeln auf, wie es wohl die Kunden am Postschalter in 30 Jahren noch nie gesehen hatten: »Sie send doch Witwe, Frau Wahl. Hen Sie eigentlich scho en Neia?«

57

Unter Strom

Wir alle bewunderten Barbara Däubler. Trotz ihres Ehemannes war die Hausfrau immer bester Laune. Ein wenig wirkte ihre Fröhlichkeit aufgesetzt.

Er, Elektriker bei einer großen Firma, kam grundsätzlich mit verschmutzter blauer Latzhose und grauem Arbeitsmantel in die Apotheke. Schraubenzieher und Stromprüfer ragten aus allen Taschen. Sogar samstags, da arbeitete er schwarz. Der Strommann roch schon morgens ein wenig nach Schnaps und alter Fritteuse.

Herr Däubler litt unter heftigem Sodbrennen. Das erkannten wir schon an seinem Gesicht. Sein Verhalten war wie die Säure in seinem Magen: ätzend. Er war ungeduldig und schnauzte uns ständig an. Schnell, schnell. Termine hier, Termine da, immer. Wie lang das denn noch dauern würde. Däubler kaufte Säurehemmer, obwohl die »eh alle nichts taugen«. Nicht jeder Mitarbeiter hielt seinem ätzenden Verhalten klaglos stand. Manchem fiel es schwer, das andauernde Gemaule und die unfreundliche Art nicht persönlich zu nehmen.

Oft blieb der Spannungs-Kunde an mir hängen. Ich nahm es sportlich und erlaubte mir den gelegentlichen Hinweis, dass die Bierflasche, die aus seiner Jackentasche ragte, nicht optimal für seinen Magen sei. Dann konnte ich amüsiert einen Ausraster verfolgen. Was mich das überhaupt anginge, was mich das interessiere, was ich mir erlaube, was das hier für ein Drecksladen sei. So halt. Ich fragte mich, wie es seine Frau und die beiden Söhne mit ihm aushalten konnten.

Däubler war der Inbegriff des »bruddeligen« Schwaben.

Über die Jahre gesellten sich zu den Säureproblemen noch Herz-Kreislauf-Schwierigkeiten. Die Söhne studierten inzwischen in einer anderen Stadt. Barbara Däubler blieb ihrem noch griesgrämiger werdenden Ehemann alleine ausgesetzt.

Eines Tages erschien Barbara Däubler im schwarzen Kostüm in der Apotheke. Sie überbrachte uns weinend die Nachricht, dass ihr Mann tot sei. Und sie löste ein Rezept für ein starkes Sedativum, ein Beruhigungsmittel, ein. Ihr Mann verfolge sie noch nach seinem Tod, sagte die Witwe. Sie wache nachts schweißgebadet auf, sehe ihn hinter jeder Ecke, in jedem Supermarkt, an jeder U-Bahn-Station, überall. Er tauche wie ein Geist auf und bedrohe sie. Däubler litt buchstäblich an Verfolgungswahn.

Aus dem Backoffice drang der Duft von frischem Kaffee. Ich lud sie auf eine Tasse ein. Sie erzählte mir ihre Geschichte, von deren Heftigkeit wir nichts geahnt hatten.

Däublers Mann erlitt zwei Herzinfarkte innerhalb von kurzer Zeit. Durch die schnelle, beherzte Hilfe seiner Ehefrau und des von ihr alarmierten Notarztes konnte er gerettet werden, aber es ging ihm danach nicht gut. Er trank noch mehr Alkohol, eine halbe Kiste Bier pro Tag und viel Schnaps. Und er tyrannisierte die Familie noch mehr als zuvor. Der Elektriker schlug die Frau und die Söhne, bis diese es sich nicht mehr gefallen ließen. Die beiden hatten immer wieder auch die Mutter in Schutz genommen. Nachdem die Söhne zum Studium weit weg geflüchtet waren, wurde Barbara Däublers Leben zur Hölle. Alleine konnte sie nicht zurückschlagen. Ihr Mann soff und scheuchte sie umher, aber nichts von dem, was sie tat, war ihm recht. Er verprügelte sie und wurde noch gewalttätiger. Ihr Körper war übersät von blauen Flecken, die Ehe vollkommen zerrüttet.

Schon lange nächtigten sie in getrennten Schlafzimmern. Wenn er mitten in der Nacht eheliche Pflichten einforderte, schloss sie die Türe ab. Das brachte den Elektriker noch mehr in Wallung und er randalierte, bis sie seinem Wunsch nachkam. Danach schloss sich

Barbara Däubler im Bad ein, duschte viel zu lange und viel zu heiß, bis ihre Haut ganz rot war und sie sich nicht mehr spürte. Dann weinte sie leise.

Nach einem dieser Ausfälle erlitt ihr Mann den ersten Herzinfarkt. Sie hörte noch das Stöhnen, öffnete die Türe zu seinem Schlafzimmer und wählte den Notruf. Der rettete ihm das Leben, brachte ihn in die Klinik. Danach Reha. Für Barbara Däubler eine Verschnaufpause, in der sie wieder auflebte. Sich von ihrem Mann zu trennen kam für sie nicht infrage. Sie war konservativ erzogen und hoffte, dass es besser werden könnte. Als Hausfrau, zu der sie nach der Geburt ihrer Söhne geworden war, hatte sie kein eigenes Einkommen. Sie hätte nicht alleine leben können, vor allem nicht in Gedanken.

Wenige Monate später dasselbe Spiel. Der Elektriker hatte sich ein wenig erholt, wurde aber noch missmutiger und schikanöser. Er stieg morgens von Bier auf Schwarzwälder Kirschwasser um. Wenn er nachts Sex einforderte, dann mit roher Gewalt.

Sie hatte wieder abgeschlossen, als er gegen die Türe hämmerte und sie beschimpfte. Diesmal wollte sie nicht öffnen. Herr Däubler drehte durch. Er stand unter Strom und wollte die Türe aufbrechen, klappte aber zusammen. Der zweite Herzinfarkt.

Wieder alarmierte Barbara Däubler den rettenden Notarzt. Die Sanitäter brachten ihren Mann ins Krankenhaus. Sie kauerte weinend im Nachthemd auf einem Stuhl in der Küche. Der Arzt erfasste neben dem Herzinfarkt auch die häusliche Situation. Er zog seine Schlüsse aus all den Hämatomen und Kratzern auf Herta Däublers geschundenem Körper und der halb eingetretenen Türe. Er gab ihr ein Beruhigungsmittel und fragte sie, weshalb sie so schnell angerufen habe. »Fraglich, ob er das überstanden hätte«, sagte er und strich der zusammengekauerten Ehefrau sanft über die Schulter. Sie zuckte verängstigt zurück, hatte aber verstanden.

Herr Däubler hatte wieder einmal Glück gehabt und wurde nach acht Wochen aus dem Krankenhaus entlassen. Ein Leben ohne ihn konnte Barbara Däubler sich trotz allem nicht vorstellen. Ein falsch verstandener Anstand hielt sie davon ab, ihre Koffer zu packen. Diesmal hatte sie sich in seiner Abwesenheit auch nicht erholen können, im Gegenteil, sie hatte jeden Tag vor seiner Rückkehr gezittert.

Die Situation eskalierte schon wenig später erneut. Der reparierte Elektriker hämmerte sturzbesoffen gegen ihre Türe, es war vier Uhr nachts. Aber diesmal schon weniger energisch. Ihm ging langsam der Saft aus. Auf allen vieren krabbelte er nach einem kläglich gescheiterten Versuch, die Türe aufzubrechen, in sein Schlafzimmer zurück. Die Türe war besser in Schuss als er selbst. Barbara Däubler vernahm ein heftiges Stöhnen. Ängstlich verließ sie ihr Zimmer und blinzelte durch die Türe. Ihr Mann rang nach Luft. Vorsichtig schloss sie die Türe wieder und legte sich in ihr Bett.

Drei Stunden lang starrte sie auf die Anzeige des Weckers. Sie verfolgte die Zeiger, die sich unendlich langsam zu bewegen schienen. Däubler brachte kein Auge zu. Die Geräusche aus dem Schlafzimmer ihres Mannes waren verstummt. Um sieben Uhr stand sie ängstlich auf und sah nach ihm. Mit einem grimmigen Gesichtsausdruck und geöffnetem Mund lag er ruhig im Bett. Anfassen wollte sie ihn nicht. Sie rief den Hausarzt an, der nur noch den Tod feststellen konnte. Der Haustyrann war gestorben.

Barbara Däubler rührte schluchzend in ihrer Kaffeetasse, als sie mir diese Geschichte erzählte. Tränen kullerten über ihre eingefallenen Wangen. Aber sie war nicht befreit. Sie fühlte sich schuldig. Ich versuchte, sie zu trösten, und erklärte ihr, dass der dritte Herzinfarkt ohnehin meistens nicht überlebt würde. Es gelang mir nicht, sie zu überzeugen. Der bösartige Ehemann hatte seinen Fluch hinterlassen. Den Kaffee rührte Däubler nicht an. Sie solle doch einen Schluck nehmen und aufhören zu weinen, sagte ich. Sie bedankte sich für die Zeit, die ich mir genommen hatte. Sie trinke nur Tee.

Barbara Däubler blieb Kundin der Apotheke. Sie trug nur noch Schwarz und nahm dramatisch ab. Die Schuldgefühle konnte der grundanständigen Frau niemand nehmen. Weder ihre Söhne, noch der Psychotherapeut, zu dem sie in Behandlung kam. Das schlechte Gewissen zerfraß sie.

Ein Jahr später beendete sie ihr Leben. Am Olgaeck warf sie sich vor eine ausfahrende Straßenbahn.

58

Werdender Vater

Werdende Väter entwickeln bisweilen besonderes Interesse an pharmazeutischen Produkten und sorgen bei uns in der Apotheke für erhöhten Beratungsbedarf.

Ein junger Mann um die 30 zum Beispiel, dessen schwangere Frau Husten hatte. Er schilderte die Krankheit und die Phase der Schwangerschaft, zur Zeit der achte Monat, ausführlich und plastisch. Ich glaubte, ihm etwas Geeignetes empfehlen zu können. Aber seine Sorge und Skepsis waren verständlicherweise groß. Mit so einem Husten, und das auch noch in der Schwangerschaft, war schließlich nicht zu spaßen.

Er ließ sich alles zeigen und erklären, was wir aufzubieten hatten. Freilich nicht, ohne kritisch nachzufragen. Wir studierten gemeinsam die Beipackzettel auf mögliche Hinweise zu Schwangerschaft und Stillzeiten. Innerhalb kürzester Zeit stand der gesamte Tisch voll von Präparaten, Packungen und Hustensaftflaschen.

Meine Kolleginnen grinsten nur. »Schwangerer Vater, alles klar«, sagten ihre Blicke.

Ich selbst war mit meiner Geduld dem Ende nahe. Zwei oder drei Mal hatte ich dem wissbegierigen Kunden nun schon die Vorzüge und Nachteile der jeweiligen Produkte erklärt. Doch die Fragen nahmen kein Ende. Er war noch immer unentschlossen. Ich empfahl ihm mit Blick auf die Uhr einen pflanzlichen Saft mit Thymianextrakt, geeignet für jeden, vom Säugling bis zum Greis. Sogar für Schwangere und Stillende.

Der werdende Vater sah mich skeptisch an.

»Gut, obwohl es eigentlich unüblich ist: Bringen Sie den Saft wieder zurück, falls Ihre Frau nicht damit einverstanden ist«, bot ich ihm an, um den Beratungsvorgang, der nunmehr eine dreiviertel Stunde dauerte, zu einem Ende zu führen, nämlich 4,80 Euro Umsatz. Ein kolossaler Betrag.

Am nächsten Tag stand der schwangere Vater erneut in der Apotheke. Verlegen wollte er von seinem ausnahmsweise eingeräumten Rückgaberecht Gebrauch machen. Als schwäbische Apothekerin überlegte ich kurz, den Saft für den Eigenbedarf zu verwenden, entschied mich aber doch für den Abfluss.

Umständlich erklärte der junge Mann mir, weshalb er den Saft unbedingt zurückbringen müsse.

Nachdem er den Beipackzettel gleich zweimal durchgelesen hatte und nach einer langen Unterredung mit dem Gynäkologen seiner Frau sei er zu dem Schluss gekommen, dass dieses Produkt »viel zu ätherisch« sei.

Ich sah ihn staunend an. Meine Kolleginnen, die neben mir standen, mussten sich das Lachen verkneifen. Zwei Kundinnen waren weniger diplomatisch und prusteten los.

»Im Thymian sind doch ätherische Öle enthalten«, erläuterte der schwangere Vater mit tadelndem Blick. »Genau die könnten einer Schwangeren aber nicht gut bekommen. Das sollten Sie eigentlich wissen.«

Mit stoischer Gelassenheit nahm ich den Saft wieder an mich und gab ihm die 4,80 Euro zurück. Den Hinweis, einmal das heimische Gewürzregal näher zu untersuchen, konnte ich mir aber dennoch nicht verkneifen. Ich empfahl ihm dringend, allen »ätherischen« Gewürzen mindestens bis zur Niederkunft und Stillzeit unbedingt eine Absage zu erteilen. Er bedankte sich überschwänglich für diesen wichtigen Ratschlag. Er wolle nur das Beste für Mutter und Kind. Das sei ein wertvoller Hinweis, den er beachten werde. Nur wie der Husten behandelt werden sollte, blieb sein Geheimnis.

59

Werdende Mutter

An einem langen Samstag betrat eine junge Frau im kurzen Minirock die Apotheke. Ihr folgte ein gut aussehender, etwas älterer Mann, der offensichtlich die Handtasche für sie trug. In der Warteschlange standen sie dicht beieinander. Der Laden brummte, was den beiden Zeit verschaffte, sich nicht nur verliebt anzusehen, sondern sich auch zu küssen. Die strengen Blicke der älteren, gesitteten Kunden konnten sie nicht irritieren. Die beiden hatten nur Augen für sich und bemerkten erst durch mein »Hallo«, dass sie an der Reihe waren.

»Ein paar Nasentropfen für meine Frau«, sagte der Mann und klang wichtig. »Aber bitte bedenken Sie, dass sie schwanger ist.« Das klang noch wichtiger.

Er legte seinen Arm schützend um ihre Taille und strich liebevoll über den Babybauch. Er lächelte stolz. Beim Stichwort »Schwangerschaft« schrillen bei jedem Apotheker die Alarmglocken. Viele Medikamente dürfen während dieser Zeit nur eingeschränkt oder gar nicht angewendet werden. Außerdem gibt es die mindestens ebenso anstrengenden werdenden Väter.

»In welcher Schwangerschaftswoche sind Sie denn und wie verstopft ist denn Ihre Nase?«, fragte ich mit einem routinierten Lächeln.

»In der neunten Woche. Zeigen Sie mir doch mal verschiedene Produkte«, sagte sie.

Die beiden hatten viel Zeit.

Meine Kollegin am Bedienerplatz neben mir zog die Augenbrauen nach oben. Die Kunden stauten sich fast bis zur Türe und warteten darauf, an die Reihe zu kommen. Aber ich ließ bei mir kein schlechtes Gewissen aufkommen, wenngleich ich den Unmut einiger Kunden bemerkte, als ich mit sechs verschiedenen Nasentropfen auffuhr und ausführlich die Tauglichkeit in der Schwangerschaft erläuterte.

Nach etlichen Zwischen- und Rückfragen des Paares, insbesondere des werdenden Vaters, einigten wir uns auf ein schwach dosiertes Nasenspray, das eigentlich für Kleinkinder vorgesehen war. Es hatte einen heilenden Zusatz und ließ die Nasenschleimhaut abschwellen. Ich empfahl ihr, das Spray nur zweimal am Tag im Wechsel mit einem befeuchtenden Kochsalz-Nasenspray, anzuwenden.

Die Kundenschlange hinter den beiden war derweil weiter angeschwollen. Ich vernahm ungeduldiges Murren und ein gezischtes »wie lange dauert das denn noch«. Meine Kolleginnen sahen ungeduldig zu mir herüber. Ich bonierte die beiden Artikel für zusammen 5,95 Euro und packte sie in eine Tüte ein. Der Mann reichte seiner Gattin die Handtasche, die sie allerdings selbst öffnete. Sie packte ihren Geldbeutel aus, als ich eine rote Packung im Innenraum der Tasche wahrnahm. Sie lag ganz oben. Ich beugte mich über den Tresen und bekam fest Stielaugen: eine Packung Marlboro.

»Das sind aber nicht Ihre?«, fragte ich schockiert nach.

»Doch, schon«, gestand die junge Frau. »Aber ich rauche ja, seit ich schwanger bin, nur noch sechs bis acht Zigaretten am Tag.«

All die Informationen und Vorträge über Raucherentwöhnung und die besonderen Risiken für das ungeborene Leben schienen dieses Paar noch nicht erreicht zu haben. Mir fehlten die Worte. Aber ich gab trotz der Warteschlange nicht auf. Jetzt war mein Ehrgeiz entfacht.

Ich fragte die junge Frau, ob es ihr denn wirklich egal sei, wenn ihr Kind durch ihre Raucherei mit einem geistigen Schaden zur Welt kommen würde. Es war brutal, aber wirksam. Beiden klappte der Unterkiefer runter. Er stellte sein dämliches Grinsen und sein Geturtel ein und schien jetzt richtig interessiert. Sie faselte etwas, dass sie gehört hätte, dass man beim Rauchenaufhören zunehmen würde. Im Übrigen hätte sie jetzt in der Schwangerschaft eh schon zwei Kilo zugenommen. Ich dachte nur: Armes Kind, mit diesen Eltern bist du jetzt schon gestraft, ohne den Planeten überhaupt betreten zu haben!

Aber ein geschädigtes Kind wollten beide doch nicht riskieren. Ich holte die Broschüre *Rauchen in der Schwangerschaft* aus unserem Arsenal an Informationsbroschüren und drückte sie den beiden in die Hand. »Wissen Sie was?«, kam es plötzlich von der werdenden Mutter. Sie holte die Glimmstengel aus ihrer Handtasche und drückte sie mir in die Hand: »Die schenke ich Ihnen!«

60

Nächtliche Sonderwünsche

Notdienst am Wochenende fürchten Stadtapotheken besonders. Auch bei mir war dieser Dienst nicht gerade beliebt, aber er war für die Bevölkerung wichtig. Und es war ein Service, den nur wir Apotheker leisten konnten. Nach anstrengenden Verkaufstagen standen noch anstrengendere Nächte an. Freitag- und Samstagabend gingen die Menschen in Kinos, Kneipen, Bars und Discos. Häufig fiel ihnen dann recht spät ein, dass sie noch Kondome für die Nacht und Kopfschmerztabletten für den Morgen danach benötigten. Auch die Notfallpraxen im nahe gelegenen Vera-Kinderkrankenhaus und dem Hubertus-Krankenhaus für Erwachsene waren am Wochenende stark frequentiert und verschafften uns sichere Kundschaft.

Wir bereiteten uns auf den Notdienst vor, indem wir bestimmte Arzneimittel wie Antibiotika und Schmerzmittel je nach Saison und Jahreszeit im Vorfeld zusätzlich in größerer Stückzahl einkauften, um im Dienst niemanden wegschicken zu müssen. Dafür gab es spezielle hauseigene Notdienstlisten, nach denen wir bestellten.

Nachdem an einem Samstag die letzten Kunden ins Wochenende und meine Mitarbeiter in den späten Feierabend verabschiedet waren, setzte ich mich eine halbe Stunde in den Pausenraum, um durchzuatmen, bevor der zweite Teil des Arbeitstages begann. Den Nachtdienst konnte ich gut alleine bewältigen. Im Viertelstundentakt hatte ich Arbeit. Viel zu tun. Echte Notfälle, für die ich gerne im Dienst war. Oft musste noch Rücksprache mit der Notfallpraxis gehalten werden, die die Patienten zuvor besucht hatten.

Erst gegen ein Uhr nachts ebbte der Strom kranker Kinder und Erwachsener aus den Notfallpraxen ab. Bis zwei Uhr wickelte ich nur noch zwei Patienten ab, danach kam niemand mehr. Mir war kalt und ich spürte, wie ich immer müder wurde. Ich legte mich eine Weile hin. Zu diesem Zweck stand immer ein kleines Klappbett mit frischem Bettzeug im Nachtdienstzimmer bereit.

Gegen vier Uhr nachts schrillte die Nachtdienstglocke. Ich schreckte auf, sortierte mich. Immer wieder drückte jemand die Glocke. Schließlich blieb der Daumen auf der Glocke, was zu einem penetranten, schrillen Ton in der Apotheke führt. Es musste etwas passiert sein, dachte ich mir, irgendjemand schien es besonders eilig zu haben. Hektisch ordnete ich meine Kleidung und mein Haar und hastete nach vorne.

Vor der Türe stand eine aufgedonnerte junge Frau. Sie trug ein enges Top, einen ultrakurzen Minirock und High Heels. Die blondierten Haare waren mit Sicherheit künstlich verlängert. Sie trommelte mit ihren langen Fingernägeln an die Scheibe. Mir war sofort klar, aus welchem Milieu sie stammte. Sie klingelte noch immer Sturm. Ich versuchte, sie mit einer beruhigenden Handbewegung zu mäßigen, und öffnete die Notdienstklappe.

»Endlich«, rief die »Bardame« mit osteuropäischem Akzent. »Endlich sind Sie mal hier! Jede Woche komme ich nach der Arbeit hier vorbei, und jedes Mal warte ich drauf, dass Sie Notdienst haben.«

Sie klang nicht wie jemand, der dringend Hilfe benötigt. Im Gegenteil, sie schien regelrecht freudig erregt. Ich sah sie verwirrt an.

»Nach der Arbeit komme ich hier immer vorbei und sehe diese wunderbar blühende Pflanze in Ihrem Schaufenster.«

»Und jetzt?«, fragte ich irritiert.

»Tagsüber schlafe ich doch. Ich arbeite nur abends und nachts, in der RedLuna Bar, wissen Sie. Aber jetzt arbeiten Sie endlich auch mal nachts und ich kann Sie fragen.«

»Tun Sie sich keinen Zwang an«, murrte ich und fragte mich, was die Dame eigentlich von mir wollte.

»Also diese Pflanze, könnte ich da einen Ableger haben?«, fragte die Prostituierte kichernd, knipste ihr freundlichstes Lächeln an, das sie konnte, und knickste mit ihren langen Beinen ein wenig. Wie sonst wahrscheinlich in der RedLuna Bar, wenn sie ihre Dienstleistungen an den Mann brachte. Ich war perplex und starrte die junge Dame vor der Luke sprachlos an. Ich weiß nicht, wie meine männlichen Kollegen jetzt reagiert hätten. Vielleicht hätte sich da etwas arrangieren lassen. Aber ich nahm die ganze Topfpflanze energisch aus dem Schaufenster, öffnete entgegen meinen Gewohnheiten im Nachtdienst die Türe und drückte sie der nunmehr überraschten Dame mitsamt Übertopf in die Arme. Sie hatte sichtliche Mühe, die große Pflanze zu tragen.

»Werden Sie glücklich damit, aber bitte klingeln Sie nie wieder nachts um vier wegen eines Ablegers!«, stellte ich klar. Ich versuchte, möglichst streng zu klingen, musste dabei aber fast lachen.

Die junge Frau sah mich glücklich an. »Danke, danke«, rief sie und stöckelte mit ihrer pflanzlichen Errungenschaft stolz von dannen. Ich dachte noch eine Weile über den seltsamen Besuch nach und fand in dieser Nacht nicht mehr in den Schlaf. Aber am Montagmorgen, als das ausgeruhte Team zur Arbeit anrückte, wies ich an, die Schaufensterdekoration mit Pflanzen dringend zu überdenken.

61

Nachtdienst in der Stadt-Apotheke

Heinz Bär, mein geschätzter Kollege alter Schule, tat Nachtdienst in seiner zentrumsnahen Stadt-Apotheke. Tagsüber glich er äußerlich einem freundlich lächelnden Teddy, doch nachts konnte er zum gefährlichen Grizzlybären werden. Seine Miene verfinsterte sich spätestens ab 22 Uhr. In seiner Innenstadtapotheke klingelten selten echte Notfälle, stattdessen hatte er es mit Menschen zu tun, die Tampons, Taschentücher, Babyschnuller, Halsbonbons und Ähnliches kauften.

Die Notdienstgebühr sei viel zu niedrig, maulte er vor sich hin. Wenn die Kunden sie wegen solcher Kleinigkeiten in Kauf nahmen, könne man sie ruhig erhöhen. Obwohl auch diese Maßnahme nicht geneigt gewesen wäre, seine Laune anzuheben.

Bär murrte, kam aber allen Wünschen seiner nächtlichen Kundschaft nach. Um vier Uhr nachts klingelte es besonders penetrant. Heinz Bär war ohnehin schon in Fahrt. Er ging nach vorne und sah grimmig durch die Scheibe. Aber der junge Mann vor der Türe nahm seinen schnellen Finger nicht von der Glocke. Bär öffnete die Luke, sah wütend hindurch und blaffte: »Was ist?«

Der jugendliche Kunde hibbelte von einem Bein aufs andere und verlangte, wie selbstverständlich, nach Kondomen. Aber schnell bitte. Er war ungeduldig und bestellte sie fast vorwurfsvoll, weil Bär so lange nach vorne gebraucht hatte. Das Mädchen, dem er offensichtlich bereits imponiert hatte und bei dem er noch mehr Eindruck zu schinden gedachte, sowohl jetzt vor der Apotheke als auch später, stand kichernd daneben.

Da platzte dem Apotheker der Kragen. »Das ist nicht der Sinn des Notdienstes«, empörte er sich. Der sei für Patienten in wirklich prekären Lagen gedacht und für die arbeite er gerne. Mehr oder weniger stimmte das. Nicht aber für so was. Der Kunde wiederum reagierte seinerseits mit Unverständnis auf den mürrischen Apotheker und bestand auf seinen Kondomen. Mit Blick auf seine zu allem bereitstehende Begleiterin benötigte er sie dringend.

Zwischen Heinz Bär und dem Jungfuchs, der sich als erstaunlich eloquent erwies, entspann sich zur Belustigung des Mädchens eine heftige Diskussion über die genaue Definition eines Notfalls, ausgetragen durch die Notdienstluke. Der junge Mann, der vor seiner Herzdame nicht jetzt schon schwach dastehen wollte, erklärte, der Apotheker müsse jeden Wunsch erfüllen. Er sei Jurastudent im zweiten Semester und wisse das. Falls nicht, würde er die Polizei rufen.

Bär blieb hart. Also zückte der Jurastudent sein Handy und wählte die 110. Seine Begleiterin fühlte sich zusehends unwohl auf der Straße vor der Apotheke. Aber der Kampf um die Kondome hatte eine neue Eskalationsstufe erreicht. Der Notruf war abgesetzt und auch mein Apothekerkollege konnte es kaum fassen, als kurz darauf zwei Polizeibeamte in erstaunlicher Geschwindigkeit eintrafen. Sie taten ebenfalls Nachtdienst und waren gleich um die Ecke stationiert. Wahrscheinlich hatten sie sich ohnehin gelangweilt.

Nun setzte sich die heftige Auseinandersetzung zwischen den vier Männern durch die Notdienstluke fort. Das Mädchen ging ein paar Schritte zur Seite. Einer der Beamten versuchte zu vermitteln. Apotheker Bär, der wohl am liebsten seine Pranke ausgefahren hätte, ging missmutig ans Regal und warf schließlich, begleitet von einer Schimpftirade, eine Packung Kondome durch die Notdienstklappe. Die Polizisten und das Pärchen sahen sich verdutzt an.

»Hier für Sie, kostenlos, damit sich so was wie Sie nicht vermehrt«, brummte Bär und schlug die Klappe zu.

62

Frau Mulde und ihre Fragen, die siebte und letzte

Ein unbekannter Teilnehmer rief an. Ich ging ran. Am anderen Ende der langen Leitung war Frau Mulde. Ich atmete tief durch und straffte die Schultern. Ich lächelte, wie es die Mitarbeiter in Call Centern tun müssen. Seit Neustem hatte Frau Mulde ihre Rufnummer unterdrückt. Sehr trickreich. Ohne ihren Namen zu nennen oder andere Umschweife kam sie zur Sache: »Ich hab da mal ’ne Frage.«

»Mein Frauenarzt hat mir so komische Tabletten als Muster mitgegeben. Die schmecken vielleicht ekelig und man bekommt sie kaum runter. Soll ich die wegschmeißen, vielleicht sind die zu alt?«

»Frau Mulde, Vaginalovula sollten Sie einführen, nicht essen.«

Glossar

Apotheke: Der Begriff »Apotheke« leitet sich vom griechischen Wort »ἀποθήκη« und dem lateinischen Wort »apotheca« ab, das für »Vorrats- oder Aufbewahrungsraum« steht. In der Apothekenbetriebsordnung, zuletzt 2012 überarbeitet, wird von der Größe, der Aufteilung der Räume, dem Sortiment bis zum Personal alles gesetzlich geregelt, was die Apotheken betrifft.

Apothekenpflichtige, nicht verschreibungspflichtige Ware: Diese Artikel dürfen in Apotheken ohne Rezept vom Verbraucher käuflich erworben werden. Die Schaffung des sogenannten **grünen Rezeptes**, nachdem 2004 die Erstattung dieser Warenkategorie durch die gesetzlichen Krankenkassen abgeschafft wurde (nur wenige Ausnahmen definiert), signalisiert dem Apotheker, dass der Arzt die verordneten Produkte seinem Patienten empfiehlt, und ermöglicht es diesem, diese grünen Rezepte auch steuerlich am Jahresende geltend zu machen. Viele Menschen wissen das nicht und werfen diese Rezepte, die sie zunächst selbst bezahlen müssen, weg.

Apotheker: Deutsche Apotheker haben acht Semester Pharmazie an einer Universität studiert und inklusive Praktika mindestens eine Ausbildungszeit von fünf bis sechs Jahren hinter sich. In dieser Zeit haben sie insgesamt drei Staatsexamen abzulegen, bevor sie ihre Approbation, also eine staatliche Urkunde, erhalten, die sie berechtigt, die Berufsbezeichnung »Apotheker« zu führen. Nur ein Apotheker darf in Deutschland eine Apotheke eröffnen und leiten. In genau definierten Ausnahmefällen darf sich ein Apothekenleiter kurzfristig durch eine nachrangige Person in der Apotheke vertreten lassen. Da diese nachrangigen Berufe wie der Apothekerassistent oder Vorexaminierte seit 1969 in Westdeutschland und der Pharmazieingenieur in der ehemaligen DDR nicht mehr ausgebildet werden, wird das immer mehr die Ausnahme sein. Die Regel ist, dass ein Apothekenleiter von einem anderen Apotheker vertreten wird.

Backoffice: Das Backoffice hat nichts mit »Backen« zu tun, sondern ist dem Englischen entlehnt. Dort wurde der Begriff als Gegensatz zum »Frontoffice«, was der Apothekenoffizin entspräche, also dem Teil der Apotheke, wo das operative Geschäft, sprich der Verkauf, stattfindet, im Zeitalter der EDV als Begriff eingeführt. Im Backoffice ist das nicht-pharmazeutische Personal angesiedelt. Dort werden alle Wareneingänge, Bestellungen, Erstellung von Rechnungen, Bearbeitung von Kontrolllisten, um nur die wichtigsten Aufgaben zu nennen, durchgeführt.

Bundesapothekerkammer (BAK) und Deutscher Apothekerverband (DAV) bilden gemeinsam die Dachorganisation aller Apotheker, die **ABDA**, was für **Bundesvereinigung Deutscher Apothekerverbände** steht. Sie vertritt national und international circa 59.000 deutsche Apotheker und Apothekerinnen politisch, wissenschaftlich und wirtschaftlich. Alle Führungspositionen in den genannten Gremien werden durch ehrenamtlich tätige Apotheker und Apothekerinnen besetzt, die primär eine eigene Apotheke leiten oder führende Aufgaben in Krankenhausapotheken, an Universitäten oder in der Industrie bekleiden.

Bei **freiverkäuflichen Arzneimitteln** handelt es sich um Präparate, die vom Gesetzgeber in einer Ausnahmegenehmigung von der Apothekenpflicht befreit wurden und somit auch in Drogeriemärkten unter Auflagen verkauft werden dürfen. Märkte, in denen diese Waren angeboten werden, müssen eine eigens dafür geschulte und IHK-geprüfte Verkaufskraft bereithalten, um Rückfragen der Verbraucher zum Produkt beantworten zu können.

Labor: Das Wort beinhaltet das lateinische Wort »laborare« für »arbeiten«. Früher wurden in den Laboratorien der Klosterapotheken mittelalterliche, meist pflanzliche Arzneimittel entwickelt. Im 19. Jahrhundert entstanden moderne, chemisch zusammengesetzte Arzneimittel in den Laboratorien, aus denen dann bekannte pharmazeutische Fabriken wie Schering, Fresenius, Merck und viele mehr hervorgingen, die heute noch als Großunternehmen produzieren. Übrigens war August Oetker ebenso Apotheker wie John Pemberton, Erfinder der Coca-Cola. In heutigen Apothekenlabors werden die Eingangsstoffe zur Weiterverarbeitung in der Rezeptur analysiert. Ebenso werden die offenen Tees und sonstigen Chemikalien wie zum Beispiel Waschbenzin, Vaseline, Bittersalz und Glaubersalz, die in der Apotheke verkauft werden, auf Qualität und Reinheit untersucht.

Landesapothekerkammer (LAK): Die Landesapothekerkammer ist eine Körperschaft des öffentlichen Rechts. Sie ist die Berufsvertretung aller approbierten Apotheker des jeweiligen Bundeslandes. Entsprechend der Anzahl der Bundesländer gibt es 17 Länderkammern. Der Präsident und der Vorstand arbeiten ehrenamtlich und vertreten die Apotheker des Bundeslandes in allen Fragen des Berufsrechts, der Berufsausübung sowie der Aus-, Fort- und Weiterbildung, der Arzneimittelsicherheit und der pharmazeutischen Qualität. Der Präsident vertritt die Interessen des Bundeslandes auf der Bundesebene in Berlin. Das Gremium heißt dann Bundesapothekerkammer. Da die Bundesapothekerkammer keine Körperschaft des öffentlichen Rechts ist, sondern nur eine Arbeitsgemeinschaft der Kammern, hat jeder Landesapothekerkammerpräsident weitergehende Rechte und Befugnisse, was durchaus zu Diskussionen führen kann. Die Mitgliedschaft in der LAK ist für jeden approbierten Apotheker verpflichtend und mit Zwangsbeiträgen belegt.

Landesapothekerverband e.V. (LAV): Die ursprünglich als Landesapothekervereine gegründeten Apothekerverbände sind eingetragene Vereine. Die Mitgliedschaft ist freiwillig. In der Regel sind die Mitglieder der Apothekerverbände selbstständige Apotheker, deren wirtschaftliche Belange durch den Apothekerverband vertreten werden. Der Deutsche Apothekerverband mit Sitz ebenfalls in Berlin ist Ansprech- und Verhandlungspartner für alle Landesverbände gegenüber der Politik und den Krankenkassen, mit denen Arzneilieferverträge ausgehandelt werden, sowie die Abrechnungsmodalitäten der komplizierten monatlichen Rezeptabrechnung.

Nachtdienstzimmer: Da die deutschen Apotheken in amtlich festgelegten Zyklen rund ums Jahr den Notdienst ausführen, ist ein Notdienst- oder Nachtdienstzimmer in jeder Apotheke vorgesehen. Es müssen zumindest eine Schlafmöglichkeit und ein angemessenes Ambiente mit Radio oder Fernseher für denjenigen, der den Dienst versieht, angeboten werden.

Offizin: Der Begriff »Offizin« für den Verkaufsraum einer Apotheke leitet sich vom lateinischen Wort »officina« ab, das für Werkstatt oder Arbeitsraum steht. In der heutigen Apothekenoffizin findet man einen sogenannten Handverkaufstisch, den die Kunden Tresen oder Theke nennen. Hinter dieser Barriere befinden sich Sichtwahlregale, die nicht zur Selbstbedienung zugänglich sein dürfen. Davor im Kundenbereich der Offizin sind sogenannte Freiwahlregale und Aufsteller verteilt, aus denen sich der Kunde selbst bedienen darf.

Pharmaziepraktikant: Pharmaziepraktikanten oder auch Apotheker im Praktikum genannt, haben zwei Staatsexamen erfolgreich bestanden und müssen nun in ihrem praktischen Jahr noch Wissen und Kenntnisse in der Praxis dazulernen. Dazu müssen sie ein halbes Jahr verpflichtend in einer öffentlichen Apotheke arbeiten und können dann ein weiteres halbes Jahr in der pharmazeutischen Industrie, einer Krankenhausapotheke oder einer anderen zugelassenen Ausbildungsstätte ihre Kenntnisse erweitern. Das Praktikum wird mit der Prüfung im 3. Staatsexamen abgeschlossen. Dieser Personenkreis darf den Apothekenleiter nicht vertreten.

Pharmazeutischer-kaufmännischer Assistent/In (PKA): Der oder die PKA, wobei in dieser Berufsgruppe der Frauenanteil hoch ist, ist der Folgeberuf der Apothekenhelferin, die auch mehrheitlich weiblich ist. Es handelt sich hier um einen dreijährigen Ausbildungsberuf nach dem dualen System, der parallel zur praktischen Arbeit in der Apotheke an einer Berufsschule stattfindet. Die Anforderungen an diesen eher kaufmännischen Beruf sind im Laufe der Jahre, schon durch die ganze Technisierung in den Apotheken, immens gewachsen. Die PKA kümmert sich um die Warenbewirtschaftung und EDV-basierte Prozesse und hat somit eine große wirtschaftliche Verantwortung für den Apothekenbetrieb. Auch wenn kein besonderer Schulabschluss vorgeschrieben ist, tun sich Menschen mit der mittleren Reife etwas leichter als solche mit einem Hauptschulabschluss. PKA dürfen nicht in den Handverkauf, um Arzneimittel oder Rezepte zu beliefern. Sie dürfen allerdings alle Waren im Freiwahlbereich wie Kosmetika und Körperpflege beraten und verkaufen. Seit Apotheker in Deutschland zusätzlich zu ihrer Hauptapotheke noch drei Filialapotheken betreiben dürfen, findet man immer mehr ausgebildete Betriebswirte zur Koordinierung der vier Betriebe, besonders in größeren Apotheken.

Pharmazeutisch-technischer Assistent/In (PTA): Die Ausbildung dieser Berufsgruppe begann 1968, als die damalige Approbationsordnung der Apotheker geändert wurde und die Abiturienten direkt an die Universität gingen, um das Pharmaziestudium aufzunehmen, und das Praktikum in der Apotheke an den Schluss des Studiums gesetzt wurde. Dadurch gab es keine Praktikanten, also Assistenzberufe mehr. Durch die Implementierung des Berufs des PTA für Männer und Frauen wurde diese Lücke geschlossen. Diese Ausbildung erfordert zumindest die mittlere Reife oder Abitur und dauert zwei Jahre an einer speziellen PTA-Schule. Danach wird ein halbjähriges Praktikum in einer öffentlichen Apotheke absolviert. Nach bestandenen Prüfungen darf der oder die PTA unter der Aufsicht eines Apothekers zum Beispiel im Verkauf und der Herstellung und Prüfung von Arzneistoffen in einer öffentlichen Apotheke arbeiten. Viele PTA arbeiten aber auch in der Industrie oder Krankenhausapotheken. Auch sie dürfen den Apothekenleiter nicht vertreten.

Reinigungskräfte und Boten gehören ebenfalls zum nichtpharmazeutischen Personal: Dabei ist es selbstverständlich, dass die Reinigungskraft außer mit der sorgfältigen und hygienischen Reinigung der Räume ansonsten nichts mit der restlichen Arbeit in Apotheken zu tun hat. Der Bote darf nach dem Gesetzgeber nur nicht-pharmazeutische Ware ausliefern, was jeden niedergelassenen Apotheker gegenüber dem Versandapotheker nicht nachvollziehbar benachteiligt.

Rezeptur: Im Wort »Rezeptur« steckt das lateinische Verb »recipere«, das auch im Wort »Rezept« steckt und mit »annehmen, nehmen« übersetzt werden kann. In der Rezeptur, einem genau vorgeschriebenen Raum in der Apotheke, werden vom Arzt verordnete »Rezepturen«, das sind individuell für eine Person angedachte Arzneimittel, unter ganz besonderen räumlichen und hygienischen Bedingungen nach genauen Vorgaben hergestellt. In der Rezeptur stehen die bei Sammlern beliebten braunen Standgefäße mit schönen, dekorativen Etiketten.

Sonderformulare: Das am meisten verwendete **gelbe Sonderrezeptformular** ist das für sogenannte »Betäubungsmittel«, die nur auf einem mehrteiligen Rezept nach einer eigenen gesetzlichen Verschreibungsverordnung verordnet werden dürfen. Meistens handelt es sich um Opiate und andere starke Schmerzmittel oder Mittel gegen das Aufmerksamkeitsdefizit-Syndrom (ADS).

Sortiment: Es gibt nach dem Gesetzgeber in den Apotheken verschiedene Kategorien von Waren, was für den Laien oft schwer nachvollziehbar ist. Zusätzlich gibt es auch noch vom Gesetzgeber vorgeschriebene Formulare für den Erwerb dieser unterschiedlichen Waren.

Verschreibungspflichtige Waren: Diese Waren sind zusätzlich apothekenpflichtig und dürfen also nur in Apotheken und zugelassenen Versandapotheken verkauft werden. Apothekenpflichtige, verschreibungs- oder rezeptpflichtige Waren dürfen vom Verbraucher nur nach Vorlage eines gültigen Rezeptes bezogen werden. Die gesetzlich Versicherten kennen das Formular als sogenanntes **rosa Rezept**, die Privatversicherten erhalten häufig das gleiche Formular in **Blau.** Allerdings steht den Ärzten für die Privatversicherten frei, auf welchem Formular sie die Verordnung ausstellen. Die Krankenkassen beharren auf der »Maschinenlesbarkeit des Formulars«, da jeden Monat Millionen an Rezepten per EDV abgerechnet werden. Die privaten Krankenkassen ziehen nach und präferieren das rosa Rezept in Blau, stoßen aber wegen der üppigen Vorräte an anderen Formularen bei den Ärzten noch auf taube Ohren.

Danksagung der Autorin

Mein Dank gilt meinem viel zu früh verstorbenen Mann, der geduldig die Art meiner Berufsausübung mitgetragen hat, und meinem Sohn Alexander, der sich als Kind sicher mehr Zeit mit der Mutter gewünscht hätte.

Besonderer Dank gilt meinen treuen Kunden, aber auch meinen Mitarbeiterinnen und Mitarbeitern, die mich über drei Jahrzehnte in meinen Apotheken begleitet haben und ohne die dieses Buch nicht hätte entstehen können.

Ich danke Andreas Straub, der mich als junger Autor konzeptionell bei diesem Buch beriet und aus meinen Geschichten Texte werden ließ, die mir viel Freude bereiten. Weiterhin danke ich dem Verleger Oliver Schwarzkopf, der Illustratorin Jana Moskito und der Lektorin Ulrike Thams für die angenehme Zusammenarbeit und die Chance, aus einer Idee ein Buch werden zu lassen.

SCHWARZKOPF & SCHWARZKOPF

MIT DEM BLAULICHT AUF DEM KOPF

33 WAHRE, UNGLAUBLICHE UND MITREISSENDE GESCHICHTEN
ÜBER DAS RETTEN VON MENSCHENLEBEN

MIT DEM BLAULICHT AUF DEM KOPF
33 SPANNENDE, LEHRREICHE UND SKURRILE GESCHICHTEN
AUS DEM ALLTAG EINES NOTARZTES
Von Dr. med. Friedrich Frohlauber
280 Seiten, Taschenbuch
ISBN 978-3-86265-162-7 | Preis 9,95 €

Seit über 40 Jahren arbeitet Dr. med. Friedrich Frohlauber als Notarzt. Sein Alltag besteht aus Fällen, in denen Sekunden über Leben und Tod entscheiden. Er muss schnell handeln und auf alle nur erdenklichen Situationen gefasst sein.

Womit hat der Notarzt beispielsweise zu rechnen, als er zu einer Frau mit »psychischer Entgleisung« gerufen wird? Wie verarbeitet er die schockierenden Bilder eines Familiendramas mit tödlichem Ausgang? Und was soll er nur den Unbelehrbaren raten, wie etwa dem hochbetagten, schwerhörigen Herrn, der auch mit Parkinson noch Auto fährt?

Die 33 Geschichten erzählen von aufreibenden Herausforderungen und verrückten Begegnungen mit Patienten. Zugleich ist das Buch das rührende Porträt eines Notarztes, der im Retten von Menschenleben seine Berufung gefunden hat.

WWW.SCHWARZKOPF-SCHWARZKOPF.DE

SCHWARZKOPF & SCHWARZKOPF

HERR DOKTOR ...!

SKURRILE GESCHICHTEN AUS DEM ALLTAG EINES UROLOGEN –
AMÜSANTE LEKTÜRE ÜBER KRASSE VORFÄLLE IN DEUTSCHEN KRANKENHÄUSERN

HERR DOKTOR, DAS MUSS ICH MIR AUF EINER SCHMUTZIGEN TOILETTE GEHOLT HABEN!
UNGLAUBLICHE GESCHICHTEN AUS DEM LEBEN EINES UROLOGEN
Von Dr. med. Martin Anibas
208 Seiten, Taschenbuch
ISBN 978-3-86265-109-2 | Preis 9,95 €

»Er guckt ernst, liebt sein Fach und die Patienten. Aber er weiß die unglaublichsten Geschichten zu erzählen. Kuriose Sex-Unfälle, haarsträubende Ausreden. Urologie urkomisch!« *Berliner Kurier*

»Einem Urologen ist nichts Menschliches fremd – heißt es. Und so hat Dr. Martin Anibas, 25 Jahre lang Chefarzt einer urologischen Klinik, so allerlei brüllend komische Anekdoten aus dem Krankenhausalltag im Gepäck. Von Hämorrhoiden, Darmproblemen oder Penis-Prothesen bis hin zu karrieregeilen Kollegen. Das Buch ›Herr Doktor, das muss ich mir auf einer schmutzigen Toilette geholt haben‹ ist ein Muss.« *OK! Magazin*

»Es fließen Tränen. Das Zwerchfell steht bis zur letzten Seite unter Daueranspannung.« *Ostthüringer Zeitung*

WWW.SCHWARZKOPF-SCHWARZKOPF.DE

SCHWARZKOPF & SCHWARZKOPF

SCHAUEN SIE SICH MAL DIESE SAUEREI AN

LUSTIGE, DRAMATISCHE UND SKURRILE GESCHICHTEN
AUS DEM ALLTAG EINES LEBENSRETTERS! – DER SPIEGEL-BESTSELLER!

SCHAUEN SIE SICH MAL
DIESE SAUEREI AN
20 WAHRE GESCHICHTEN VOM LEBENRETTEN
Von Jörg Nießen
224 Seiten, Taschenbuch
ISBN 978-3-89602-991-1 | Preis 9,95 €

»Jörg Nießen ist Feuerwehrmann und arbeitet seit 15 Jahren als Rettungsassistent. In seinem Buch erzählt er von seinen spannendsten Fällen – wahre Geschichten, die uns die Facetten des täglichen Lebens (und Sterbens) näherbringen.« Bild.de

»Seit zwölf Jahren fährt Jörg Nießen Einsätze im Rettungswagen – bei aller Dramatik gibt es dabei auch viel zu lachen. 20 dieser Geschichten hat er zusammengetragen und veröffentlicht.« Westdeutsche Zeitung

»Man muss dem Totengräber ja nix schenken! Ein Sanitäter erzählt, was er im Einsatz so alles zu hören und zu sehen bekommt.« Berliner Kurier

»In dem Buch schildert der 36-Jährige seine skurrilsten Fälle.« Express Köln

WWW.SCHWARZKOPF-SCHWARZKOPF.DE

SCHWARZKOPF & SCHWARZKOPF

DIE SAUEREI GEHT WEITER ...

DER SYMPATHISCHE RETTUNGSASSISTENT UND FEUERWEHRMANN JÖRG NIESSEN IST WIEDER IM EINSATZ

DIE SAUEREI GEHT WEITER ...
20 NEUE WAHRE GESCHICHTEN VOM LEBENRETTEN
Von Jörg Nießen
Mit Illustrationen von Jana Moskito
256 Seiten, Taschenbuch
ISBN 978-3-86265-060-6 | Preis 9,95 €

»Ein wirklich tolles Buch. Sehr, sehr lesenswert!« Markus Lanz

»Es gibt noch wahre Helden – ganz ohne Spinnenkostüm und Bat-Mobil!« WDR 1Live

»Eine sensationelle Erfolgsgeschichte.« Aachener Zeitung

»Jörg Nießen schildert mit viel schwarzem Humor die bizarren Seiten des Einsatzalltags.« Rettungsdienst

Nach dem überwältigenden Erfolg seines Buches »Schauen Sie sich mal diese Sauerei an« mit über 150.000 verkauften Exemplaren nimmt uns der bekannte Rettungsassistent und Feuerwehrmann Jörg Nießen in »Die Sauerei geht weiter ...« wieder mit in die bewegte Welt des Rettungsdienstes.

WWW.SCHWARZKOPF-SCHWARZKOPF.DE

SCHWARZKOPF & SCHWARZKOPF

MANCHMAL SCHAUEN SIE SO AGGRO

GESCHICHTEN AUS DEM SCHULALLTAG – EINE LEHRERIN ERZÄHLT
VOLLER SYMPATHIE FÜR DIE SCHÜLER UND VOLLER ADRENALIN

MANCHMAL SCHAUEN SIE SO AGGRO
GESCHICHTEN AUS DEM SCHULALLTAG –
EINE LEHRERIN ERZÄHLT
Von Hildegard Monheim
288 Seiten, Taschenbuch
ISBN 978-3-86265-166-5 | Preis 9,95 €

»Hildegard Monheims Geschichten gelingt eine gute Balance, trotz aller Härten bleibt am Ende kein Bild der völligen Hoffnungslosigkeit.« Süddeutsche Zeitung

»In 33 Geschichten beschreibt Hildegard Monheim humorvoll das Seelenleben der Lehrer; dass sie selber morgens manchmal keine Lust auf Schule hat; Ohrringe nicht die besten Gegenstände sind, um sie nach Schülern zu werfen und jeder gute Lehrer den Blick hinter die Schülerfassade lernen sollte.« radio eins

»Hildegard Monheim unterrichtet an einer Hauptschule. Was der unbeugsamen Lehrerin zwischen Leiden und Lachen so alles widerfährt, bringt sie humorvoll auf den Punkt – und spart dabei nicht mit kritischer Reflexion und Selbstironie.« Emsland-Kurier

WWW.SCHWARZKOPF-SCHWARZKOPF.DE

SCHWARZKOPF & SCHWARZKOPF

ICH BIN ABER AUCH EIN NOTFALL!

VON DRAMATISCH BIS SKURRIL: ZWEI JUNGE PFLEGEKRÄFTE ERZÄHLEN GESCHICHTEN AUS DEM ALLTAG IN DER NOTAUFNAHME

ICH BIN ABER AUCH EIN NOTFALL!
SKURRILE GESCHICHTEN
AUS DEM ALLTAG IN DER NOTAUFNAHME
Von Tim Benit & Anna Delegra
224 Seiten, Taschenbuch
ISBN 978-3-86265-209-9 | Preis 9,95 €

Wenn das Notfalltelefon auf der Station klingelt, dann ist Alarm angesagt und alles muss ganz schnell gehen. Was für einen Patienten man als Nächstes reinbekommt, weiß man nie so genau, und manchmal zählt jede Sekunde, um ein Menschenleben zu retten – das ist Routine in der Notaufnahme.

In »Ich bin aber auch ein Notfall!« berichten die jungen Krankenpflegekräfte Tim Benit und Anna Delegra aus ihrem spannenden bis kuriosen Berufsalltag in der Notaufnahme. Sie schildern dramatische Szenen auf den Krankenhausfluren, erzählen bewegende Geschichten aus den Patientenakten und decken auf, was für Kuriositäten entstehen, wenn Körper, Geist und Seele nicht im Einklang sind.

Ein Lesevergnügen mit einer gesunden Portion schwarzen Humors über den ganz normalen Wahnsinn in der Notaufnahme.

WWW.SCHWARZKOPF-SCHWARZKOPF.DE

SCHWARZKOPF & SCHWARZKOPF

SCHANTALL, TU MA DIE OMMA WINKEN!

AUS DEM ALLTAG EINES UNERSCHROCKENEN SOZIALARBEITERS –
LIEBENSWERT KARIKIERT UND SEHR, SEHR KOMISCH!

SCHANTALL, TU MA DIE OMMA WINKEN!
AUS DEM ALLTAG EINES
UNERSCHROCKENEN SOZIALARBEITERS
Von Kai Twilfer
224 Seiten, Taschenbuch
ISBN 978-3-86265-219-8 | Preis 9,95 €

»Rasend komisch. Mit spitzer Feder schreibt Kai Twilfer in ›Schantall, tu ma die Omma winken!‹ über eine Familie, für die Bildung und Niveau Fremdwörter sind.«
Das Neue Blatt

»Sozialarbeiter Jochen wird von der beschaulichen Kulturbehörde einer Kleinstadt in den Sozialdienst versetzt und trifft dort auf die chaotische Unterschichtfamilie Pröllmann samt Tochter Schantall. Er erhält Einblicke in eine Welt, die ihm bisher gänzlich unbekannt war. Lustig und unterhaltsam!« *Lea*

»Geschichten aus dem Alltag eines unerschrockenen Sozialarbeiters erobern Bestsellerlisten.« *Volksstimme*

»Eine humorvolle und satirische Milieustudie.« *Stadtspiegel Gelsenkirchen*

WWW.SCHWARZKOPF-SCHWARZKOPF.DE

SCHWARZKOPF & SCHWARZKOPF

SCHATTENPARKER ...

AUS DEM ALLTAG EINES FAHRLEHRERS
DAS BUCH FÜR ALLE MIT UND OHNE FÜHRERSCHEIN!

SCHATTENPARKER, BORDSTEINRAMMER UND ANDERE FAHRSCHÜLER
AUS DEM ALLTAG EINES FAHRLEHRERS
Von Andreas Hoeglauer
288 Seiten, Taschenbuch
ISBN 978-3-86265-220-4 | Preis 9,95 €

Das kann ich auch!, denkt sich Andreas Hoeglauer, als er einem Fahrlehrer bei der Arbeit über die Schulter sieht. Hier ein bisschen mosern, dort etwas loben und dann noch ein paar lockere Sprüche klopfen – was soll an dem Job schon so schwer sein?

Doch bereits an seinem ersten Arbeitstag merkt er: Die Schüler fit für die Straße zu machen kann eine nervenaufreibende Angelegenheit sein.

Da ist zum Beispiel der feierfreudige Moritz, dem nach einer durchzechten Nacht ein Malheur im Schulungswagen passiert. Und die liebestolle Bianca, die Andreas vor und nach jeder Fahrstunde anzügliche SMS schickt. Doch so hartnäckig seine Schützlinge auch daran arbeiten, ihn aus der Ruhe zu bringen – Andreas bleibt souverän.

Das Buch ist eine humorvolle Liebeserklärung an den Beruf des Fahrlehrers.

WWW.SCHWARZKOPF-SCHWARZKOPF.DE

DIE AUTOREN

Karin Wahl, Jahrgang 1950, war 30 Jahre lang selbstständige Apothekeninhaberin im Stuttgarter Bohnenviertel. Als erste Frau war sie Präsidentin der Landesapothekerkammer Baden-Württemberg und Mitglied im Vorstand der Bundesapothekerkammer. Sie berät heute Apotheken und ist als Referentin tätig.

Andreas Straub, Jahrgang 1984, ist Berater und freier Autor. Sein erstes Buch *Aldi – einfach billig* belegte 2012 wochenlang die vorderen Plätze der *Spiegel*-Bestsellerliste. Es folgten weitere erfolgreiche Veröffentlichungen. Aktuelle Informationen auf www. andreasstraub.com.

Karin Wahl
REZEPTFREI
Apothekengeschichten mit Risiken und Nebenwirkungen
Mit Andreas Straub

ISBN 978-3-86265-308-9
© Schwarzkopf & Schwarzkopf Verlag GmbH, 2013
Alle Rechte vorbehalten. Dieses Werk ist urheberrechtlich geschützt. Jede Verwendung, die über den Rahmen des Zitatrechtes bei korrekter vollständiger Quellenangabe hinausgeht, ist honorarpflichtig und bedarf der schriftlichen Genehmigung des Verlages.
Lektorat: Ulrike Thams | Illustrationen: Jana Moskito | Coverfotos: © thinkstock.com

KATALOG
Wir senden Ihnen gern kostenlos unseren Katalog
Schwarzkopf & Schwarzkopf Verlag GmbH / Abt. Service
Kastanienallee 32 | 10435 Berlin
Telefon: 030 – 44 33 63 00
Fax: 030 – 44 33 63 044

INTERNET | E-MAIL
www.schwarzkopf-schwarzkopf.de
info@schwarzkopf-schwarzkopf.de